S. FISCHER

Mónica Subietas

Waldinneres

Roman

Aus dem Spanischen
von Lisa Grüneisen

S. FISCHER

Aus Verantwortung für die Umwelt hat sich der S. Fischer Verlag zu einer nachhaltigen Buchproduktion verpflichtet. Der bewusste Umgang mit unseren Ressourcen, der Schutz unseres Klimas und der Natur gehören zu unseren obersten Unternehmenszielen.

Gemeinsam mit unseren Partnern und Lieferanten setzen wir uns für eine klimaneutrale Buchproduktion ein, die den Erwerb von Klimazertifikaten zur Kompensation des CO_2-Ausstoßes einschließt.

Weitere Informationen finden Sie unter: www.klimaneutralerverlag.de

Erschienen bei S. FISCHER

Satz: Fotosatz Amann, Memmingen
Druck und Bindung: CPI books GmbH, Leck
Printed in Germany
ISBN 978-3-10-397083-8

Für Harry, für die Chance und die Liebe.
Und für Laia, weil sie mich weiterbringt.

»Das Leben wird vorwärts gelebt und rückwärts verstanden.«
Søren Kierkegaard, Der Begriff der Angst

1 Der Vorfall

Februar 2010

Ein Nagel hatte genügt, um Max Müller auszuschalten. Er lag auf dem Boden seines Ateliers, die linke Wange auf den Holzdielen. Ein Faden aus bereits geronnenem Blut rann vom Nacken auf den Eichenboden und verschwand zwischen noch frischen Farbklecksen. Er hatte einen kleinen, kaum verheilten Riss an der Oberlippe, und die Wange, die zu sehen war, leuchtete bläulich von einem kürzlich erhaltenen Schlag.

So fand ihn Gottfried, der beinahe auf die Nagelpistole trat, als er sich dem reglosen Körper des Malers näherte. Ein rascher Blick durch den Raum offenbarte, dass der Tisch umgestürzt worden war. Pinsel, Werkzeuge, Zeichnungen und Papier lagen wahllos auf dem Boden verstreut. Er stellte fest, dass der intensive Geruch nach Lösungsmittel von einer Flasche ausging, die ein paar Meter über den Boden gerollt war und deren Inhalt eine unregelmäßige Spur auf dem mit bunten Klecksen gesprenkelten Fußboden hinterlassen hatte. Auf dem Boden neben Max' Leiche saß Tony. Er hatte die Arme um die Knie geschlungen und schaukelte wie weggetreten vor und zurück. Gottfried beugte sich zu ihm hinunter. Er musste schreien, damit Tony ihn ansah. Sein Blick war leer.

»Verdammt, Tony! Was ist hier passiert? Ich habe dir doch gesagt, dass du nicht reingehen sollst, bevor ich da bin!«

Er erhielt keine Antwort. Tonys Lider waren geschwollen, die geröteten Augen stachen aus der dunklen Haut hervor. Gottfried legte dem jungen Mann die Hände auf die Schultern.

»Wir müssen uns was überlegen. Ich will nicht ohne Koch dastehen. Hast du die Bullen gerufen?«, fragte er.

Tony schüttelte langsam den Kopf. Eigentlich hätte Gottfried die Antwort ahnen können. Tony konnte die Polizei nicht rufen: Alle hatten mitbekommen, wie er sich einige Stunden zuvor im Kafi Glück mit Max geprügelt hatte. Aber Gottfried wusste, dass es keine Alternative gab. Er richtete sich auf, zog das Handy aus der Jackentasche und wählte den Notruf.

»Es war offen«, flüsterte Tony vom Boden. Gottfried hielt das Mikrophon zu.

»Was?«

»Die Tür stand offen, als ich kam.«

»Das ist gut.«

Tony hörte, wie sein Boss erklärte, was sie im falschen Moment an den falschen Ort geführt hatte. Ebenso wie er die Fragen beantwortete, die der Polizist in der Zentrale stellte, um Gottfried in der Leitung zu halten, solange der Streifenwagen unterwegs war. Die Polizeiwache von Wiedikon lag nur ein paar Straßen entfernt, und die Sirenen waren bereits zu hören. In Zürich waren die Entfernungen nie sehr groß. Tony konnte nicht an einen möglichen Ausweg denken. Er konnte an gar nichts denken.

Gottfried legte auf, als ein Krankenwagen vor Max' Atelier hielt, gefolgt von zwei Streifenwagen. Die blinkenden Lichter fielen durch die Glasbausteine und zersprangen zu Hunderten blauer und orangeroter Blitze, die wie Glühwürmchen über die an die Wände gelehnten Gemälde huschten. Gleich neben dem leblosen Körper des Malers schien das Licht von einem der Bilder in alle Richtungen zurückzuprallen wie von einer Discokugel. Gottfried trat näher, um festzustellen, dass der Effekt von den Köpfen Dutzender Nägel verursacht wurde, die in der Leinwand steckten. Max hatte den Titel des Werks auf eine der Längsseiten geschrieben. Ein einziges Wort in schwarzen Großbuchstaben: WUT.

Das Zuschlagen der Autotüren und die knirschenden Schritte der Polizeistiefel auf dem gefrorenen Schnee rissen Gottfried aus seiner Lethargie. Er griff nach Tonys Hand und zog ihn zur Tür des Ateliers, um dort auf die Beamten zu warten. Er wollte den Anschein von Normalität erwecken, obwohl die Situation alles andere als normal war.

Zwei Polizisten führten Gottfried und Tony in eine ruhige Ecke und begannen, ihnen Fragen zu stellen, während die übrigen Beamten den Tatort in Augenschein nahmen. Die Besatzung des Rettungswagens kümmerte sich um Max. Das Ganze kam Gottfried wie ein Film vor, und er beschloss, seine Rolle zu spielen. Neben ihm bedeckte Tony unauffällig seine geschwollenen Fingerknöchel mit der anderen Hand, während er aus dem Augenwinkel die Rettungssanitäterin beobachtete, die ihre Instrumente neben Max ausgebreitet hatte und nun seinen Puls fühlte. Nach einigen Sekunden sprang die Frau auf und rief:

»Er lebt!«

Erster Teil

Vergangenheit

2 Hermann

Herbst 1942

Hermann Messmer tastete den Boden mit einem Spazierstock ab, während er durch den dichten Wald stapfte. Eine Schicht aus trockenem Laub reichte ihm bis weit über die Knöchel und verbarg den in dämmriges Licht getauchten Weg, der nach Moos und Torf roch. Ein versteckter Ast war ihm gegen das Schienbein geschlagen. Er spürte den stechenden Schmerz durch den dicken Stoff der Hose, aber er blieb nicht stehen, um nachzusehen, wie schlimm es war. Es war nicht diese Verletzung, die ihm Sorge machte. Er hatte seinen Schützling zurücklassen müssen, um dessen Leben zu retten. Nun hastete er hangabwärts, um zu der Holzfällerhütte zu gelangen, bevor das Licht genauso schnell schwand wie die Wärme des Tages. Er kannte den Weg gut, aber seine Unruhe veränderte die Landschaft, und an jeder Weggabelung überfielen ihn Zweifel.

Er blieb einen Moment stehen, um nach einem Hinweis zu suchen, der ihm bestätigte, dass er auf dem richtigen Weg war, doch hinter den Bäumen waren nur noch mehr Bäume und unter den Blättern noch mehr Blätter. Keuchend verfluchte er im Stillen den Regierungsbeschluss, der ihn in diese Lage gebracht hatte. Die Welt befand sich im Krieg, und die Schweiz verschanzte sich hinter ihrer Neutralität, die zunehmend Risse bekam.

Anfang August hatte der Bundesrat in dürren Sätzen die Schließung der Grenze für Juden beschlossen: »Aufzunehmen sind vorläufig nur noch Ausländer, die aus politischen oder anderen Gründen wirklich an Leib und Leben gefährdet sind und keinen anderen Ausweg als die Flucht nach der Schweiz haben, um sich der Gefahr zu entziehen. Flüchtlinge nur aus Rassegründen, z. B. Juden, gelten nicht als politische Flüchtlinge.«

Obwohl die Entscheidung im ganzen Land zu Protesten geführt hatte, war der Beschluss zum Ende desselben Monats bestätigt worden. »Das Boot ist voll«. Dieser vom Radio ausgespuckte Satz hatte sich in Hermann eingebrannt wie das glühende Brandeisen auf der Kruppe eines Pferdes. »Das Boot ist voll«. Die Stimme des Justizministers Eduard von Steiger war bedeutungsschwer durch das bescheidene Wohnzimmer der Messmers gehallt, das nur mit dem Allernötigsten eingerichtet war: Ein Tisch, zwei Stühle, ein erloschener Kachelofen und der Handarbeitskorb von Hermanns Frau Ada teilten sich den Raum. Eine goldgerahmte Schwarz-Weiß-Fotografie vom Tag ihrer Hochzeit hing einsam neben dem Fenster als einzige Erinnerung an bessere Zeiten.

Sie saßen gerade beim Abendessen, als diese vier Worte, mit schweizerischer Getragenheit ausgesprochen, ihnen den Appetit verschlugen. Die Metapher ließ keinen Zweifel aufkommen: »Wer ein schon stark besetztes kleines Rettungsboot mit beschränktem Fassungsvermögen und ebenso beschränkten Vorräten zu kommandieren hat, indessen Tausende von Opfern einer Schiffskatastrophe nach Rettung schreien, muss hart scheinen, wenn er nicht alle aufnehmen kann. Und doch ist er noch menschlich, wenn er beizeiten vor falschen Hoffnungen warnt und wenigstens die schon Aufgenommenen zu retten sucht.« Es war der 30. August 1942, als das große rote J, das in die Pässe der Juden gestempelt war, auch in der Schweiz zu einem tödlichen Siegel wurde.

Hermann weigerte sich zu glauben, dass das Land, das

seine Eltern aufgenommen hatte, als sie während des Ersten Weltkriegs aus Deutschland geflüchtet waren, Tausende von Hilfesuchenden dem nahezu sicheren Tod preisgab. Die Lebensmittelknappheit konnte nicht als Entschuldigung dienen. Der Wahlen-Plan hatte Parks, Gärten, Plätze, Höfe und sogar Blumentöpfe in landwirtschaftliche Flächen verwandelt, auf denen Kartoffeln, Gemüse und Getreide wuchsen. Lebensmittelkarten sorgten dafür, dass weitere Grundnahrungsmittel an die Bürger ausgegeben wurden. Es war nicht viel, aber alle hatten zu essen.

Die Schweiz war von den Nazis und ihren Verbündeten umzingelt. Doch trotz der zunehmenden Präsenz der Gestapo in den Straßen ging das Leben mehr oder weniger seinen gewohnten Gang, auch wenn nicht zu übersehen war, dass der Ausdruck ›Überfremdung‹ in Zürich wie im ganzen Land traurigerweise populär geworden war. Zu viele Fremde.

Die Teller standen weiterhin unangerührt vor Ada und Hermann. Sie schenkte sich ein Glas Wasser ein, obwohl sie gar keinen Durst hatte.

»Die Grenzen zu schließen ist, als würde man sich die Augen zuhalten, um nichts sehen zu müssen«, sagte sie dann.

»Alle machen es so«, antwortete er. »Denk daran, was in Evian passiert ist.«

»Es sind Menschen, Hermann. Man kann Menschen nicht einfach gegen Lebensmittel und Kohle eintauschen. Wie Sammelbildchen.«

»Es ist nicht nur das, mein Liebling. Was hindert Deutschland daran, unser Land einfach zu besetzen? Ihnen gehört schon halb Europa.«

»Willst du damit sagen, dass du die Entscheidung der Regierung gutheißt, Hermann?«

»Natürlich nicht!«, widersprach er heftig. »Ich bin Deutscher, erinnerst du dich? Ich bin hier, weil sie es schon einmal versucht haben. Sie haben versucht, ein großdeutsches Reich zu schaffen, aber es ist ihnen nicht gelungen.«

»Also?«

Hermann betrachtete das Foto vom Tag seiner Hochzeit mit Ada und erinnerte sich, wie sehr sie sich darauf gefreut hatten, eine Familie zu sein. Er dachte an das Kind, das nicht zur Welt gekommen war. Dann sah er wieder zu seiner Frau, die auf eine Antwort wartete. Seine Eltern hatten fliehen müssen. Er würde das nicht tun.

»Wenn die Schweiz beschlossen hat, den Flüchtlingen die Tür zuzuschlagen, öffnen wir die Fenster, Ada. Wenn sie nicht massenweise kommen können, werden wir sie einzeln ins Land schleusen.«

3 Gottfried

Sommer 2009

Gottfried drehte sich in Julias riesigem Bett um und öffnete die Augen einen Spaltbreit, ohne ganz wach zu werden. Die Sonne knallte durchs Fenster. Er spürte das Kitzeln kleiner Schweißtropfen, die ihm den Hals hinabrannen. Der Klingelton seines Mobiltelefons drang gedämpft zu ihm. Ihm war nicht ganz klar, ob das Geräusch real war oder der Nachhall eines noch nicht verlassenen Traums. Er hoffte, Julia würde für ihn rangehen, und beschloss, den Anruf zu ignorieren. Doch das Handy gab keine Ruhe und zwang ihn schließlich aufzustehen. Eine kurze Nachricht auf der Küchenplatte informierte ihn darüber, dass seine Freundin erst spät zurückkommen würde. In Unterhosen und sich durchs zerzauste Haar fahrend, nahm er widerwillig den Anruf entgegen. Er hasste unterdrückte Rufnummern.

»Messmer.«

»Guten Tag, Herr Messmer. Spreche ich mit Gottfried Messmer, dem Sohn von Hermann und Ada Messmer?«

»Ja. Und Sie sind…?«

»Gehört Ihnen ein Gastronomiebetrieb namens Kafi Glück in Zürich?«

»Es ist mehr als nur ein Gastronomiebetrieb, aber ja, ich bin der Besitzer. Wer sind Sie?«

»Ihr Vater ist am 13. Januar 1960 verstorben?«

Gottfrieds Gehirn arbeitete nur langsam. Er spürte Anzeichen eines Katers, der, das wusste er, den ganzen Tag anhalten würde. Er war nicht in der Stimmung für Ratespiele, und es interessierte ihn einen feuchten Kehricht, dass die Person, die ihn mit der Kaltblütigkeit eines Scharfschützen mit Fragen torpedierte, eine Frau war. Sie hatte ihn in Unterhosen erwischt.

»Würden Sie mir bitte sagen, wer zum Teufel Sie sind und was Sie von mir wollen?«

Seine Gesprächspartnerin blieb unbeeindruckt.

»Beantworten Sie bitte meine Frage, Herr Messmer. Erst dann kann ich Ihnen sagen, wer ich bin.«

»Das ist doch Schwachsinn. Glauben Sie nicht, dass ich womöglich lieber kooperieren würde, wenn ich wüsste, mit wem ich es zu tun habe?«

»Ich habe Ihnen lediglich eine Frage gestellt. Es steht Ihnen frei, darauf zu antworten oder nicht.«

Gottfried war kurz davor aufzulegen, doch dann würde er nie den Grund dieses Anrufs erfahren. Nach kurzem Zögern beschloss er zu antworten.

»Ja, so ist es. Am 13. Januar. Und jetzt sagen Sie mir …«

Die Frau ließ ihn nicht aussprechen.

»Nun, dann gehe ich davon aus, dass unsere Mitarbeiter die richtige Person gefunden haben. Ich bitte um Entschuldigung für das Verhör, Herr Messmer. Es ist eine notwendige Formalität. Sie sprechen mit der Sekretärin von Herrn Markus Kielholz, Abteilung für Rechtsnachfolge bei der Zürcher Bank. Herr Kielholz würde gerne in einer vertraulichen Angelegenheit einen Gesprächstermin mit Ihnen in unserer Niederlassung am Paradeplatz vereinbaren.«

»Wer, sagten Sie, sind Sie?«, beharrte Gottfried, verwirrt von dem Ton der Anruferin, die nun um Freundlichkeit bemüht war.

»Die Sekretärin von Herrn Kielholz von der Zürcher Bank.«

»Ich meinte Ihren Namen.«

»Ach so, natürlich. Entschuldigen Sie. Anna Butkovic.«

»Und weshalb will mich dieser Herr Kielholz von der Zürcher Bank sprechen?«

»Wie gesagt, Herr Messmer, es handelt sich um eine vertrauliche Angelegenheit. Selbst wenn ich den Grund kennen würde, könnte ich Ihnen am Telefon nicht mehr sagen. Herr Kielholz möchte Sie persönlich sprechen.«

»Verstehe. Und natürlich ist es dringend.«

»Ich denke schon, Herr Messmer.«

Gottfried trat ans Küchenfenster. Auf der anderen Seite der Glasscheibe hangelte sich die Katze eines Nachbarn vorsichtig die Holzkonstruktion hinunter, die ihr Besitzer am Balkon angebracht hatte, damit das Tier in den Garten gelangen konnte. Er stellte fest, dass die Hortensien blühten, ohne dass es ihm aufgefallen wäre. Als die Katze unten angekommen war, widmete er sich wieder der Unterhaltung mit Anna Butkovic, das Handy zwischen Schulter und Ohr geklemmt, wobei er der Versuchung widerstand, genauso das Weite zu suchen wie die Katze. Er träumte davon, tagsüber zu leben und sich nachts zu erholen. Einen eigenen Garten zu haben. Sich um die Hortensien zu kümmern. Der Kater wurde mit dem Alter immer schlimmer.

»Schauen Sie, Frau Butkovic, ich bin heute Nacht erst spät ins Bett gekommen und gerade erst aufgestanden. Ehrlich gesagt, würde ich immer noch schlafen, wenn Sie mich nicht mit Ihrem Dauerklingeln geweckt hätten. Würde es Ihnen etwas ausmachen, in einer halben Stunde noch mal anzurufen? Ich muss erst duschen und einen Blick in meine Agenda werfen. Ich nehme an, Ihr Chef kann dreißig Minuten warten, oder?«

»Natürlich, Herr Messmer. Aber ich bin sicher, dass es sich um eine Angelegenheit in Ihrem Interesse handelt. Bitte zögern Sie den Termin nicht hinaus.«

»Keine Sorge, das werde ich nicht tun.«

In Wahrheit besaß Gottfried gar keine Agenda. Er zog es vor, Herr über seine Zeit zu sein, anstatt sie durchzutakten, um anderen Priorität einzuräumen. Er lächelte, als er sah, dass Julia die Kaffeemaschine angelassen hatte. Er mochte es nicht zu warten, bis sie aufgeheizt war. Er nahm eine schwarze Kapsel, schob sie in den Schlitz und schloss den Deckel. »Das ist kein richtiger Kaffee«, sagte er sich. »Es ist ein Surrogat, das sie in Kapseln stecken, damit man es nicht sehen und riechen kann, bis einem nichts anderes mehr übrigbleibt, als es zu trinken.« Er hatte es Julia schon ein paarmal gesagt, aber ihr war es völlig egal, dass ihm der Kaffee bei ihr nicht passte: Es waren ihre Wohnung und ihr Kaffee, auch wenn sie ihn eher aus Gewohnheit als mit Genuss trank, immer mit Sojamilch und zwei Löffeln Zucker. Gottfried hingegen bevorzugte ihn schwarz, ohne Zucker. »Wahrscheinlich trinkt Julia deshalb Kapselkaffee«, schloss er. »Weil sie eigentlich keinen Kaffee mag.«

Gottfried bevorzugte italienische Kaffeemaschinen, weil sie ihn an Gloria erinnerten, seine erste Frau. Sie hatte ihm beigebracht, aus dem Kaffeesatz zu lesen, der in der Tasse zurückblieb. Julias Kapseln hinterließen kaum Kaffeesatz, und ohne Kaffeesatz gab es keine Zukunft, die man lesen konnte. »So weit ist es durch diese Kapseln gekommen. Es gibt keine Zukunft mehr.« Er lachte über seine eigene Übertreibung. »Oder eine Zukunft voller Müll.«

Die Tasse in der Hand, setzte er sich auf einen der beiden Hocker, die aus der kleinen Kochinsel einen Essplatz machten. Er griff erneut nach dem Handy, um Tony eine Nachricht zu schicken: »Hoi, das Lammfleisch muss weg.« Der Koch antwortete sofort. »Verstanden, Chef. Heute Abend Spießchen mit Gemüse«. Die ironische Bezeichnung ›Chef‹ entlockte Gottfried ein Lächeln. In der Küche des Kafi Glück hatte Tony das Sagen, aber Gottfried kümmerte sich um die Vorräte, was nicht immer zum Wohlgefallen des Kochs war.

Er trank einen Schluck Kaffee und las die Tagespresse. *Tagesanzeiger* und *NZZ* hatten dasselbe Thema auf ihren Startseiten: »Die UBS gibt die Identität von 4550 Kunden an die USA preis.« Die Tage des Schweizer Bankgeheimnisses, das den Kunden Vertraulichkeit hinsichtlich ihrer Konten zusicherte, waren gezählt. Gottfried überflog die Schlagzeilen, ohne sich näher mit einem Thema zu befassen. Er las nicht gerne am Bildschirm. Außerdem wusste er nicht, wo er seine Brille gelassen hatte, und ohne Brille konnte er die winzige Schrift nicht entziffern, in der die Textblöcke der Online-Nachrichten geschrieben waren.

Als seine Augen zu brennen begannen, stand er auf, um die Ladestation des iPods zu suchen. Julia legte sie ständig woandershin. Er fand sie in einem Regal, in dem sich willkürlich und ohne ersichtliche Ordnung Bücher, Krimskrams und Fotografien stapelten. Er fuhr mit dem Zeigefinger über das Navigationsrad bis zum Buchstaben E und wollte gerade auf *Play* drücken, als das aufdringliche Klingeln des Handys dazwischenfunkte. Es waren exakt dreißig Minuten vergangen. Gottfried ging widerwillig ran.

»Messmer.«

»Guten Tag, Herr Messmer. Hier ist Anna Butkovic.«

Er wollte das Gespräch nicht unnötig in die Länge ziehen und auch nicht länger im Ungewissen bleiben; also machte er noch für denselben Nachmittag einen Termin mit Markus Kielholz aus. Die warme Stimme von Terry Evans erfüllte Julias Wohnung mit einem schwermütigen Blues, während Gottfried sich fragte, was das für eine Angelegenheit sein mochte, dass der Vertreter einer Bank, deren Kunde er nicht war, ihn unbedingt sprechen wollte.

4 Das »Paket«

Die Alliierten hatten Grund zum Optimismus. Aus Italien kamen Gerüchte über eine Schwächung Mussolinis, und man war zuversichtlich, dass Vichy-Frankreich nicht mehr lange besetzt sein würde. Doch niemand konnte voraussagen, zu welcher Seite sich die Waage in diesem grausamen Konflikt neigen würde. Alles, was das Ehepaar Messmer mit Gewissheit wusste, war, dass die Zukunft nicht in den Händen derer liegen konnte und durfte, die sich in ihrem Hass herausnahmen, Gott zu spielen. Einen Gott der Finsternis. Den leibhaftigen Teufel.

Obwohl Hermann und Ada gläubig waren, wussten sie, dass es das absolute Gute und Böse nicht gab; Gott konnte grausam sein und der Teufel ein guter Verbündeter. So rechtfertigte es Ada ihrem Mann gegenüber: »Niemand ist nur gut oder schlecht, Hermann. Die meisten Menschen führen ein Leben, in dem sich das Gute und das Böse die Waage halten.«

Und genau das hatte Hermann dazu gebracht, diesem Flüchtling zu helfen. Er konnte ihn nicht einfach zurücklassen. Wütend umklammerte er den Spazierstock und ging weiter, lehnte sich gegen die unerwartete Wendung des Schicksals auf, das ihn in Versuchung führte, sein Vorhaben aufzugeben. »Ich bin nicht wie sie. Ada und ich sind nicht so. Wir reichen denen, die Hilfe brauchen, die Hand«, sagte er zu sich selbst. »Ich werde das Paket an den nächsten Boten übergeben. Und wenn es mich das Leben kostet.«

Mit diesem Versprechen setzte er seinen Weg bergabwärts fort, quer durch die dichten Buchen-, Eichen- und Tannenwälder rings um den Walensee, wo die Gipfel über 2000 Meter hoch aufragten. Die Schmerzen im Schienbein wurden immer stärker, genau wie seine Angst.

Plötzlich glaubte er, in der Ferne etwas Vertrautes zu erkennen. »Gott lässt sinken, aber nicht ertrinken«, murmelte er vor sich hin. Mit angehaltenem Atem ging er weiter und begann dann zu rennen, getrieben von einer Zuversicht, die genau wie seine Schritte immer kleiner wurde, je mehr er sich dem Ziel näherte. Schließlich warf er den Stock weg und sank vor den Steinen der einzigen noch stehenden Mauer auf die Knie. Es roch durchdringend nach verbranntem Holz.

Ungläubig betrachtete Hermann die verkohlten Überreste der kleinen Holzfällerhütte, dem einzigen Ort in mehreren Kilometern Umkreis, an dem er so etwas wie Verbandszeug hätte finden können. Einige Minuten lang hatte er noch Hoffnung, während er verzweifelt den Schutt durchwühlte, aber vergebens. In der Ferne waren Schüsse zu hören. Jäger oder Soldaten? In weniger als einer Stunde würde die Sonne untergehen. Er hatte zwei Optionen: Zu seinem Schützling zurückkehren und die Nacht im Wald bei einem Mann mit einem offenen Schienbeinbruch verbringen, der Kälte und den wilden Tieren ausgeliefert, die schon bald das Blut wittern würden. Oder sein eben gegebenes Versprechen vergessen und sich auf den Heimweg machen.

Er hob den Stock auf und ging eilig hangaufwärts, während er sein Mantra wiederholte. »Ich bin nicht wie sie.« Ihm fiel ein, dass er das Bein des Juden mit zwei stabilen Ästen und den Ärmeln seines Hemds schienen könnte. Das würde genügen, damit der arme Teufel sich so weit bewegen konnte, um einen Ort zu suchen, an dem sie die Nacht verbringen konnten. Hermann hatte nur ein Taschenmesser dabei.

Zweimal musste er stehen bleiben, um Luft zu schöpfen.

Beim zweiten Mal bemerkte er einen mächtigen umgestürzten Baum, dessen Stamm innen hohl war. Wenn es ihm gelänge, das Paket bis dorthin zu bringen, könnte er beide Enden mit Steinen oder Ästen verschließen. Es wäre ein annehmbares Versteck für die dunkelsten Stunden. Wenn der Mann, so schwer verletzt, wie er war, die nächtliche Kälte in den Alpen überlebte, könnte er ihn dem nächsten Kurier in der beruhigenden Gewissheit übergeben, dass man ihn nicht mehr auswies, da er sich nun auf Schweizer Boden befand. Und wenn er starb, würde der hohle Baumstamm sein Sarg sein.

Der Gedanke an einen möglichen Ausweg verlieh Hermann Flügel, und schon bald erkannte er die Rückseite des Felsens, an dem er den Verletzten zurückgelassen hatte. Er umrundete ihn vorsichtig und mit gespitzten Ohren. Seine Kehle war wie zugeschnürt. Auf der anderen Seite war es erschreckend still. Für eine Sekunde befürchtete er, der Mann sei gestorben. Knapp drei Schritte trennten ihn von der Gewissheit, aber seine Beine gehorchten ihm nicht. Was sollte er mit dem Toten machen? Wie sollte er einen Toten übergeben? Vielleicht war der Mann auch nur bewusstlos. Die Schmerzen, der Blutverlust ... Er hielt den Atem an und ging um den Vorsprung herum: Nichts. Ungläubig blickte er sich um. Hatte er sich verlaufen? War dies der richtige Felsen? Er machte kehrt und ging noch einmal um den Felsblock herum. Dann entdeckte er etwas auf dem Boden, das alle seine Fragen beantwortete. Der Flüchtling war verschwunden. Nur ein rötlicher, eingetrockneter Fleck zeugte davon, dass an dieser Stelle vor knapp einer halben Stunde noch ein Mann mit gebrochenem Bein gelegen hatte. Hermann wurde bewusst, dass er nicht einmal seinen richtigen Namen kannte.

5 Das Schließfach

Markus Kielholz nahm den kleinen Taschenspiegel, den er in einer Schublade seines Schreibtischs aufbewahrte, und bleckte die Zähne wie ein wieherndes Pferd. Mit dem Nagel des kleinen Fingers entfernte er ein winziges Stückchen Basilikum, das zwischen den Schneidezähnen steckte. An jedem anderen Tag hätte er sich die Zähne geputzt, bevor er sich wieder an die Arbeit machte, aber Gottfried Messmer war zu früh da. Als er vom Mittagessen zurückkam, war er ihm am Empfang begegnet, deshalb erschien es ihm nicht korrekt, ihn jetzt warten zu lassen. Offen gestanden, wollte er selbst nicht länger warten, nachdem sein Team endlich den Erben in der kniffligsten Angelegenheit seiner ganzen Zeit als Leiter der Abteilung für Rechtsnachfolge ausfindig gemacht hatte. Jetzt konnte er beruhigt in Rente gehen.

Jedes nachrichtenlose Konto bedeutete aufwändige Nachforschungen nach möglichen Erben, ein Prozess, der sich nur selten lohnte, da die Begünstigten das Geld oder die Wertsachen für gewöhnlich in ihr Heimatland oder in ein Steuerparadies transferierten. Der Erfolg bestand darin, ein Konto aus seinem Dornröschenschlaf zu erwecken, um es anschließend auflösen zu können.

Gottfried war noch in seiner Wohnung vorbeigegangen, um sich dem Anlass entsprechend anzuziehen.

Er hatte den einzigen Anzug aus der Versenkung hervorgeholt, den er besaß – nicht aus Geldnot, sondern wegen mangelnder Gelegenheiten für diese Art von Etikette. Während Gottfried sich umzog, fragte er sich, was dieser Kielholz über Hermann und Ada wusste. Und über ihn und das Kafi Glück. Vor allem aber fragte er sich, ob der Banker etwas wusste, von dem er selbst nichts ahnte. Das Interesse dieses Bankmenschen machte ihn stutzig. So viele Ungewissheiten konnten nichts Gutes bedeuten.

Die Hose spannte am Bund, so dass er einen Gürtel anziehen musste, um das zu überspielen. Auch das Jackett ließ sich nicht richtig zuknöpfen, weil er inzwischen einen ziemlichen Bierbauch hatte. Das Kafi Glück lief gut, aber dort brauchte man keinen Anzug. Außerdem hatte das Nachtleben die Zeit, in der er frühmorgens entlang der Limmat vom Zürichsee zur Badestelle auf der Werdinsel gelaufen war, auf null reduziert. Eine beginnende Arthrose machte ihm das Laufen unmöglich. Und verkatert zu sein half auch nicht. Auf eine Krawatte verzichtete er, weil er keine besaß. Er hatte damals seinen Vater an einer Krawatte erhängt aufgefunden.

Kielholz' Büro befand sich im ersten Stock eines neoklassizistischen Gebäudes am belebten Paradeplatz, auf dem Weg zwischen Hauptbahnhof und Zürichsee. Gottfried war fünfzehn Minuten früher dort als vereinbart.

Frau Butkovic war wesentlich freundlicher und ein bisschen älter, als Gottfried sie aufgrund ihrer Stimme eingeschätzt hatte. Das gefiel ihm. Er ertrug die Arroganz der Jugend nicht. Julia behauptete immer, das sei ein Zeichen dafür, dass er alt werde. Er verbrachte die Wartezeit mit einem mehr oder weniger kurzweiligen Gespräch mit Kielholz' Sekretärin, aber es gelang ihm nicht, der Frau den Grund zu entlocken, der ihn in diese sterile Bürowelt geführt hatte, wo das Vorzimmer so groß war wie seine ganze Wohnung.

Als Markus Kielholz endlich kam, reichte er ihm die verschwitzte Hand zu einem festen Händedruck, bevor er in seinem Büro verschwand, ohne ihn hereinzubitten. Gottfried sah Frau Butkovic an, unschlüssig, ob er ihm folgen oder auf seinen Warteplatz zurückkehren sollte. Dann klingelte das Telefon der Sekretärin, und diese stand sofort auf, um ihn in das Allerheiligste des Bankers zu führen. Ihre Absätze klapperten auf dem beigefarbenen Marmor. Sie zog eine Spur ihres süßlichen Parfüms hinter sich her, das sich in Schwaden im Raum ausbreitete.

Kielholz erwartete ihn mit einem Lächeln, das zu übertrieben war, um ehrlich zu sein. Sein Büro war hell und geräumig und mit einem Möbelsystem aus Metall eingerichtet, das ebenso kühl wie teuer wirkte. Jede Menge zeitgenössischer Kunst hing an den Wänden und stand überall in den Regalen. »Kunst für Leute, die mehr von Geld verstehen als von Kunst«, sagte sich Gottfried. Sein Gastgeber bot ihm einen Platz an und versuchte, ein höfliches Gespräch zu beginnen. Der Besitzer des Kafi Glück wartete nicht einmal ab, bis er saß, um ihn zu unterbrechen.

»Wissen Sie, Herr Kielholz, ich habe kein Interesse daran, Kunde Ihrer Bank zu werden, falls es das ist, weswegen Sie mich hergebeten haben. Geld interessiert mich nur als Mittel zum Zweck. An mir werden Sie nichts verdienen.«

Kielholz hielt sein Grinsekatzengesicht noch ein paar Sekunden aufrecht und kam dann zur Sache.

»Ihr Geld interessiert mich nicht, Herr Messmer. Die Angelegenheit, wegen der ich Sie anrufen ließ, ist in Ihrem Interesse, nicht in meinem.« Er ging um seinen Schreibtisch herum und nahm Gottfried gegenüber Platz. »Wie Frau Butkovic Ihnen sicherlich mitgeteilt hat, leite ich die Abteilung für Rechtsnachfolge der Zürcher Bank. Und offensichtlich sind Sie der Erbe eines Bankkontos bei unserem Institut. Ich weiß nicht, ob Sie schon einmal von schlafenden Konten gehört haben.«

»Ich dachte, Geld schläft nie«, antwortete Gottfried knapp aus seinem funktionalen Ledersessel mit verchromten Füßen.

»In diesem Fall schon«, entgegnete Kielholz, ohne sich von der Ironie seines Gegenübers aus der Ruhe bringen zu lassen. »Es schläft seit fast fünfzig Jahren. Allerdings wissen wir gar nicht, ob es sich um Geld handelt. Zu dem Konto gehört nämlich ein Bankschließfach, und wir wissen nicht, was es enthält.«

Der Bankangestellte sah Gottfried an, während er auf eine Reaktion wartete, die nicht kam. Unbehaglich rutschte er auf seinem Stuhl hin und her, um schließlich das Schweigen zu brechen:

»Bis zum Jahr 1973 wurden zwar die Gebühren bezahlt, aber es hat sich nie irgendwer für den Inhalt des Schließfachs interessiert. Es ist, als hätte Ihr Vater ein Konto eröffnet, das danach vollständig vergessen wurde.«

Gottfried stützte das Kinn in die Hand und hielt seinem Blick stand. Er sagte nichts; er sah keine Notwendigkeit, vorzeitig Luft zu verschwenden. Vermutlich war der Moment, in dem ihm der Mann den wahren Grund nannte, aus dem er ihn hatte kommen lassen, noch nicht gekommen. Alles, was er sagte, schien ihm nur Vorgeplänkel zu sein, Worthülsen ohne tatsächliche Informationen. Geplapper, bevor er zum Angriff ansetzte. Er hatte sich nicht geirrt, denn Kielholz richtete sich auf und stützte die Ellbogen auf den Tisch, um sich ihm anzunähern. Dann ließ er die Bombe platzen:

»Schauen Sie, Herr Messmer, ich will ehrlich zu Ihnen sein: Wir möchten, dass Sie das Schließfach öffnen, damit wir das Konto auflösen können.«

Gottfried lehnte sich zurück und ließ sich einen Moment

Zeit, bevor er antwortete. Ein geerbtes Bankschließfach lag weit außerhalb aller Vorstellungen, die er sich als Grund für diesen Termin ausgemalt hatte. Geheimnisse lockten ihn nicht. Sie machten ihm vielmehr Angst.

»Und warum sollte ich es öffnen?«

6 Jakob

April 1938

Die Ursprünge von Jakob Sandlers Glauben verloren sich im weitverzweigten Geäst seines Stammbaums. Deshalb war ihm nach dem Anschluss Österreichs an Nazideutschland im Jahr 1938 klar, dass er das Land verlassen musste. Es war zwei Wochen nach Purim. Seine Frau und seine Tochter waren schon Tage vor diesem schicksalhaften 12. März ausgereist. Man konnte nicht mehr auf die Straße gehen, ohne beleidigt oder bedroht zu werden. Jeder Tag brachte eine neue Demütigung. Ihr hatte es irgendwann gereicht, aber Jakob beschloss zu bleiben. Er wollte versuchen, den Familienbesitz in Sicherheit zu bringen. Ruth und er hatten zwei Jahre zuvor geheiratet, als Jakob die durch die Wirtschaftskrise geschwächte Textilfabrik seines Vaters geerbt hatte. Er hatte vor, später in der Schweiz zu ihnen zu stoßen, doch Jakobs Selbstaufopferung erwies sich schon bald als sinnlos. Die Enteignung jüdischer Geschäfte und Unternehmen hatte unmittelbar nach der Annexion begonnen und würde in den nächsten Monaten abgeschlossen sein. Die Nazis nahmen den Juden ihre Häuser, ihre Autos, ihr Leben. Sie raubten ihre Kunst, die entweder auf dem Scheiterhaufen endete oder die Schatullen der Nazis füllte, verkauft von geldgierigen Händlern, die sich am Unglück anderer bereicherten. Es ging das Gerücht, Hitler wolle am Linzer Bahnhofsplatz ein Gebäude errichten, das ebenso groß war wie sein Ego, um die kostbarsten Stücke dort auszustellen. Ein Führermuseum für die größenwahnsinnige Sammlung von Raubkunst, nur zwei Straßen vom Wohnsitz der Sandlers entfernt.

Jakob wartete nicht, bis sich das Gerücht bestätigte. Es grenzte an ein Wunder, dass er noch in seinem Haus bleiben konnte, ein Glücksfall, für den er einen hohen Preis an einen früheren Angestellten bezahlt hatte, der nun mit den Nazis kollaborierte und der ihm noch eine Gefälligkeit schuldete. Sandler war seinerzeit für die kostspielige medizinische Behandlung des Sohnes aufgekommen, ohne die der Junge nicht überlebt hätte. Aber dieses Privileg würde nicht lange währen. Wenn sich zwei Seiten unversöhnlich gegenüberstanden, blieb kein Platz für Loyalität, und Jakob befand sich eindeutig auf der schwächeren Seite. Das leblose Haus tauchte immer wieder in seinen Albträumen auf. Er konnte sich nicht erinnern, wann er zum letzten Mal ein paar Stunden am Stück geschlafen hatte, ohne bei jedem Geräusch hochzuschrecken. Er schlief in Kleidern. Neulich war ihm der Schreck in die Glieder gefahren, als er hörte, wie sich jemand spätnachts an der Haustür zu schaffen machte. Es hatte sich angehört, als würde jemand die Tür schrubben. In jener Nacht hatte er beschlossen zu gehen. Der Gedanke entlockte ihm ein bitteres Lächeln. Niemand würde die Tür eines Juden schrubben.

Es hatte keinen Sinn, noch länger abzuwarten. Sein Leben war wertvoller als jeder Besitz. Er hatte erfolglos versucht, einen sicheren Ort für seine Kunstsammlung zu finden. In Zeiten des Verrats konnte man niemandem trauen. Und da die Gemälde untrennbar mit seiner Familiengeschichte verbunden waren, zog Jakob es vor, dass man sie ihm wegnahm, statt sie jemandem zu überlassen, der sein Vertrauen missbrauchte und sie am Ende für einen Judaslohn verkaufte. Verdammt, ihretwegen hatte er sich von seiner Frau und seinem Baby getrennt. Sich einfach damit abzufinden und die Kunstwerke verloren zu geben war keine Option; zumindest musste er dokumentieren, dass es sie gegeben hatte. Nur so konnte er versuchen, sie zurückzubekommen, wenn der Krieg irgendwann vorbei war. Falls er überlebte.

Er setzte sich an seine Underwood-Schreibmaschine und begann im ersten Tageslicht, eine Inventarliste der Porträts und Landschaftsansichten zu erstellen, die die Wände des Hauses schmückten, das nun kein Zuhause mehr war. Seine Tochter würde keine Erinnerungen daran haben. Diese Bilder waren seit Generationen in Familienbesitz, und er war nicht imstande, sie zu bewahren. Auch nicht das einzige Bild, das Jakob für die Sammlung erworben hatte: das kleine Ölgemälde eines Waldes, in das sich seine Frau bei ihrer Hochzeitsreise nach Wien verliebt hatte. Während er tippte, gingen ihm im Rhythmus eines tropfenden Wasserhahns die letzten Worte durch den Kopf, die sie zu ihm gesagt hatte: »Mach dir nichts vor, Jakob. Es wird nichts bleiben.« Er hatte sich strikt geweigert, ihr recht zu geben. »Wir werden sie wiederbekommen«, hatte er geantwortet. »Oder wir fangen von vorne an.«

Mit dieser Hoffnung begann Jakob Sandler eine detaillierte Liste mit Titeln, Maßen und besonderen Merkmalen zu erstellen. Im Morgenlicht, das durch das Oberlicht des Fensters fiel, blitzte der goldene Siegelring mit dem Wappen der Sandlers an seinem Zeigefinger. Um schneller voranzukommen, verzichtete er sowohl auf Leerstellen als auch auf Großbuchstaben. Er nutzte das gesamte Papier, ohne Rand und mit engem Zeilenabstand, und reihte die einzelnen Werke in einer langen Schlange aneinander, nur durch einen schlichten Bindestrich voneinander getrennt. Sie würden alle auf ein kleines Blatt passen.

Seine Fingerspitzen waren schon fast taub, als er das letzte Werk eintippte, das einzige, das wirklich ihm gehörte:

waldinneres.klimt,gustav.wien1884.12x15cm.
ölaufleinwand.

Als er die winzige Waldlandschaft ein letztes Mal betrachtete, erschien das Gesicht seiner Frau zwischen den Ocker- und Grüntönen, und da wusste er, dass er es nicht zurücklassen konnte. Er nahm die Leinwand aus dem Rahmen und rollte vorsichtig die so eng damit verwobene Erinnerung an seine Frau zusammen. Wo auch immer er hinging, *Waldinneres* würde ihn begleiten.

Als er das Blatt aus der Maschine zog, verschmierte die Walze die Tinte der letzten Zeile. Jakob faltete das Papier und steckte es in seine Tasche. Ungewissheit machte sich in seinen Gedanken breit. Er hatte Angst, dass die Liste nicht ausreichte. Sie würde genügen, um den Weg der Kunstwerke nachzuverfolgen, nicht aber, um seinen Besitzanspruch nachzuweisen. Verzweifelt fuhr er sich durch die Haare. Als er die Hände im Nacken verschränkte, spürte er die vertraute Berührung seines Rings. Der Siegelring der Sandlers.

Ohne eine Sekunde zu verlieren, zog er die Farbrolle aus der Schreibmaschine und rieb das goldene Siegel über das mit schwarzer Tinte getränkte Band. Dann drückte er das Wappen auf die Rückseite von *Waldinneres.* Es funktionierte. In aller Eile wiederholte er den Vorgang bei allen anderen Gemälden, getrieben von derselben Entschlossenheit, mit der es ihm gelungen war, die Fabrik seines Vaters durch die weltweite Krise zu steuern.

Der Gedanke an die Fabrik brachte für Momente die Erinnerungen an sein Leben als jung verheirateter Mann zurück, der voller Zuversicht in eine Zukunft blickte, die ihm nun genommen worden war. Deshalb markierte er die Bilder: um die Hoffnung aufrechtzuerhalten, sie irgendwann wiederzubekommen, und nicht akzeptieren zu müssen, was er eigentlich schon wusste: dass die Trennung von Frau und Tochter die größte Dummheit gewesen war, die er in seinem ganzen Leben begangen hatte. »Als junger Mensch bist du dir der Folgen deines Handelns nicht bewusst. Du weißt noch nicht, dass deine Geschichte die Summe deines Denkens und Handelns ist.« Das hatte ihm sein Vater mit auf den Weg gegeben. Die plötzliche Erkenntnis ließ ihn in Tränen ausbrechen. Er weinte, wie er es nicht gekonnt hatte, als er sich von seiner Familie verabschiedete. Die verdammte Würde hatte ihn daran gehindert. Die Würde war nutzlos.

7 Das Vermächtnis

»Selbstverständlich sind Sie nicht gezwungen, das Schließfach zu öffnen, Herr Messmer. Aber dieses Schließfach hat Ihrem Vater gehört, und Sie sind sein rechtmäßiger Erbe.« Die Hände auf der Tischplatte verschränkt, ließ Markus Kielholz die Daumen in einer Bewegung umeinanderkreisen, die Gottfried an ein Hamsterrad erinnerte. Und er fühlte sich wie der Hamster, der darin gefangen war.

»Hermann Messmer hat es vor beinahe einem halben Jahrhundert angemietet. 1960 taucht sein Name zum ersten und zum letzten Mal im Besucherregister auf. Ab 1973, dem Jahr, als seine Frau Ada Messmer starb, wurde die regelmäßige Zahlung der Gebühren eingestellt.«

Gottfried spürte, dass die ganze Sache für Kielholz nur eine Formalität war. Er sprach über den Vater und seine Frau, als wären sie hohle Figuren aus Industriekeramik. Die niedrige Rückenlehne des Stuhls bohrte sich in seinen Rücken. Er rutschte unruhig auf seinem Platz hin und her. Der Raumduft des Büros reizte seine Augen. Ihm gegenüber fuhr der Banker ungerührt mit seinem Vortrag fort.

»Sie haben mehrere Möglichkeiten. Sie können die aufgelaufenen Gebühren für die Bereitstellung des Fachs begleichen und dann schauen, ob der Inhalt die gezahlte Summe aufwiegt. Danach können Sie damit machen, was Sie wollen. Sie können auch ein neues Schließfach auf Ihren Namen eröffnen und den Inhalt dort aufbewahren. Wenn Sie das Schließfach Ihres Vaters öffnen, können Sie über den Inhalt verfügen, und ich kann das Konto auflösen. Eine weitere

Option wäre, die noch ausstehenden Gebühren zu begleichen, das Fach ungeöffnet zu lassen und weiterhin monatlich für ein Schließfach zu zahlen, dessen Inhalt Sie nicht kennen. Oder Sie könnten auch ...«

»Hören Sie«, unterbrach ihn Gottfried und löste sich von der Rückenlehne, um sich zu Kielholz vorzubeugen. »Dieser Vater, über den Sie so kalt sprechen, war mein Vater. Mein Vater, der Selbstmord beging, als ich noch ein Kind war. Die Ehefrau, die Sie erwähnten, war meine Mutter, die mir nie von der Existenz eines Schließfachs erzählte. Versuchen Sie nicht, mich für dumm zu verkaufen. Es liegt auf der Hand, dass es hier nicht um meine Interessen geht, sondern um Ihre. Sie wollen, dass ich das Schließfach bezahle, Herr Kielholz. Ich bezahle, und Ihre Bank kann ein Konto abschreiben, das keine Dividende bringt.«

»Das können Sie sehen, wie Sie wollen, Herr Messmer. Bevor Sie mich unterbrochen haben, wollte ich gerade sagen, dass Sie die Übernahme des Schließfachs natürlich auch ablehnen können.«

»Natürlich. Und was geschieht in diesem Fall mit dem Inhalt?«

»Es wird nach weiteren Erben gesucht.«

»Es gibt keine weiteren Erben. Zumindest, soweit ich weiß. Und offensichtlich haben Sie bis jetzt keine gefunden, sonst hätten Sie mich nicht angerufen.«

»Direkte Nachkommen haben Vorrang. Aber wir können weitersuchen.«

»Okay. Nehmen wir mal an, dieser direkte Nachkomme lehnt die Annahme des Schließfachs ab und es gibt keine weiteren Erben. Was geschieht dann mit dem Inhalt?«

Kielholz lehnte sich in seinem Sessel zurück.

»Wenn Sie sich so entscheiden, Herr Messmer, würden wir nach fünfzig Jahren ohne Kontobewegung in Anwesenheit eines Notars das Konto auflösen, und der Inhalt des Schließfachs würde in den Besitz des Staates übergehen.«

»Verstehe. Und was bringt es mir, wenn ich das Schließfach öffne? Außer dass ich die in über drei Jahrzehnten aufgelaufenen Gebühren für ein Konto zahle, natürlich.«

»Das hängt wiederum vom Inhalt ab«, antwortete Kielholz, ohne sich aus der Ruhe bringen zu lassen. »Bargeld von vor über einem halben Jahrhundert hat häufig nur nostalgischen Wert. Aber das Schließfach könnte wertvolle Objekte enthalten.«

Gottfried hob ungläubig die Augenbraue, ließ den Banker aber weiterreden.

»Das Konto wurde nach dem Zweiten Weltkrieg eröffnet, Herr Messmer. Es wäre nicht ungewöhnlich, wenn Ihr Vater ein Vermögen in Form von Gold oder Kunst hätte in Sicherheit bringen wollen.«

»Fünfzehn Jahre nach Kriegsende? Kommen Sie, verarschen Sie mich nicht …«

»Nun, Ihr Vater war Deutscher, richtig?«

»Was wollen Sie damit sagen?«

»Gar nichts, aber …«

Gottfrieds Anspannung löste sich in einem lauten Lachen. Er musste zugeben, dass der Kerl seinen Job gut machte. Er hatte deutlich gesagt, worum es ihm ging, und er war von Anfang an ehrlich gewesen.

»Mein Vater hatte kein Vermögen, Herr Kielholz. Er besaß keinen verdammten Franken. Bei Ihren Recherchen haben Sie sicherlich festgestellt, dass er in einem Gemeinschaftsgrab bestattet wurde. Mein Vater besaß nichts.«

»Jedenfalls, soweit Sie wissen, Herr Messmer«, gab der Banker zurück. »Sie würden staunen, was für Fälle durch unsere Abteilung gehen. In den allermeisten Fällen wissen die Erben nichts von der Existenz dieser Depots. Aber Sie können mir glauben, wenn ich Ihnen sage, dass sie es nur selten bereuen, das Erbe angenommen zu haben.«

»Sie legen mir erneut nahe, das Schließfach zu öffnen, Herr Kielholz?«

»Es ist nicht meine Aufgabe, Ihnen etwas nahezulegen, Herr Messmer. Meine Aufgabe ist es, und verzeihen Sie meine Hartnäckigkeit, zu erreichen, dass das Konto aufgelöst wird.«

»Mit oder ohne meine Hilfe.«

»Lieber mit Ihrer Hilfe, Herr Messmer. Deshalb haben wir uns die Mühe gemacht, Sie zu suchen. Sie waren einer der schwierigsten Fälle, seit ich in der Abteilung für Rechtsnachfolge arbeite. Kein anderer Erbe ist uns so oft entschlüpft wie Sie, das kann ich Ihnen versichern.«

Gottfried wusste nicht, ob er das Schließfach öffnen sollte oder nicht, aber in einem war er sich sicher: Seine Entscheidung würde nicht davon abhängen, ob Markus Kielholz Druck machte. Er bat um Bedenkzeit und verließ die Niederlassung der Zürcher Bank. Ein Satz des Gesprächs war ihm noch genau im Kopf. Er konnte seinen Ärger nicht unterdrücken, als er ihn noch einmal wiederholte, lauter, als er es eigentlich wollte. »Die Mühe, mich zu suchen. So ein Dummschwätzer!«

Es war Spätsommer, und die Tage wurden kürzer, auch wenn die Temperaturen noch angenehm waren. Die Trams hielten mit einem metallischen Kreischen am Paradeplatz, dem Herzen des Schweizer Bankwesens, wo sich eine der größten Goldreserven der Welt befand. Über tausend Tonnen Goldbarren stapelten sich unter den Füßen der Passanten, dort, wo sich ehemals der Schweinemarkt befunden hatte.

Die Schaufenster der Konditorei Sprüngli führten Gottfried zur Bahnhofstraße. Von dort sah er in der Ferne den Zürichsee und dahinter, ungewöhnlich klar, die verschneiten Alpengipfel von Glarus. Das Handy vibrierte in seiner Jackentasche und erinnerte ihn daran, dass er es für die Unterhaltung mit Kielholz auf stumm geschaltet hatte.

»Ja, Valeria?«

»Kommst du noch vorbei, Gott? Ich habe hier ein paar Bands, die sehr nach Glück klingen. Wäre toll, einige von denen im Winter live zu haben. Ich hätte gerne, dass du sie dir anhörst. Ich habe dir eine Playlist gemacht.«

Gottfried beschloss, an diesem Tag nicht mehr in die Bar zu gehen. Seine Geschäftsführerin, ihre Bands und das Glück konnten warten. In diesem Moment konnte er nur an seinen Vater denken. Beim Überqueren der Bahnhofstraße spürte er die Sonne und den warmen Föhn angenehm im Gesicht. Er entschloss sich zu einem Spaziergang, um den Kopf freizubekommen und das unangenehme Gefühl zu verscheuchen, das Kielholz in ihm hervorgerufen hatte. Er ging durch die schmalen Altstadtgassen zum Lindenhof, dem Hügel des antiken Turicum. Die Stille in diesem kleinen, von hundert Jahre alten Bäumen beschatteten Garten Eden war immer Balsam für seine Seele. Dreißig Meter unter dem Felsplateau floss die Limmat unbeirrt vom See in Richtung Aare. Nicht weit von dem achteckigen Brunnen in der Mitte des Platzes spielte eine Gruppe alter Männer im Schatten des grüngelben Blätterdachs Schach an zwei großen Brettern, die ins Pflaster eingelassen waren. Die alten, lackierten Holzfiguren ließen Hermanns Bild vor dem inneren Auge seines Sohnes erstehen. Mit diesen Figuren, die damals fast so groß waren wie er selbst, hatte der kleine Gottfried gelernt, Niederlagen hinzunehmen und Frust auszuhalten. Seit dem Selbstmord seines Vaters hatte er kein Schach mehr gespielt.

Die Rentner konzentrierten sich auf das Spiel, als wäre es

die wichtigste Aufgabe des Tages. Sie sprachen kein Wort, und es war klar, dass sie nicht spielten, um die Zeit totzuschlagen, sondern um sie zu genießen. Gottfried sah den Männern lange zu und traute sich nicht, die Szene zu unterbrechen. Doch am Ende war der Wunsch, die Erinnerungen aufzufrischen, stärker als seine Vorbehalte. Er näherte sich dem Brett mit dem festen Entschluss, sich für die nächste Partie einzutragen. Im Schach gab es viele unterschiedliche Strategien. Hingegen beschränkte sich seine Auswahl an Möglichkeiten hinsichtlich des Schließfachs auf eine einzige. »Was auch immer sich darin befand, es war das Vermächtnis meines Vaters«, sagte er sich.

8 Die Flucht

Jakob Sandler stieg langsam die Marmortreppe zu den Privaträumen hinauf. Er trug schwer an der Last der Schuld. In der Hand hielt er die gerollte Leinwand. Sein Schlafzimmer roch nach Staub und geerbten Möbeln. Seit Ruth nicht mehr da war, hatte er nicht mehr gelüftet. Er machte auch kein Licht, weil er nicht die Aufmerksamkeit von draußen auf sich ziehen wollte. Jakob schlief in der Küche, um auf diese Weise schnell durch den Hinterausgang verschwinden zu können. In dieser verkehrten Welt mussten sich die Nazis und die Plünderer nicht verstecken: Wenn sie reinkommen wollten, konnten sie es durch die Haustür und sogar am helllichten Tag tun.

Er zog das gefaltete Blatt Papier aus seiner Tasche und legte es neben die Leinwand auf den Nachttisch. Erfolglos versuchte er, die Tinte an seinen Fingern an der nackten Matratze seines Ehebetts abzuwischen. Dann ging er zum Safe, der hinter einem Wandteppich versteckt war, und holte das Geld und den Schmuck heraus, die er darin aufbewahrte. Statussymbole für längst vergessene Feste. Schließlich suchte er das Nähetui seiner Frau und begann, seine Flucht vorzubereiten.

Er nahm mehrere Kleidungsstücke aus dem Schrank, trennte unauffällige Nähte auf und versteckte die Geldscheine darin. Dann trennte er die Manschetten- und Knopfleisten auf, um das Gold und die Edelsteine getrennt zu verstecken. Auch die Uhr und seinen Ehering nähte er ein. Den Siegelring der Sandlers allerdings, den er zusammen mit der Fabrik von seinem Vater geerbt hatte, behielt er am Zeigefinger. Er hatte ihn seit damals nicht mehr abgenommen, und er würde es auch jetzt nicht tun. Wenn sie ihm den Ring wegnehmen wollten, mussten sie ihm den Finger abschneiden.

In einer Ecke verstaubte der Nähplatz seiner Frau. Wenn sie in der Schwangerschaft wegen ihres Sodbrennens nicht schlafen konnte und sich stattdessen mit Näharbeiten beschäftigte, hatte Jakob sie immer vom Bett aus beobachtet. Er versuchte, sich an die sanften Bewegungen ihrer Hände und ihrer geschickten Finger zu erinnern. Nähen konnte nicht so schwierig sein; es ging lediglich darum, zwei Stoffstücke zusammenzuheften.

Er brauchte ewig, um die Nadel einzufädeln. Jakob Sandler war erst dreiundzwanzig, aber der Schlafmangel und die ständige Anspannung hatten ihm den Puls eines alten Mannes beschert. Er stach sich mehrmals in den Finger, das Blut vermischte sich mit der Tinte, aber schließlich gelang es ihm mit der Geduld dessen, der ein klares Ziel vor Augen hatte, mit groben Stichen die Nähte wieder zu schließen. Als er fertig war, zog er die ganzen Kleider an. Durch die vielen Schichten wirkte er kräftiger, was ihm ein wenig von seiner früheren Selbstsicherheit zurückgab. Sein Gesicht im Spiegel überraschte ihn: Es war schmal geworden und sah um zehn Jahre gealtert aus. Bevor er den Kleiderschrank schloss und das Schlafzimmer verließ, setzte er noch einen Filzhut auf.

Ein Spazierstock, den sein Besitzer bereits vergessen hatte, hatte den ganzen Vorgang von einer Ecke aus beobachtet, als wartete er auf seinen Einsatz. Der Bronzeknauf hatte die Form eines Hundekopfes; es kam Jakob vor, als blickte er ihn an. Plötzlich fiel ihm wieder ein, dass man den Knauf abnehmen konnte. Er nahm den Stock und schraubte ihn auf, um die Leinwand und die Liste zusammengerollt in dem Hohlraum zu verstecken. Auf den Hundekopf gestützt, ging er ein letztes Mal die Treppe hinunter, die den privaten Bereich von den Empfangsräumen trennte, und machte sich wehen Herzens, aber würdevoll auf die Flucht.

Er zog die Tür leise ins Schloss, ohne abzuschließen. Ihn verabschiedete ein Schmähspruch, der mit schwarzer Farbe auf das Holz geschmiert war. Die Farbe war noch feucht: *Hier wohnt ein Jude.* Wer auch immer das geschrieben hatte, irrte. Hier wohnte kein Jude mehr.

Die Aussicht, seine Familie wiederzufinden und ein neues Leben anzufangen, hielt ihn während der Zeit seiner Flucht aufrecht. Als er die Schweizer Grenze erreichte, die für Juden wie ihn de facto geschlossen war, besaß Jakob von allem, was er aus Linz mitgenommen hatte, nur noch den Spazierstock und den Siegelring. Er hatte einen hohen Preis dafür bezahlt, beides zu behalten, als Beweis dafür, dass er einmal ein anderes Leben gehabt hatte. Er fragte den Mann, der ihm geholfen hatte, auf Schweizer Territorium zu gelangen, nach dem Datum. Den Kurier, der ihn endlich in Sicherheit gebracht hatte.

»24. Oktober.«

»Welches Jahr?«

»1942.«

Viereinhalb Jahre waren vergangen. Das nationalsozialistische Österreich zu durchqueren hatte ihn das Geld, den Schmuck, den Hut und die Kleidung gekostet. Sein Kopf war voller unaussprechlicher Erinnerungen, und seine Gesundheit hatte dramatisch gelitten. Er hatte gestohlen. Er hatte getötet. Er hatte Angst, Kälte und Hunger überlebt, Schmutz und Einsamkeit, die Unbarmherzigkeit einer Gesellschaft, die sich vor dem Naziregime fürchtete und gleichzeitig gemeinsame Sache mit ihm machte. Schweigen und Einsamkeit. Aber er hatte nicht den Verstand verloren, war frei und am Leben.

Und nun, da er glaubte, sich in neutralem Gebiet zu befinden, als er es wagte, sich mit dem Gedanken zu tragen, seine Familie wiederzufinden, hatte ihm ein unter zwei Handbreit totem Laub verstecktes Loch den Weg versperrt, nach mehr als zehn Stunden Fußweg ohne Rast. Am Ende seiner Kräfte, in einem dichten, kalten Wald und nur in Begleitung eines Unbekannten, der ihm geholfen hatte, auf den einzigen neutralen Boden in ganz Europa zu gelangen, spürte Jakob, dass ihn das Glück endgültig verlassen hatte.

In seiner Erinnerung hörte er noch das trockene Knacken des brechenden Knochens, gefolgt von heftigem Schwindelgefühl. Ein dumpfer Schmerz war ihm in die Wirbelsäule geschossen und hatte sich wie ein Stachel in sein Gehirn gebohrt. Die Anspannung und das Tempo, in dem sie unterwegs waren, hatten ihm geholfen, das Bein aus dem Loch zu ziehen, aber danach konnte er nicht mehr auftreten. Als er das Hosenbein hochkrempelte, wusste er, dass er todgeweiht war.

Neben ihm starrte Hermann Messmer ungläubig auf das blutüberströmte Bein, das sich schnell blau färbte, ein Kontrast zum Rot des aufgeschlitzten Fleischs und dem rosigen Knochen, der daraus hervorstach und in die Luft ragte. Er bückte sich und forderte Jakob auf, die Arme um seinen Hals zu schlingen, damit er ihm aufhelfen konnte, aber es gelang ihm nicht. Er musste ihn zu einem nahen Felsen schleifen, einer Steilwand aus Granit, die wenige Schritte entfernt dreihundert Meter tief zum Nordufer des Walensees abfiel. Er nahm den Gehstock des Juden und rief dem Mann zu: »Rühr dich nicht vom Fleck!« Dann rannte er bergab.

9 Der Spazierstock

Herbst 2009

Eine Loden-Schiebermütze auf dem Kopf, die Hände in den Taschen seiner Lederjacke vergraben, ging Gottfried Messmer die schmale Treppe aus unpoliertem Granit hinunter, die zum Tresorraum im Hauptgebäude der Zürcher Bank führte. Um bis hierhin zu gelangen, hatte er wer weiß wie viele Papiere unterzeichnen müssen. Er hoffte nur, dass es die Sache wert war.

Hinter ihm folgte eine Bankangestellte, die etwa in seinem Alter zu sein schien. Der intensive Blick ihrer himmelblauen Augen erinnerte ihn an seine Mutter Ada. Mit einer sanften Kopfbewegung warf die Frau die blonde Strähne nach hinten, die ihr immer wieder seitlich in die Augen fiel. Sie hatte sich als »die Wächterin Ihres Schließfachs« vorgestellt. Ihr Name war Myriam Steiner. Es gefiel Gottfried, dass sie keine Ohrringe trug. Seine Mutter hatte auch keine getragen.

Markus Kielholz erwartete sie am Ende des langen Treppenhauses in einem kleinen, mit Eichenholz getäfelten Vorraum, der vom kalten Licht einer Energiesparleuchte erhellt wurde. Seit ihrer letzten Begegnung waren zwei Monate vergangen, aber es kam Gottfried vor, als trüge er denselben Anzug. Tatsächlich sahen Banker für ihn alle gleich aus, ein Heer von Klonen in dunkelblauen oder grauen Anzügen.

Ein Mann in Uniform grüßte sie freundlich. Er saß an einem Metalltisch hinter einem Bildschirm verschanzt, aus seinem Hosenbund ragte ein Pistolengriff. Er reichte ihnen einen Kugelschreiber, um sich im Besucherregister einzutragen, und erkundigte sich, ob sie einen Schlüssel hätten. Als sie einstimmig bejahten, legte er seinen Zeigefinger auf ein Fingerabdrucklesegerät. Nachdem Myriam Steiner dasselbe getan hatte, glitt die Tür hinter dem Wachmann langsam zur Seite. Die Gruppe trat in einen weiteren Raum, dessen abgetretenes Bodenmosaik das Zürcher Wappen in verschiedenen Marmortönungen zeigte. Als Gottfried aufsah, fiel sein Blick auf zwei beeindruckende geschlossene Türen am Ende des Raums. Die edle Verarbeitung des Holzes verriet ihr Alter. Bei dem Gedanken, dass diese Türen schon seinen Vater gesehen hatten, huschte ein Lächeln über sein Gesicht.

»Ihr Schließfach befindet sich hinter der linken Tür, Herr Messmer«, sagte die Frau. »Wir warten hier auf Sie. Nehmen Sie sich die Zeit, die Sie brauchen.«

Als er über die Schwelle trat, gingen die Deckenleuchten an. Das helle Halogenlicht blendete Gottfried. In der klimatisierten Luft hing noch der Schweißgeruch eines vorherigen Kunden. Vor ihm stand ein Tisch, ringsum befanden sich Schließfächer bis in zwei Metern Höhe. Nur das vorangehende Prozedere unterschied sie von jeder beliebigen Briefkastenanlage. Geheimnisse statt Briefe.

Es fiel Gottfried schwer, sich seinen Vater in diesen Räumlichkeiten vorzustellen. Er war nie mit ihm in einer Bank gewesen. Er brauchte eine Zeitlang, um die Nummer 13 zu finden. Es fiel ihm schwer, sich zu konzentrieren. Seine Gedanken kreisten um tausend Fragen, auf die er keine Antworten wusste. Warum hatte Ada ihm nichts von dem Schließfach erzählt? Woher hatte sein Vater das Geld für die Gebühren genommen, wo sie doch am Existenzminimum lebten? Gab es einen Zusammenhang zwischen dem Inhalt und dem Suizid seines Vaters?

»Brauchen Sie Hilfe?«

Kielholz' Stimme von der Tür ließ ihn zusammenzucken. Der Schlüssel entglitt seinen schweißnassen Händen und fiel mit einem leisen Klirren zu Boden, das ihn aus seinen Gedanken riss.

»Nein. Sie haben gesagt, ich solle mir Zeit lassen, und ich brauche noch ein bisschen.«

Der Banker zog sich diskret zurück, und Gottfried bückte sich, um den Schlüssel wieder aufzuheben. Als er sich aufrichtete, befand sich die Nummer 13 genau vor seiner Nase. Sein Vater hatte sich an einem 13. das Leben genommen. Er hatte das Schließfach gemietet, irgendetwas darin aufbewahrt und sich dann umgebracht. Plötzlich fand er die Vorstellung beängstigend, über diese kleine Metalltür Kontakt mit seinem Vater aufzunehmen. Hermann hatte alles genau geplant. Wütend schob Gottfried den Schlüssel ins Schloss.

Unter leichtem Knarzen öffnete sich das Schließfach, und ein schmuckloser Griff kam zum Vorschein. Er zog eine längliche Metallkassette heraus und stellte sie auf den Tisch. Sie war unhandlich, aber nicht schwer.

Gottfried zögerte einen Augenblick, bevor er den Deckel hochhob, während er sich auszumalen versuchte, was er darin finden würde. Aber keines der Bilder, die ihm in den Sinn kamen, konnte er mit seinem Vater in Verbindung bringen. Als er die Kassette schließlich öffnete, entwich ihm ein Schnauben, er wusste nicht, ob aus Enttäuschung oder Erleichterung.

»Was zum Teufel ...«, entglitt es ihm. Völlig verwirrt blickte er auf zwei glatt polierte Holzstöcke und einen verschlossenen Umschlag. Fast fünfzig Jahre lang hatten sie in der stillen Dunkelheit eines kalten Bankschließfachs darauf gewartet, dass ein siebenjähriger Junge, der inzwischen ein sechsundfünfzigjähriger Mann war, sie wieder ans Licht holte.

Als er die Stöcke langsam aus der Kassette nahm, entdeckte Gottfried am Ende des einen Stücks einen geschwärzten Bronzeknauf, der einem Hundekopf nachempfunden war. Der zweite Stock endete in einer Metallspitze. Kein Zweifel, dass sie zusammengehörten. Sobald ein leichter Widerstand überwunden war, genügten zwei Drehungen, um beide Holzstücke perfekt zu einem Gehstock zusammenzufügen. Gottfried wusste nicht, was er davon halten sollte. Womöglich verriet der Inhalt des Umschlags mehr darüber, aber er wollte ihn lieber nicht gleich öffnen. Nicht in dieser anonymen Umgebung. Er steckte den Brief in die Innentasche seiner Jeansjacke und ließ die geöffnete Kassette auf dem Tisch stehen. Ohne das Geheimnis zu kennen, das der Hundekopf in sich barg, verließ er den Raum, auf den Stock gestützt, den sein Vater ihm als einziges Erbe hinterlassen hatte.

Er musste noch mehr Schriftstücke unterzeichnen, bevor er sich endgültig von Markus Kielholz, Myriam Steiner und dem Wachmann verabschieden konnte. Als er nach draußen trat, atmete er tief durch. Der Wind wirbelte die letzten trockenen Blätter auf. Dieser Herbst war ihm zu kurz erschienen, genauso wie der letzte Ratschlag, den er von seinem Vater erhalten hatte: »Lass dir Zeit, mein Junge. Genieße jeden Moment. Das Leben vergeht mit den Jahren immer schneller, und das Ende ist immer näher, als man denkt.«

10 Ada

In Wiedikon, einem beschaulichen Quartier von Zürich, war es schon eine ganze Weile dunkel, als Ada Messmer mit schwerem Herzen und ein paar Lebensmitteln in ihrem Einkaufskorb aus der Stadt zurückkam. Die Lebensmittelkarte kannte kein Mitleid mit einer Frau, die vor kurzem eine Fehlgeburt erlitten hatte. Aber an diesem Tag hatte sie ein Stück Rauchfleisch ergattern können. Sie versteckte es in der Manteltasche, um zu verhindern, dass jemand, der noch bedürftiger war, in Versuchung geriet, lange Finger zu machen. Ihre Schritte hallten schwer und langsam in der verwaisten Straße wider. Man hörte furchtbare Geschichten über das, was sich jenseits der Schweizer Grenze abspielte, doch was sie in der Lebensmittelschlange aufgeschnappt hatte, übertraf ihre Vorstellungskraft, was fremdes Leid betraf, bei weitem. Sie ging schneller und senkte den Kopf, um ihre tränennassen Augen zu verbergen. Sie wollte nicht auf offener Straße weinen. Wie konnten Menschen so grausam sein? Wo war der Heilige Gott?

Die Hoffnungslosigkeit begleitete sie bis zur Haustür, doch dort angekommen, gelang es ihr, sie so lange zu unterdrücken, wie sie brauchte, um den Mantel abzulegen, die Lebensmittel auszupacken und einen Teelöffel Rapsöl und Butter in einen Topf zu tun. Dann feuerte sie den Herd an. Es würde ein spätes Abendessen werden, aber dafür ein gemeinsames.

Vor zwei Tagen hatte Hermann das Haus verlassen, und Ada hoffte und bangte, dass alles gut gegangen war in den

Bergen. Um die düsteren Gedanken zu vertreiben, die ihr im Kopf herumgingen, machte sie sich ans Kartoffelschälen. Als sich die Messerspitze in ihren Finger bohrte, gesellte sich der Schmerz zu der Beklemmung, die ihr die Brust zuschnürte, seit die Realität wie ein Axthieb in ihr Leben eingebrochen war: Auf der anderen Seite der Grenze wurden Menschen schlimmer behandelt als Vieh. Ausgebeutet. Vergast. Verbrannt. Als sie den Topf aufs Feuer setzte, konnte Ada sich nicht länger beherrschen und nahm Zuflucht zu dem einzigen Schmerzmittel, das sie sich leisten konnte: das Weinen.

Das Öl-Butter-Gemisch begann zu rauchen. Mit verschwommenem Blick fügte sie Kräuter hinzu, die Hermann im Wald sammelte, sowie ein Stück von dem Fleisch. Sie vertraute darauf, dass die unverhoffte Eiweißration die bedrückte Stimmung im Haus aufhellte. Als das Fleisch Farbe angenommen hatte, bedeckte sie es mit Wasser und wartete, bis es zu kochen begann, den Blick auf die Fettaugen gerichtet, die an der Oberfläche schwammen und mit zunehmender Temperatur in Bewegung gerieten. Als die ersten Bläschen aufstiegen, fügte sie Kartoffeln sowie eine Prise Salz hinzu und legte den Deckel auf. Dann schob sie das Feuerholz ein wenig auseinander, damit es niedriger brannte. Um weitere Tränen zu vermeiden, griff sie zum Handarbeitskorb und vertrieb sich die Wartezeit mit aufgeschobenen Flickarbeiten. Hin und wieder blickte sie auf und sah zur Tür, als würde Hermann so schneller zurückkommen.

Die Kirchenglocken von Wiedikon schlugen neun Uhr, als sie aufstand, um den Tisch zu decken. Dann ging sie ins Bad, um die Spuren der Traurigkeit vom Gesicht zu waschen. Sie wollte nicht, dass Hermann sich noch mehr sorgte, und außerdem gefiel ihr die Opferrolle nicht. Gefasst hielt sie dem Blick stand, den der Spiegel ihr zurückwarf, den tiefen

Augenringen zum Trotz. Sie wechselte die Baumwolleinlage zwischen ihren Beinen, obwohl die Blutungen seit anderthalb Tagen aufgehört hatten.

Hermann trat gerade durch die Tür, als Ada aus dem Bad zurückkam. Er ließ den Stock fallen, auf den er sich stützte, und lief ihr entgegen. Für einen Moment war nur das Knistern der Holzscheite im Herd zu hören, während die beiden versuchten, ihre Angst durch eine Umarmung zu verscheuchen. Aus der Küche drang der köstliche Duft des Eintopfs. Hermann wurde klar, dass er seit fast zwei Tagen nichts gegessen hatte. Er fühlte sich schuldig, weil er seine Frau unter diesen Umständen allein gelassen hatte. Dass der Grund für die Trennung sich in den Bergen in Luft aufgelöst hatte, machte die Schuldgefühle noch größer. Er hatte sie für nichts zurückgelassen. Und er wusste nicht, wie er es ihr sagen sollte.

Adas Haar roch nach Glyzerinseife. Hermann küsste sie auf die Stirn, bevor er das Schweigen brach.

»Warst du heute draußen?«, fragte er leise.

»Ja«, antwortete sie, ohne sich von ihrem Mann zu lösen.

»Blutest du noch?«

»Nein. Ich glaube, das war's.«

»Wir können noch mehr Kinder haben, Ada. Denk dran, was uns der Arzt gesagt hat.«

»Egal, was er sagt. Gott will nicht, dass wir Kinder bekommen, Hermann. Er will nicht, dass wir Kinder in eine Welt im Krieg setzen. Wenn du wüsstest, was die Leute heute in der Stadt erzählt haben ...«

»Der Krieg wird vorübergehen«, unterbrach er sie. »Und wir werden Kinder bekommen, Ada. So viele, wie zu uns kommen wollen.«

»Dein Wort in Gottes Ohr«, sagte sie und schmiegte ihr Kinn an die Schulter ihres Mannes. Unfähig, das auszusprechen, was ihr durch den Kopf ging, verlor sich ihr Blick auf dem soeben gedeckten Tisch. Dann sagte sie flüsternd:

»Sie verbrennen sie, Hermann ...«

Er nahm sie fest in den Arm, wissend, dass es keine Erklärung und erst recht keinen Trost gab. Ada kniff die Augen zusammen, um die Tränen zurückzuhalten, und schmiegte sich eine Zeitlang an die Brust ihres Mannes. Sie ärgerte sich über ihre eigene Schwäche. Als sie die Augen wieder öffnete, fiel ihr Blick auf den Gehstock, den Hermann auf den Boden geworfen hatte.

»Was ist das für ein Stock?«, fragte sie, während sie sich aus seinen Armen löste.

»Er gehört mir nicht. Er gehört dem Paket.«

»Und warum liegt er dann hier?«

Hermann zögerte, bevor er antwortete. Gespenster aus der Kindheit griffen nach seinem erwachsenen Ich. Er glaubte, seine Mutter zu hören: »Es ist ein Elend mit dir, Hermann. Ständig verlierst du alles.«

»Weil ich ihn verloren habe«, gab er zu und wich Adas Blick aus.

Sie wartete schweigend auf eine Erklärung für das, was sie soeben gehört hatte und nicht verstehen konnte.

»Ich habe das Paket verloren, Ada«, wiederholte er. »Der Mann ist gestürzt und hat sich das Bein gebrochen. Ich habe ihn an einem Felsen zurückgelassen und bin losgerannt, um etwas zu suchen, das uns helfen könnte, unseren Weg fortzusetzen. Seinen Stock habe ich mitgenommen, weil ich dachte, damit käme ich besser voran; der Waldboden ist von dichtem Laub bedeckt, und man weiß nie, was sich darunter befindet. Es war nicht weit bis zur Holzfällerhütte, aber sie war zerstört. Sie haben sie angezündet! Aber das tut nichts zur Sache. Als ich zu dem Felsen zurückkam, war der Mann nicht mehr da.«

»Was soll das heißen, Hermann, er war nicht mehr da? Mit einem gebrochenen Bein?«

»Ich kann es auch kaum glauben, aber er war nicht mehr da, Ada. Er war einfach nicht mehr da.«

»Und was machst du jetzt mit dem Stock?«

Die Frage überraschte Hermann. Der Stock war in diesem Moment seine geringste Sorge.

»Ada, weißt du, was es bedeutet, ein Paket zu verlieren? Ich weiß nicht, wie ich das erklären soll. Wie konnte ich einen verletzten Mann verlieren?«

11 Der Satz

Januar 2010

Nichts war geeigneter als ein Friedhofsbesuch, um die Worte seines Vaters zu bestätigen. Das Ende war immer zu nahe, auch wenn Gottfried wie fast jeder lieber nicht darüber nachdachte. Der kurze Herbst war einem grimmigen Winter gewichen, der bis weit in den Frühling hinein anzudauern drohte und für den er sich nie bereit fühlte. Er hasste die Kälte und mied Weihnachten, weil es ihn an die Menschen erinnerte, die nicht mehr da waren. Menschen, die er geliebt hatte und die auf dem Weg zurückgeblieben waren. Außerdem hatte das neue Jahr nicht gut begonnen. Seit Tagen schon hatte er das Gefühl, beobachtet zu werden, was ihn allerdings nicht daran hinderte, an der einzigen Routine festzuhalten, die es in seinem Leben gab, seit er nach Zürich zurückgekehrt war. Nichts würde ihn davon abhalten, an diesem Tag nach Fluntern zu gehen. Der 13. Januar war der einzige Jahrestag, den er nie vergaß. Es war der erste Besuch auf dem Friedhof, seit er Hermanns Erbe angenommen hatte.

Wie immer, wenn er es mit dem Alkohol übertrieben hatte, war er am Morgen mit einem Gichtanfall aufgewacht. Mühsam stützte er sich auf den Stock, den ihm sein Vater hinterlassen hatte. Der eisige Wind, der von den Glarner Bergen herunterpfiff, zwang ihn, den Hut tiefer in die Stirn zu ziehen. Ein Graffito auf der Umfassungsmauer rang ihm ein stilles Lächeln ab: Tempus fugit. »Ja, die Zeit fliegt dahin, aber nicht auf dem Friedhof«. Er trat durch das Tor und ging über den nassen Asphalt bis zu der Treppe, die er so gut kannte. Sieben Stufen, die eine Böschung hinaufführten und das Grab von James Joyce von den übrigen trennten. Dublin 1882 – Zürich 1941. Eine Granitplatte bedeckte das Grab, das von einer Buchsbaumhecke eingefasst war. Jemand hatte den Schnee vom Stein geräumt und neben der Bronzestatue aufgehäuft, die den Lieblingsautor seines Vaters zeigte.

Als er respektvoll den Hut abnahm, war sein Kopf dem schneidend kalten Wind ausgesetzt, der sein Haar zerzauste. Hoch oben in den Bäumen krächzten die Krähen, ihre schwarzen Silhouetten zeichneten sich vor dem grauen Himmel ab. Vom nahen Zoo wehte ein intensiver Geruch nach Exkrementen herüber, und in der Ferne leuchteten nutzlos die verschneiten Fußballfelder des FIFA-Geländes. Gottfried musste grinsen bei dem Gedanken, dass er sich womöglich am einzigen Platz der Welt befand, den sich Verwesung, Scheiße und Korruption gleichermaßen teilten.

Gottfried betete nicht. Er glaubte nur an sich selbst. Irgendwo in der Nähe durchbrachen getragene Trompetenklänge die Ruhe mit einer Melodie für einen kürzlich Verstorbenen. Verdammtes Gedächtnis, das festhielt und vergaß, wie es ihm gefiel. Obwohl, recht betrachtet, konnte das Vergessen auch eine Erleichterung sein. Manchmal musste man vergessen, um weiterzuleben.

Gottfried hatte keine genauen Erinnerungen an Hermann. Er war sieben Jahre alt, als er ihn auf dem Dachboden entdeckte, erhängt an seiner eigenen Krawatte. Das hatte er natürlich nicht vergessen. So wie er auch den Satz aus Joyce' *Ulysses* nicht vergessen hatte, den sein Vater immer zitiert hatte, wenn er im ersten Schuljahr frustriert aus dem Unterricht gekommen war: »Wir schreiten durch uns selbst dahin, Räubern begegnend, Geistern, Riesen, alten Männern, jungen Männern, Weibern, Witwen, warmen Brüdern. Doch immer imgrunde uns selbst.« Nach dieser ersten Lektion hatte Hermann ihn im Stich gelassen. Ihm war keine Zeit mehr geblieben, ihm zu zeigen, wer er wirklich war. Wie konnte Gottfried also sich selbst verstehen? Wie sollte man wissen, wer man war, wenn man nicht wusste, woher man kam?

Seine Mutter Ada entstammte einer alteingesessenen Wiedikoner Familie. Hermanns Eltern hingegen waren während des Ersten Weltkriegs aus Deutschland emigriert und hatten sich in der Schweiz niedergelassen. Deutsche Großeltern zu haben hatte in den 1960er Jahren, als die Zerstörungen des Zweiten Weltkriegs noch allgegenwärtig waren, Anlass zu Schikanen in der Schule gegeben. Der kleine Gottfried war immer der Räuber und nie der Gendarm, das Pferd und nicht der Reiter, derjenige, der als Letzter in die Mannschaft gewählt wurde, wenn sonst niemand mehr übrig war.

Dass Ada ihren einzigen Sohn, späte und unerwartete Frucht ihrer Ehe mit Hermann, verhätschelte und überbehütete, hatte auch nicht dazu beigetragen, den kleinen Tyrannen aus der Schule Einhalt zu gebieten. Sein Vater hingegen hatte ihn in den wenigen Jahren, die er mit ihm gehabt hatte, stets ermutigt, seinen Platz in dem Land zu behaupten, das sie aufgenommen, aber nicht integriert hatte. Der kleine Gottfried hatte es versucht, obwohl er von vornherein wusste, dass es ein vergeblicher Kampf war. Seine Großeltern väterlicherseits waren Ausländer, und folglich konnte er sich niemals als Eidgenosse, als legitimer Bürger der Schweiz, betrachten. Überhaupt hatte der erwachsene Gottfried nach mehr als zwei Jahrzehnten außer Landes nicht das Gefühl, irgendwohin zu gehören. »Nationalismus bringt nur Probleme mit sich«, hatte Hermann immer gesagt. Vielleicht hatte sich sein Vater deshalb dafür entschieden, ohne Kennzeichnung in namenloser Erde bestattet zu werden.

Das waren Gottfrieds Gedanken, während er an Joyce' Grab stand. Tatsächlich wusste er nicht, wo sich die sterblichen Überreste seines Vaters befanden. Nach einem unauffälligen Leben war Hermann Messmer im Tod gänzlich unsichtbar geworden. Aufgrund seiner Aktivitäten während des Krieges hatte er Schwierigkeiten gehabt, nach Kriegsende eine Arbeit zu finden. Die Familie war dank Adas Stelle gerade so über die Runden gekommen. Soweit Gottfried wusste, hatte Hermann an depressiven Schüben gelitten, die sich dann als erste Symptome einer Multiplen Sklerose erwiesen hatten. Bevor er zu einer Last wurde, hatte er beschlossen, sich das Leben zu nehmen. Das Gemeinschaftsgrab, in dem er bestattet worden war, wurde schon vor Jahren eingeebnet. Sein einziger Sohn war in den Friedhofsakten als »nicht ausfindig zu machender Nachkomme« vermerkt. Ein Sohn, der dieses Grab niemals besucht hatte und seines Vaters lieber am Grab von James Joyce gedachte – eine doppelte Hommage an den Schriftsteller und seinen treuen Leser, untrennbar verbunden wie Rhythmus und Melodie. Nicht umsonst hatte sich Hermann Messmer in einer letzten dramatischen Wendung an einem 13. Januar umgebracht, dem Todestag des Autors.

Die Trompete verstummte, es wurde still. Den ganzen Tag hindurch hatte es immer wieder geschneit, und auch jetzt fielen wieder kleine Schneeflocken, die der Wind in Gottfrieds zerfurchtes Gesicht peitschte.

»Hier bin ich, Papa. Ich habe dich nicht vergessen«, sagte er mit lauter, klarer Stimme. »Aber selbst wenn ich dich vergessen wollte, lässt du mich nicht. Eine schöne Überraschung, das mit dem Schließfach. Ich will versuchen, deinen Wunsch zu erfüllen, aber ich kann nichts versprechen. Wie soll ich einen unbekannten Juden finden?«

Er dachte einen Moment nach, bevor er weitersprach.

Ihm war klar, dass die Anrufe nicht aufhören würden, nur weil er sie erwähnte, aber er musste mit jemandem darüber reden, der sich nicht verplapperte, und da war ein Toter genau die richtige Person.

»Ich habe keine Ahnung, wo ich anfangen soll. Ich hoffe nur, dass du mich nicht in Schwierigkeiten bringst. Bei mir hat nämlich so ein Typ angerufen und behauptet, dass es sich bei dem Bild um Raubkunst handele. Ich hoffe mal, du hattest nichts mit den Nazis zu tun, Papa. Ich verlasse mich darauf, dass du kein mieser Kerl warst, der seinen eigenen Sohn in die Scheiße reitet.«

Der Wind wurde stärker und mit ihm das Schneetreiben. Der Himmel wandelte sich von hellgrau zu bleigrau. Gottfried hielt sich nicht für ängstlich, aber er wollte nicht auf dem Friedhof von der Dunkelheit überrascht werden. Auf den Stock gestützt, humpelte er in Richtung Ausgang. Der Duft der Zypressen hüllte ihn ein, es roch nach einer Mischung aus Cointreau und Harz. Er stellte sich an der überdachten Haltestelle der Tramlinie 6 unter und sah auf die Uhr. Es war keine Menschenseele unterwegs. Über ihm schaukelte die einzige Straßenlaterne weit und breit. Um sich zu beruhigen, rief er sich Julias fein gezeichnetes Gesicht in Erinnerung. Er liebte sie seit fünf Jahren. Und seit vierundzwanzig Stunden hatte er Angst um sie.

12 Das Bild

Ada wusste genau, was es bedeutete, ein Paket zu verlieren. Das Netzwerk würde Hermann nicht länger vertrauen. Sie konnte es ihm nur nicht sagen. Den Blick auf den Spazierstock am Boden gerichtet, versuchte sie, ihn zu beruhigen.

»Hermann, es gibt nicht viele, die bereit sind, alles aufs Spiel zu setzen, um einen Unbekannten zu retten. Immerhin ist es ein Verstoß gegen die Schweizer Neutralität. Sie können es sich nicht erlauben, auf dich zu verzichten«, sagte sie. Dann bückte sie sich, um den Stock aufzuheben, und betrachtete ihn eine Weile. »Er sieht teuer aus. Was, glaubst du, würden wir dafür bekommen?«

»Nichts!«, antwortete Hermann rasch, empört über die mangelnde Sensibilität seiner Frau. »Wir können ihn nicht verkaufen, Ada. Er gehört uns nicht.«

»Hermann, mach dir nichts vor. Wenn er wirklich verletzt war, ist er jetzt tot.«

»Und wo ist die Leiche? Solange es keine Leiche gibt, ist er nicht tot, Ada. Etwas zu besitzen, das ihm gehört, kann uns nur schaden. Ich hätte den Stock nicht an mich nehmen dürfen.«

Ada streichelte über den Hundekopf, in dem das Eschenholz auslief.

»Er ist kostbar«, stellte sie fest. Dann versuchte sie, den Knauf zu drehen.

»Was machst du da?« Hermann versuchte, seiner Frau den Stock zu entwinden.

»Lass mich! Er hat ein Gewinde!«, rief sie und riss sich los.

Ada drehte den Knauf, bis dieser sich vom Stock löste und ein paar Zentimeter von etwas zum Vorschein kamen, das an eine Stoffrolle erinnerte. Vorsichtig zog sie daran, und eine Handbreit Leinwand kam zum Vorschein. Sie rollte sie behutsam auf.

»Das gehört uns nicht«, sagte Hermann. »Vergiss das nicht.«

»Mit Ehrlichkeit sind wir bislang nicht weit gekommen«, entgegnete sie. Ihr Mann sah sie traurig an.

»Ada, mach das nicht«, sagte er, fast flehend. »Lass nicht zu, dass die Not deine Seele vergiftet. Mag sein, dass wir schwere Zeiten durchmachen, aber du bist nicht so. Du bist nicht wie sie. Wenn wir diese Dinge verkaufen, sind wir Diebe. Genau wie die Nazis.«

Seine Worte wühlten Ada auf. Sie fragte sich, ob ihr Mann recht hatte und Not die Seele verdarb, doch dann gab sie dem Überlebensinstinkt die Schuld. In Kriegszeiten hatten korrupte Seelen mehr zu essen.

»Wir lassen das Bild im Stock, einverstanden?«, suchte Hermann die Zustimmung seiner Frau.

»Es wäre schade drum. Es ist eine hübsche Waldszene.«

Hermann schwieg, aber Ada ließ nicht locker.

»Wir könnten es hier aufhängen«, sagte sie und deutete auf die kahlen Wohnzimmerwände.

»Es gehört uns nicht, Ada.«

»Und was willst du tun? Es zur Bank bringen?«, stichelte sie.

»Die Banken werden von der Gestapo überwacht. Sie sind hinter dem Geld von Deutschen her, die den Krieg nicht finanzieren wollen. Und dem Vermögen der Juden.«

»Ich habe das doch nicht ernst gemeint.«

»Das Bild bleibt im Stock«, schloss Hermann, mit seinem eigenen Plan beschäftigt. »Das ist der sicherste Platz. Außer dir und mir weiß niemand, dass es dort ist.«

Der Duft des Eintopfs füllte die Leere, die die verkauften Möbel hinterlassen hatten. Hermann brachte den Stock in den Keller und setzte sich dann an den Tisch, während Ada nachdenklich das Essen auftrug. Ihr gefiel nicht, was der Krieg aus ihr machte, aber sie musste tüchtig essen, wenn sie ein Kind bekommen wollte. In bewegten Zeiten wie diesen war ein Bild nutzlos, aber ein Spazierstock nicht. Den Stock zu verkaufen bedeutete mehr Fleisch für den Eintopf. Wenn sie sich besser ernährt hätte, würde das Baby, das sie gerade verloren hatte, vielleicht noch leben. Sie spürte, wie die Traurigkeit zurückkehrte und mit dem Horror verschmolz, den sie in der Lebensmittelschlange empfunden hatte.

Ohne zu wissen, was im Kopf seiner Frau vorging, huschte ein Lächeln über Hermanns Gesicht, als er die Fleischstückchen auf seinem Teller entdeckte.

»Wunderbar! Wo hast du das her?«

Ada antwortete nicht. Den Blick auf die dampfenden Rindfleischstücke gerichtet, stellte sie stattdessen eine Gegenfrage.

»Hast du gehört, was ich eben gesagt habe?«

Hermann blickte vom Teller auf, um festzustellen, dass seine Frau mühsam die Zähne zusammenbiss, um ihre Gefühle zu beherrschen. Er wusste genau, wovon sie sprach.

»Sie verbrennen sie, ja. Ich habe es auch gehört«, sagte er, während er nach dem Löffel griff und ihn im Teller mit dem Eintopf versenkte.

Ada hieb mit der Faust auf den Tisch. »Wir können nicht einfach wegsehen, Hermann!«, schrie sie. »Wie sollen wir ein Kind in diese Welt setzen?«

Hermann stand auf und umarmte sie fest. Er hatte sie allein gelassen, als sie ihn am meisten brauchte. So ruhig er konnte, beteuerte er:

»Das tun wir nicht, Ada. Wir sehen nicht weg. Wir helfen dort, wo wir können. Wir leben in einem kleinen Land. Wir sind nur wenige, aber wir sind frei und müssen überleben, und sei es nur, um davon zu erzählen.«

»Aber verbrennen, Hermann ... wie krankes Vieh ...«

Ihr Entsetzen vor dieser Barbarei blieb unbeantwortet. Das Essen war kalt geworden.

13 Julia

Nicht ahnend, was ihren Partner an der Tramhaltestelle in Fluntern beschäftigte, beendete Julia Vogel schlecht gelaunt ihre Schicht im Triemli-Spital. Sie trug ihre Haare zu einem Ballerinaknoten gedreht, der sich im Laufe der Arbeitsstunden gelockert hatte. Statt ihn wieder zu befestigen, setzte sie sich die rote Kaschmirmütze auf, die Gottfried ihr zu Weihnachten geschenkt hatte. In ihre schwarze Daunenjacke vergraben, trat sie auf die Straße und atmete tief die eisige Januarluft ein. Die Anspannung des Tages sammelte sich hinter den Augen, und der Druck hinderte sie daran, die Dinge genau zu fokussieren. Von weitem sah sie einen Bus kommen und rannte los, um auf den letzten Metern zu merken, dass es gar nicht ihre Linie war. Der Fahrplan an der Haltestelle verriet ihr, dass sie noch sieben Minuten bei diesem Sauwetter warten musste. Bei zwölf Grad unter null eine Ewigkeit.

Das Gesicht in den Rollkragen vergraben, die Hände tief in den Jackentaschen, dachte Julia an Gottfried. Vor vierundzwanzig Stunden hatten sie sich beim Abendessen gestritten. Dem Streit waren einige schwierige Wochen vorausgegangen. Gottfried benahm sich, als wäre er wütend auf die ganze Welt. Er schlief wenig und schlecht und schien mit seinen Gedanken woanders zu sein, aber wenn sie ihn fragte, behauptete er, keine Sorgen zu haben. Bevor sie an eine handfeste Beziehungskrise dachte, schob sie das Verhalten ihres Partners lieber auf die Müdigkeit und die fehlende Sonne. Drei Wochen grauer Himmel drückten jedem aufs Gemüt. An der Bushaltestelle versuchte Julia, die Kälte zu vergessen, indem sie sich den gestrigen Abend in Erinnerung rief.

Gottfried hatte angerufen und gefragt, ob sie zu einem Konzert ins Glück käme, aber sie hatte abgelehnt. Es war ihr freier Tag, sie war nicht draußen gewesen und hatte sich nicht vom Sofa wegbewegt. Als sie ihm gestand, dass sie so gut wie nichts gegessen hatte, hatte Gottfried sofort sein musikalisches Angebot in eine Einladung zum Abendessen in seiner Wohnung abgeändert. Er mochte es, für Julia zu kochen.

Ungeschminkt – sie schminkte sich nur für die Arbeit – und gut gelaunt war sie pünktlich zur Verabredung erschienen. Am nächsten Tag hatte sie Spätschicht und brauchte nicht früh aufzustehen. Vielleicht würden sie die Nacht zusammen verbringen. Es gefiel ihr, wenn Gottfried für sie kochte. Als sie in die Wohnung kam, fiel ihr auf, dass er alles sorgfältig hergerichtet hatte: Der Tisch war mit Tischdecke und Leinenservietten gedeckt, und die Wände erstrahlten im Licht der Kerzen, die in den Fenstern standen. Julia nahm es mit Ironie zur Kenntnis.

»Oh! Du hättest mir sagen sollen, dass es sich um ein romantisches Date handelt. Dann hätte ich Pralinen mitgebracht.«

Gottfried hatte gelächelt, aber nichts weiter dazu gesagt. Er hatte lediglich eine Flasche Château Latour geöffnet und drei Fingerbreit Rotwein in die feinen Kristallgläser eingegossen. Eines davon hatte er ihr gereicht und ihr bedeutet, Platz zu nehmen.

»Du willst aber nicht um meine Hand anhalten, oder?«

Immer noch lächelnd, hatte er mit dem Kopf geschüttelt.

Vierundzwanzig Stunden später verstand Julia den Grund für sein Schweigen immer noch nicht. Bei der Begrüßung hatte es sie nicht weiter gestört; sie hatte es sogar als angenehm empfunden, zeigte es doch eine liebevolle Vertrautheit, wie sie nur in solch stillen Momenten entstand. Doch während des Abendessens war das Schweigen immer unangenehmer geworden. Als sie am Tisch saß und die Serviette auf dem Schoß ausgebreitet hatte, hatte Julia begonnen, von ihren Erlebnissen im Krankenhaus zu erzählen, doch bald hatte sie gemerkt, dass Gottfried keine Unterhaltung wollte, sondern Gesellschaft. Dann war ihr das Datum in den Sinn gekommen: 12. Januar. Am nächsten Tag war Hermanns Todestag. War das die Erklärung für Gottfrieds unangenehmes Schweigen? Aber wenn er sich nicht unterhalten wollte, warum hatte er sie dann zum Essen eingeladen?

Während sie am Pfosten der Haltestelle lehnte und vor Kälte mit den Füßen trippelte, erinnerte sich Julia daran, wie Gottfried nach dem Essen aufgestanden war, um den Tisch abzuräumen, wobei er erfolglos versuchte, sein Humpeln zu überspielen. Dann hatte er sich an den Abwasch gemacht, während sie weiter mit der Serviette auf dem Schoß dasaß.

»Willst du nicht mit mir reden?«

Die Frage war am Rücken ihres Freundes abgeprallt.

»Komm schon, Gott. Ich weiß, dass es keine einfache Zeit für dich ist. Ich bin hier, um dir Gesellschaft zu leisten, wenn du das willst, aber hör auf, dich in deinem Schneckenhaus zu verkriechen. Du hast das alles vorbereitet, und dann hast du mir nichts zu sagen? Findest du das nicht ein bisschen albern?«

Endlich hatte Gottfried sich dazu herabgelassen, von der Spüle aus das Wort an sie zu richten.

»Ich schaue dich gerne an, Julia. Ich mag es, dir zuzuhören und zu beobachten, wie du gestikulierst. Es ist schön, dass du da bist. Schweigen war nie ein Problem zwischen uns. Ich muss nicht reden.«

»Ach so, ja klar. Und dir ist nicht in den Sinn gekommen, dass ich vielleicht das Bedürfnis haben könnte, dass du mit mir redest?«

Julia sah auf den Fahrplan und dann auf die Uhr. Vier Minuten noch, bis sie in den Genuss eines geheizten Busses kam. Im Rückblick wurde ihr immer klarer, dass ihr irgendetwas entging, etwas, das Gottfried bedrückte und von ihr entfernte. Er hatte sie zurückgewiesen, hatte sie abgeschüttelt wie eine Fluse von seinem Mantel.

»Was soll ich dir erzählen? Dass mich die verdammte Gicht umbringt? Dass morgen der 13. Januar ist? Dass ich dieses höllische Klima hasse und am liebsten bis zum Frühling nicht vor die Tür gehen würde oder, besser noch, nicht vor dem Sommer? Du hast genug mit deinen Toten zu tun, Julia. Du brauchst meine Probleme nicht.«

Deine Toten. So nannte Gottfried Julias Patienten im Spital, obwohl sie diesen Ausdruck hasste.

»Nenn sie nicht so«, hatte Julia entgegnet. Ihre schwarzen Augen erwiderten seinen eisblauen Blick. »Das ist nicht witzig, Gott, ich hab's dir schon tausendmal gesagt. Es ist grausam, wenn du sie so nennst!«

»Ach, komm, gib's doch zu: Die eine Hälfte lebt nur, weil ihr sie künstlich am Leben erhaltet, und die andere Hälfte kratzt demnächst ab. Sie zum Leben zu zwingen, obwohl sie bereit sind zu gehen, das ist grausam!«

Julia sah erneut auf die Uhr. Der Minutenzeiger hatte sich nicht bewegt. Sie war hungrig und träumte von einer warmen Suppe. Wenn Gottfried wusste, dass er sie verletzte, warum hatte er sich die Bemerkung nicht verkniffen? Warum hatte er Streit gesucht? Was zum Teufel war mit ihm los? Ihr Kopf brummte, und die Schmerzen wurden schlimmer.

14 Das Kind

1953

Der Krieg dauerte noch drei lange Jahre, in und nach denen Adas größter Wunsch und ihre schlimmsten Ängste wahr werden sollten. Das spurlose Verschwinden des Juden – das nicht abgelieferte Paket – stellte einen schmerzlichen Einschnitt im Leben ihres Mannes und damit auch in ihrem Leben dar. Von den einen verurteilt, gegen die Neutralität der Schweiz verstoßen zu haben, von den anderen beschuldigt, einen Verfolgten auf der Flucht im Stich gelassen zu haben, fühlte sich Hermann wie ein Aussätziger. Zudem hatte er seine Stelle als Forstaufseher verloren und nur noch Aushilfsjobs gefunden. Nun, da sie endlich eine Familie waren, sah er sich außerstande, sie zu ernähren.

Als Gottfried, der ersehnte Sohn, zur Welt kam, steckte Hermann in einer schweren Depression. Die Geburt fiel mit der Nachricht vom Stapellauf der *Trieste* in der Nähe von Neapel zusammen, dem U-Boot des Schweizer Erfinders Auguste Piccard, der an Bord eines Stratosphärenballons einen Höhenrekord aufgestellt hatte und sich nun daranmachte, die Geheimnisse der Tiefsee zu enthüllen. Seine Abenteuer machten Schlagzeilen.

Ada widmete sich ganz der Erziehung dieses unverhofften Kindes, um sich ihrem schwermütigen Ehemann zu entziehen. Er machte ihr keine Vorhaltungen deswegen, doch empfand er einen gewissen Groll auf das Baby, das einen Keil zwischen ihn und seine Frau getrieben hatte, statt sie einander näher zu bringen.

In den ersten beiden Lebensjahren beschäftigte Hermann

sich kaum mit dem kleinen Gottfried. Er sah ihm lediglich beim Schlafen zu, wenn seine Mutter die Gelegenheit nutzte, um Besorgungen zu machen. Wenn das Kind weinte, schaukelte er es in der Wiege. Es auf den Arm zu nehmen traute er sich nicht. Auch Windelwechseln und Füttern waren Frauensache. Außer, wenn es sein musste.

»Ich habe Arbeit gefunden«, verkündete Ada eines Tages strahlend, als sie nach Hause kam. »Doktor Lehner braucht eine Sprechstundenhilfe.«

Hermann hatte nicht einmal gewusst, dass seine Frau Arbeit suchte. Die Nachricht versetzte ihm einen Stich, vor allem, weil ihm nichts anderes übrigblieb, als es hinzunehmen. Irgendjemand musste Geld nach Hause bringen, und er war nicht dazu in der Lage.

Da ihr sehr wohl bewusst war, dass sie ohne Zustimmung ihres Mannes die Initiative ergriffen hatte, versuchte Ada zu verhindern, dass Hermann sich verletzt fühlte.

»Es wird mir gut tun, aus dem Haus zu kommen, Hermi. Frauen können genauso gut arbeiten wie jeder Mann. Oder sogar besser.«

Hermann war bewusst, dass die Gesellschaft das anders sah. Er hatte bereits erfahren, wie grausam sie sein konnte, wenn sich jemand über Konventionen hinwegsetzte. Er zweifelte nicht daran, dass Ada arbeiten konnte; er hasste es nur, dass aus ihm ein Mann geworden war, der sein wichtigstes Ziel im Leben verfehlt hatte: für seine Liebsten zu sorgen. Ada las seine Gedanken.

»Sieh mich an, mein Schatz«, sagte sie sanft. »Von jetzt an gehe ich arbeiten, aber auf uns aufzupassen wird immer deine Aufgabe sein.«

Hermann versuchte es. Er versuchte, seine Frau vor abfälligen Blicken und Kommentaren zu schützen, weil sie ihr Kind zu Hause alleine ließ. Er versuchte, Gottfried zu einem aufrechten, anständigen Menschen zu erziehen, dem Kritik nicht zu nahe ging. Er kümmerte sich um den Haushalt und das Kind und bekam so die Möglichkeit, seinen Sohn kennenzulernen. Seinen Sohn. Er traute sich kaum, dieses Wort auszusprechen, aus Angst, der Verantwortung nicht gewachsen zu sein, die es mit sich brachte.

Manchmal allerdings gelang es ihm nicht. Dann wurde es dunkel in seinem Kopf, und ihm fehlte der Antrieb, um aufzustehen. Dann schaltete Hermann auf Automatik und erledigte lustlos seine Pflichten, unfähig, irgendeine Entscheidung zu treffen, und sei sie noch so unbedeutend.

Gottfried wuchs mit einem labilen Vater auf. An den Tagen, an denen Hermann sich gut fühlte, spielten sie Freiluftschach im Lindenhof. Im Sommer bestiegen sie sogar den Uetliberg, die höchste Erhebung von Zürich, und streiften durch den Wald. Wenn das Wetter nicht danach war, gingen sie in die Bücherei und vertieften sich in neue Lektüre. Zusammen entdeckten sie Heidi, Frau Holle, Ursli und Flurina, auch die Helden der klassischen Märchen. Hermann hatte ihm mit drei Jahren das Lesen beigebracht; mit jedem Zentimeter, den Gottfried wuchs, wurden die Bücher dicker und enthielten weniger Bilder. Der Vater sehnte den Moment herbei, in dem sein Sohn James Joyce für sich entdeckte. Mit dem Jungen an der Hand hatte er das Grab des Schriftstellers auf dem Friedhof in Fluntern besucht, und manchmal rezitierte er Passagen aus seinen Werken, obwohl der Kleine gar nicht zuhörte. Hermann hoffte einfach, dass sie sich in seiner Erinnerung festsetzten.

An anderen Tagen hatte er keine Kraft. Seine Beine schmerzten so sehr, dass er sich ins Bett legte und Gottfried zu seinen Füßen spielte. Hermann ignorierte die Signale, die sein Körper aussandte, bis er eines Sonntags nach der Messe im Wohnzimmer das Gleichgewicht verlor und nicht mehr aufstehen konnte. Ada rannte los, um Doktor Lehner zu holen. Gottfried war wie erstarrt, als er seinen Vater auf dem Boden liegen sah. Es war das erste Mal, dass er auf ihn hinabschauen konnte.

Die Diagnose kam einige Wochen und viele Untersuchungen später. Multiple Sklerose. Das war die Erklärung für die Depressionen, die Erschöpfung, die Gleichgewichtsstörungen, die tauben Arme und Beine, die er Ada verschwiegen hatte. »Fünfzehn Jahre, vielleicht weniger.«

Hermann wusste, dass es weniger sein würden. Er konnte sich keine Behandlung leisten, die seine Lebensqualität verbesserte. Ihn erwartete ein Prozess des Verfalls, den er nicht zu ertragen bereit war. Gottfried würde bald zur Schule gehen. Ada musste arbeiten und konnte sich nicht mit einem kranken Mann belasten.

15 Die Entscheidung

Nach und nach hatte sich, von Julia unbemerkt, eine kleine Warteschlange hinter ihr gebildet. Mit ihr waren es nun sechs Personen, die auf den Bus warteten. Es fiel ihr nach wie vor schwer, Gottfrieds Worte nachzuvollziehen. »Ich arbeite die meiste Zeit mit sedierten Menschen«, dachte Julia. »Wieso schafft er es nicht, sich in meine Lage zu versetzen?«

Aber dennoch war sie froh, dass es ihr gelungen war, die Diskussion rechtzeitig abzubrechen. Ein Anruf auf Gottfrieds Handy hatte sie unterbrochen. Nach einem Blick auf das Display hatte er beschlossen, nicht ranzugehen. Julia wusste, dass es bei einem Streit, bei dem der andere es darauf anlegte, seinem Frust in vergifteten Worten Luft zu machen, keinen Sieger geben konnte, sondern nur Schmerz. Deshalb hatte sie sich dazu entschieden, so offen und ehrlich zu sein, wie es in dieser angespannten Situation möglich war.

»Diese Menschen, die du ›meine Toten‹ nennst, haben Freunde und Familie, Gott. Sie wollen nicht sterben. Die meisten fürchten sich vor dem Tod. Aber die größte Angst haben sie vor dem Leiden. Ihren Tod kann ich nicht verhindern, aber ich kann dafür sorgen, dass sie nicht leiden.«

Über ihre Patienten zu sprechen besänftigte Julia, und ihre Stimme wurde weich.

»Es ist wunderbar, ihnen das Leiden zu ersparen. Dafür zu sorgen, dass sie die letzten Tage mit ihren Liebsten genießen können, ohne Schmerzen zu haben. Es wäre schön, wenn es auch ein Mittel gegen seelische Qualen gäbe, aber das gibt es nicht. Deshalb kann ich es dir nicht geben. Alles, was ich tun kann, ist, bei dir zu sein, aber das lässt du nicht zu. Du leidest und entfernst dich dabei von mir, du schweigst, du sprichst nicht mit mir … oder, noch schlimmer, du greifst mich an. Wie soll ich dir helfen, wenn du dich so verhältst?«

Gerade weil sie den Schutzschild heruntergelassen hatte, hatte sie Gottfrieds barsche Antwort so geärgert:

»Ich habe dich nicht um deine Hilfe gebeten.«

Bei diesem vernichtenden Satz war Julia explodiert.

»Klar doch, natürlich nicht! Um Hilfe bitten wäre das Letzte, was du tätest, und wenn es dich das Leben kostete! Weißt du was? Wenn's ans Sterben geht, wirst du froh sein, wenn Leute wie ich da sind, die gerne auf der Palliativstation arbeiten!«

Dann war sie aufgestanden, ihre Serviette war auf den Boden gefallen. Gottfried hatte die beiden Gläser abgeräumt, die wie gleichmütige Zeugen der Schlacht auf dem Tisch standen, und hatte sie ebenfalls gespült. Wortlos.

An diesem Punkt hatte Julia den Abend für beendet erklärt. Ohne ihren Partner anzusehen, hatte sie ihre Jacke genommen und war türeschlagend aus der Wohnung gestürmt. Bevor sie die Tür zuzog und sich der Kälte draußen aussetzte, hatte sie den Streit mit einem Satz beendet, von dem sie schon wusste, dass sie ihn bereuen würde, sobald sie auf der Straße stand:

»Ruf mich morgen an, wenn du gesprächiger bist. Wenn nicht, warte mit deinem Anruf, bis es so weit ist.«

Sie wusste, dass Gottfried anrufen würde. Aber sie wusste auch, wie furchtbar es war, auf diesen Anruf zu warten.

Als ihre Nase schon von der Kälte gerötet war, sah Julia schließlich den Bus hinter der langgezogenen Kurve auftauchen, die zur Haltestelle Triemli führte. Gleichzeitig kreischten hinter ihr die Bremsen der Tramlinie 14, die in Richtung Kafi Glück fuhr. Vielleicht war es ein Zeichen, dass die Tram vor dem Bus kam. Julia war immer noch wütend, aber es war der 13. Januar. Sie streifte einen Handschuh ab, um in der Tasche nach dem Handy zu suchen, und rief Max an. Um diese Uhrzeit würde sie ihn mit Sicherheit in Gottfrieds Kneipe antreffen.

»Wo bist du, Max?«

»Auf dem Weg zum Glück. Kommst du auch?«

»Ich überlege gerade. Glaubst du, Gottfried ist schon da?«

»Ich glaube es nicht, ich weiß es. Er hat mir eine Nachricht geschickt. Du weißt doch, dein mutiger Mann mag keine dunklen Friedhöfe. Wir müssen heute anstoßen, da darf er nicht fehlen.«

»Okay. Dann sehen wir uns dort. Aber sag ihm nicht, dass ich komme.«

»Was ist los? Habt ihr wieder Stress?«

»Tja ... Ich wüsste auch gern, was los ist. Gottfried ist sehr seltsam in letzter Zeit.«

16 Der Brief

1960

Die *Trieste* befand sich vor der Insel Guam. Nach sieben Jahren war der Bathyscaph bereit, den Marianengraben zu erforschen. Mit Augustes Sohn Jacques Piccard als Kapitän und Don Walsh als Besatzung erreichte das U-Boot am 23. Januar den Meeresgrund, auch wenn Hermann nie davon erfuhr. Zehn Tage zuvor hatte er sich auf seine Reise gemacht.

Ein Jahr war seit der Diagnose vergangen, und die Erkrankung war wesentlich schneller vorangeschritten, als die Ärzte vorausgesagt hatten. Doktor Lehner verkündete ihm, dass er bald nicht mehr alleine zurechtkommen würde. Aber vorher beschloss Hermann noch, die Angelegenheit abzuschließen, mit der sein Unglück begonnen hatte.

Eines Morgens stand er auf und ging mühsam zum Schreibtisch. Dort fand ihn Ada, als sie mittags von der Arbeit kam. Gottfried war noch in der Schule. Seine Frau war überrascht und gleichzeitig erschreckt, als sie sah, dass ihr Mann sich angezogen hatte. Und nicht nur das: Er lächelte auch. Sie hatte Angst, dass es der Anfang vom Ende war, ein letztes Aufbäumen vor Hermanns endgültigem Verfall.

»Geht es dir gut?«, fragte sie, während sie zu ihm ging.

»Ich habe mich lange nicht mehr so gut gefühlt, mein Schatz«, antwortete Hermann, ohne sein Lächeln zu verlieren.

»Und woher kommt diese gute Laune, wenn man das wissen darf?«

Er tippte mit dem Finger auf einen Umschlag, der auf dem Schreibtisch lag, und antwortete knapp:

»Ein Brief für Gottfried. Darin erkläre ich ihm, was ich ihm jetzt noch nicht erzählen kann. Er muss erwachsen sein, um es zu verstehen.«

Ada verstand sofort, wovon ihr Mann sprach. Sie lächelte ebenfalls.

»Du bist ein guter Mensch, Hermann«, sagte sie und legte ihre Hand auf seine Schulter. »Du hast getan, was du konntest. Du musst dich nicht rechtfertigen. Ich werde dafür sorgen, dass Gottfried dich gut in Erinnerung behält.«

»Du meinst, wenn ich nicht mehr da bin?«

»Sag das nicht«, antwortete Ada, den Blick auf den Dielenboden geheftet.

Hermann wollte sie küssen, aber sie tätschelte nur liebevoll seine Schulter und ging dann in die Küche. Gottfried würde bald kommen, und das mit dem ungestümen Hunger eines Jungen mitten im Wachstum.

»Warte«, sagte Hermann. »Du musst etwas für mich tun. Ich brauche den Stock.«

Ada hatte den Spazierstock beinahe vergessen.

»Was willst du jetzt damit?«

Hermann antwortete mit der Überzeugung eines Menschen, der den Tod als unvermeidlichen Teil des Lebens begriff.

»Ich werde bald sterben, und du hasst ihn.«

Sie wollte etwas einwenden, aber er ließ sie nicht zu Wort kommen.

»Es ist in Ordnung, Ada. Du kannst ihn ruhig hassen. Ich muss zugeben, seit er im Haus ist, hatten wir mehr Pech als Glück. Aber ich gebe die Hoffnung nicht auf, dass sein Besitzer irgendwann zurückkehrt. Das bin ich ihm schuldig.«

Ada schüttelte den Kopf und seufzte.

»Ich kann nicht glauben, dass du immer noch dieser Geschichte nachhängst, Hermann. Dieser Mann liegt seit Jahren unter der Erde, und du machst dir immer noch Gedanken seinetwegen…«

»Aber woher willst du das so genau wissen?«

»Hermann, Schatz … Wenn er am Leben wäre, würde er nach dir suchen, glaubst du nicht? Und sei es nur, um sich zu rächen. Er kann nicht wissen, dass du zu ihm zurückgekehrt bist. Aus seiner Sicht hast du ihn im Stich gelassen.«

Sie wusste, dass ihre Worte Hermann verletzten, aber sie fuhr dennoch fort.

»Wie auch immer. Wenn dieser Stock und dieses Bild so wichtig für ihn wären, wie du denkst, glaubst du nicht, er hätte Himmel und Hölle in Bewegung gesetzt, um dich zu finden?«

»Er weiß nichts über mich, Ada. Er kennt meinen Namen nicht. Er weiß nicht, wo ich lebe. Er hat keine Ahnung, wo er mit seiner Suche beginnen soll.«

Auch Hermann hatte nicht den geringsten Anhaltspunkt. Er hatte versucht, die Identität des Juden herauszufinden, indem er seine Spur bis zu dem Mann verfolgte, der die »Post« organisiert hatte, aber es war vergebliche Mühe: Die Nazis waren schneller gewesen, und mit der Verhaftung des Verbindungsmannes war das Widerstandsnetz jenseits der Grenze zusammengebrochen.

»Wo könnte er mit seiner Suche beginnen, Ada? Was würdest du an seiner Stelle tun?«

»Das Bild«, sagte sie.

Hermann schloss die Augen. Nach achtzehn Jahren war seine Frau endlich zu demselben Schluss gekommen wie er. Möglich, dass sie es nur gesagt hatte, um nicht wieder mit der alten Diskussion anzufangen, aber er nutzte die Gelegenheit, um seinen Plan zu erläutern. Er öffnete die Augen und sah seine Frau an.

»Das ist meine Hoffnung. Dass er immer noch nach dem

Bild sucht. Deshalb will ich den Gehstock und das Bild an einen Ort bringen, wo sie sicher aufbewahrt werden, falls er eines Tages Anspruch darauf erheben sollte.«

»Er ist tot, Hermann«, erklärte Ada, bevor sie in den Keller ging, um den Stock zu holen.

Sie musste einiges an Gerümpel beiseiteräumen, bis sie ihn fand. Sie wischte mit dem Ärmel darüber und schraubte den Griff ab, um sich zu vergewissern, dass sich die Leinwand noch in dem Stock befand. Dann ging sie nach oben ins Wohnzimmer, wo sie Hermann in einem Zustand freudiger Erregung vorfand, wie sie ihn schon lange nicht mehr gesehen hatte.

»Da«, sagte Ada und reichte ihm den Stock. »Und jetzt erklär mir bitte, was du vorhast.«

Hermann nahm den Stock mit beiden Händen und betrachtete ihn neugierig. Seit er ihn zum letzten Mal gesehen hatte, hatte sich sein Leben grundlegend geändert. Diesem Stück Holz hingegen hatte die Zeit nichts anhaben können, genauso wenig wie dem stillen Wald in seinem Inneren. Er schraubte den Knauf ab, um sich zu vergewissern, dass das Bild noch an seinem Platz war. Zum ersten Mal betrachtete er den Hundekopf genauer. In seinem Inneren entdeckte er mehrere Einschnitte, die er bislang übersehen hatte, von fahrigen Händen mit einem spitzen Gegenstand ins Metall gekerbt. Sie sahen aus wie Buchstaben, Zahlen vielleicht, aber kaum erkennbar. JS? IS? 15? Er seufzte frustriert. Es war zu spät, diesen Spuren nachzugehen. Er antwortete Ada mit einer Gegenfrage.

»Erinnerst du dich, was ich damals zu dir sagte, als ich mit dem Stock nach Hause kam?«

Sie verdrehte genervt die Augen. Das alles war schon so lange her. Alles, was sie wollte, war, diesen Gegenstand zu vergessen, der ihnen nur Unglück gebracht hatte.

»Du sagtest, ich solle ihn zur Bank bringen«, rief Hermann ihr in Erinnerung. »Aber damals hatten wir kein Geld für ein Schließfach, und außerdem wurden die Banken von der Gestapo überwacht.«

»Wir haben auch jetzt nicht viel Geld«, entgegnete sie.

»Aber wir können das gesparte Geld für meine Beerdigung nehmen.«

Ada wollte protestieren, aber Hermann ließ nicht zu, dass sie ihn unterbrach.

»Ich werde ein Schließfach bei der Zürcher Bank mieten. Das Geld für meine Beerdigung werde ich auf einem Konto hinterlegen, von dem die Gebühren bezahlt werden können, bis Gottfried volljährig ist. Dann kann er das Schließfach öffnen; vielleicht lässt sich später mehr herausfinden. Vielleicht gelingt es unserem Sohn, diesen Mann zu finden.«

Nun platzte Ada der Kragen.

»Nein, Hermann, das kommt nicht in Frage! Wenn du kein würdevolles Begräbnis willst, ist das deine Sache, aber ich werde nicht zulassen, dass du unserem Sohn ein vergiftetes Vermächtnis hinterlässt.«

»Dir bleibt nichts anderes übrig, Ada«, schloss er ruhig. »Es ist mein letzter Wille. Und den musst du respektieren.«

17 Das Kafi Glück

Max Müller legte auf, als er vor dem Kafi Glück stand. Er spürte noch die Folgen des Bourbons, aber er war sich sicher, dass Julia nichts bemerkt hatte. Sie hatten sich nur kurz unterhalten.

Er fragte sich, was diesmal zwischen ihr und Gottfried vorgefallen war. Er war mit beiden befreundet, aber der Umgang mit Julia fiel ihm leichter. Vielleicht, weil er sie schon länger kannte, vielleicht aber auch, weil Gottfried es einem nicht leicht machte, ihn besser kennenzulernen. Nur wenige hatten Zugang zu seinem Innersten, und Max gehörte nicht dazu. Ehrlich gesagt, wollte er das auch nicht.

Gottfried war einige Minuten zuvor vom Friedhof in Fluntern zurückgekommen. An das Geländer der Empore gelehnt, genoss der Eigentümer des Glück die Musik, die er selbst ausgesucht hatte, und beobachtete sein Reich. Von dort sah er Max hereinkommen, der ihm lässig zuwinkte und auf einem der Hocker Platz nahm, die mit krankhafter Akkuratesse an der Theke aufgereiht waren. Der Tresen bestand aus alten Schiffsplanken aus Eisen. Ein Christus und eine Madonna zeigten den Bereich an, der für die Annahme von Bestellungen reserviert war. Nur einigen wenigen Privilegierten war es gestattet, diese Regel zu übertreten, die wie ein Befehl von oben hingenommen wurde.

Obwohl er seit dem Selbstmord seines Vaters nicht mehr an Gott glaubte, war es Gottfrieds Idee gewesen, den sündigsten und lebhaftesten Teil des Tresens mit Heiligenstatuen zu begrenzen. Von Christus gesegnet und von der Muttergottes in Empfang genommen, fühlten sich die durstigen Gäste im Glück vielleicht wohler als zu Hause.

Leben und Tod in Gestalt eines riesigen Fiberglas-Skeletts, das über den Gästen an der Decke baumelte, war nur eines der Themen, die sich durch die Dekoration der Kneipe zogen. Landkarten, maritime Elemente, Fußballdevotionalien, Graphik aller Art, bunte mexikanische Fähnchen, Blumenketten, in denen sich kleine Leuchtbirnchen verbargen, Plakate von den monatlichen Konzerten, Reiseandenken, Pokale, Fotos – alles hatte seinen festen Platz an den Wänden und Decken des ehemaligen Militärlagers an der Sihl, in dem sich das Kafi Glück befand. Die Dekoration war Gottfrieds Leben, an Dachbalken und auf Mauersteine gepinnt und genagelt, geschrieben und gemalt. Jedes Foto eine Erinnerung, jedes Objekt ein Geschenk, jeder Pokal das Symbol für eine gewonnene oder verlorene Schlacht. Nichts davon war gekauft oder auch nur getauscht. Es waren Geschenke, einzigartige Aufmerksamkeiten noch lebender Freunde oder stumme, den Toten gewidmete Altäre.

Gottfried war kurz nach dem Tod seiner Mutter als junger Mann aus Zürich weggegangen und erst mit über Vierzig zurückgekehrt. Mehr als zwei Jahrzehnte war er als Abenteurer durch die Welt gereist, unterbrochen von längeren Aufenthalten in Indien, Mexiko, USA, der Dominikanischen Republik und Spanien. Diese Orte hatten ihn geformt und seine Persönlichkeit durch außergewöhnliche Erlebnisse gefestigt, die nur fernab von dem Ort möglich waren, den man Zuhause nannte. Die Erinnerungen an diese Momente, schöne wie schreckliche, drückten seinen Gesten und Worten den unverwechselbaren Stempel der Selbstsicherheit auf, den nur die Erfahrung verlieh. Das machte Gottfried für andere zu einem interessanten Typ: einzigartig, manchmal normal, aber fast immer exzentrisch. Er liebte das Leben als das, was es war: ein Privileg. Er liebte Julia mit derselben Intensität, mit der sie ihn manchmal nervte. Aber mehr als alles andere liebte er das Kafi Glück. Und er hasste es, wenn mehr angefasst wurde als unbedingt nötig.

Von seinem Platz aus beobachtete Max Gottfrieds Reaktion, als ein Gast es wagte, einen Barhocker vom Tresen zu holen, um sich ans Fenster zu setzen.

»He, du da! Ich gehe doch auch nicht in deine Wohnung und verschiebe die Möbel, oder?«, brüllte der Besitzer des Glück von der Empore herunter.

Der Mann sah von unten zu ihm hoch, den Hocker in der Hand, halb schuldbewusst, halb überrascht. Er schüttelte den Kopf, ohne zu wissen, was ihn als Nächstes erwartete.

»Dann komm nicht in meine Bar und verschiebe meine«, erklärte er. »Bitte stelle den Hocker an seinen Platz zurück.«

Der Mann leistete der Aufforderung Folge. Gottfried gab Valeria ein Zeichen, dem verärgerten Gast ein Getränk aufs Haus hinzustellen. Dann kam Gottfried die Betontreppe herunter, die das Lokal beherrschte, und setzte sich zu Max. Im Hintergrund legte Ray Charles seine ganze Leidenschaft in die Tasten seines Klaviers und fragte sich genau wie Max: »Tell me what I'd say/ Tell me what I'd say right now ...«

»Was siehst du mich so an?«, fragte Gottfried. »Sag nicht, ich wäre nicht diplomatisch gewesen. Der Typ geht mir auf die Eier, und ich gebe ihm noch einen aus.«

Max lachte über den Scherz, eine blonde Haarsträhne kam unter der Kappe hervor. Als er sie wieder zurückschob, bemerkte er, dass noch ein Rest schwarzer Farbe daran klebte. Er hatte sich die Hände gewaschen, bevor er das Atelier verließ, aber dabei nicht in den Spiegel geschaut, um sich nicht in die Augen sehen zu müssen. Er war nicht stolz auf das, was letzte Nacht geschehen war, und hoffte, dass Valeria, die Barfrau des Glück, keine Erinnerung daran hatte. Max hatte das nicht geplant. Er hatte nicht geplant, sich zu betrinken, und schon gar nicht, mit ihr ins Bett zu gehen. Aber es war passiert, und er hatte die Gelegenheit genutzt. Er fragte sich, wie Gottfried reagieren würde, wenn er erfuhr, dass er was mit seiner Angestellten gehabt hatte. Mit Sicherheit würde er nicht diplomatisch sein.

»Du und diplomatisch? Dass ich nicht lache, Gott … Der verdammte König der Diplomatie bin ich. Erinnerst du dich an Lucas Steiner, meinen Galeristen?«

»Natürlich erinnere ich mich an Lucky. Er war vor ein paar Wochen hier und wollte mir ein Bild abkaufen.«

»Er wollte dir ein Bild abkaufen?«

»Ja, eins von oben auf der Galerie, aber ich habe ihm klargemacht, dass es nicht verkäuflich ist. Nicht dieses und auch sonst keines. Ich kann sie nicht verkaufen. Alle Bilder, die ich besitze, sind Geschenke.«

»Alle, bis auf eines.«

»Welches meinst du?«

»Das kleine mit dem Wald. Du sagtest doch, du hättest es von deinem Vater geerbt.«

»Ach, das. Ja, das ist etwas anderes.«

Max war ganz seiner Meinung. Dieses kleine Bild war etwas anderes, aus vielen Gründen. Insgeheim war er sicher, dass sein Freund ihm nicht die Wahrheit darüber sagte, wie dieses Kunstwerk ins Glück gekommen war. Als Gottfrieds Vater 1960 starb, war er arm wie eine Kirchenmaus gewesen. Trotzdem hatte er seinem Sohn dieses Bild hinterlassen. Eine Waldansicht von zwölf mal fünfzehn Zentimetern. Eine Waldansicht, die nicht mehr an ihrem Platz hing. Dem Maler stellten sich viele Fragen, auf die es keine Antwort gab.

»Warum hast du es abgehängt, Gott?«

»Ich dachte, es würde keinem auffallen.«

»Mir ist es aufgefallen. Warum hast du es abgehängt?«

»Eben weil es anders ist als die anderen.«

»Und warum ist es anders?«

»Verdammt, Max, haben wir nicht gerade über Diplomatie gesprochen? Was soll die Fragerei? Bist du vom Mossad?«

Max lächelte gezwungen, gab aber nicht auf. Gottfried wusste, dass der Maler jüdische Vorfahren hatte, und ließ keine Gelegenheit aus, darüber zu frotzeln. Er, der stets Respekt einforderte, ging nicht immer respektvoll mit anderen um.

»Klar. Und von der CIA, du Spinner«, ging Max auf den scherzhaften Ton ein. »Sag mir einfach, warum du es abgehängt hast.«

»Lucas hat mir 150 000 Franken dafür geboten. Es ist unverkäuflich, aber wenn es tatsächlich so viel wert sein sollte, will ich auch nicht, dass es gestohlen wird. Und würdest du mir jetzt bitte sagen, warum du der König der Diplomatie bist?«

Max nahm einen tiefen Schluck von seinem Bier, bevor er antwortete. Als er Lucas am Nachmittag in seinem Atelier ein Foto des kleinen Waldbildes gezeigt hatte, hatte der Galerist behauptet, das Werk nicht zu kennen. Er hatte ihn angelogen.

»Lucas ist heute zu mir ins Atelier gekommen, um einen Blick auf die Serie zu werfen, die ich gerade fertiggestellt habe. Wenn man mit solchen Typen wie ihm zu tun hat, muss man echt die Faust in der Tasche machen. Wo andere Kunst sehen, sehen sie nur das Geschäft. Zum Glück hatte ich eine halbe Flasche Bourbon intus. Das hilft dabei, diplomatisch zu sein.«

»Bourbon? Trinkst du jetzt bei der Arbeit?«

»Ich habe nicht gearbeitet«, erklärte Max. »Ich habe gefeiert. Für mich alleine. Ich habe eine große Arbeit vollendet und bin bereit für die nächste Ausstellung«, erklärte er mit stolz nach oben gerecktem Kinn.

»Und, hat sie einen Titel? Oder bist du einer von den Künstlern, die sich mit so was nicht aufhalten?«

Die kalte Dusche ärgerte Max. Er war es allmählich leid, immer wieder vergeblich darauf zu warten, dass Gottfried ihm anerkennend auf die Schulter klopfte. Aber er sagte nichts. Es würde sich eine bessere Gelegenheit bieten, ihn darauf anzusprechen. Fünf Jahre hatte er an einer Serie von Bildern gearbeitet und gerade das vollendet, in das er seinen ganzen aufgestauten Frust gelegt hatte. Ein Werk, das ihn mit den Gespenstern seiner Vergangenheit versöhnen sollte. Er dachte an seinen Vater und daran, wie stolz dieser auf ihn wäre. Daran, wie unglaublich es war, dass ihn ein kleines Gemälde inspiriert hatte, das Gottfried im Glück aufgehängt hatte und das nun weg war.

»Ich habe es WUT genannt«, antwortete Max, jeden Buchstaben betonend, während er sich sammelte, um Gottfried die Stichelei heimzuzahlen. »Und weißt du, was? Wenn du schon das Wort Diplomatie erwähnst, will ich dir mal was sagen. Ein bisschen mehr Diplomatie würde dir in deiner Beziehung zu Julia weiterhelfen.«

Der Besitzer des Glück verzog missmutig das Gesicht. Max wusste, dass er gefährliches Terrain betreten hatte.

»Was ist mit meiner Beziehung zu Julia?«, entgegnete Gottfried und verschränkte abwehrend die Arme.

»Das musst du selbst wissen«, antwortete Max schnell. »Ich finde nur, dass du mehr Rücksicht auf sie nehmen solltest. Sie hat mich vorhin angerufen. Irgendwann serviert sie dich ab, Mann. Wenn sich eine Frau wie Julia in dich verliebt, ist das wie ein Sechser im Lotto. Wir sind zu alt für Spielchen und Hinhaltetaktik, findest du nicht? Erzähl mir nicht, dass du in deinem Alter Bindungsangst hast.«

18 Nach Hermann

Ada erfüllte den letzten Willen ihres Mannes, obwohl ihr nie danach war, Blumen auf ein Gemeinschaftsgrab zu bringen. Nachdem der Spazierstock aus dem Haus war und sie von ihrem depressiven, kranken Mann befreit war, lag ein neues, ein anderes Leben vor ihr. Sie war Witwe, hatte einen Sohn und eine einzige Option: nach vorne zu schauen. Dafür brauchte sie eine Arbeit, die sich mit ihren Pflichten als Alleinerziehende eines Siebenjährigen vereinbaren ließ. Der Junge brauchte ihre Aufmerksamkeit mehr als je zuvor.

Die Lösung fand sich in einem Brockenhaus, einem Gebrauchtwarenladen, in Gestalt einer Nähmaschine. Sobald sie konnte, kündigte sie bei Doktor Lehner und begann, Kleidung für zahlende Kundschaft auszubessern, die sich schon bald einfand. Stich um Stich beglich sie die Ausgaben für den Haushalt, ihre eigenen und die Bedürfnisse ihres Sohnes. Bis zum Sommer 1973.

Ada war mit den Vorbereitungen für Gottfrieds Geburtstag beschäftigt. Sie war sich sicher, dass ihr Sohn nichts ahnte. Gottfried wohnte nicht mehr bei ihr. Er hatte die Ausbildung abgeschlossen und arbeitete jetzt in einem Restaurant, so dass es ein Leichtes für sie war, die Vorbereitungen geheim zu halten. Erst wenn alles vorbei und der letzte Gast gegangen wäre, würde sie ihm mitteilen, dass sein Vater ihm etwas hinterlassen hatte. Ein Geschenk, das den Eintritt des Jungen ins Erwachsenenalter kennzeichnen würde. Ada betete, dass dieses Vermächtnis das Leben ihres Sohnes nicht genauso ruinierte wie das ihres Mannes.

Sie setzte sich an die Nähmaschine und nähte aus einem Rest roter Seide ein kleines Säckchen, das sie mit einem Perlmuttknopf verschloss. Es hatte genau die richtige Größe, um einen Schlüssel darin aufzubewahren. Sie war im Zweifel. War es wirklich nötig, den letzten Willen ihres Mannes zu erfüllen? Was hielt sie davon ab, das Schließfach zu öffnen und sich den Stock und das Gemälde vom Hals zu schaffen?

Plötzlich schoss ihr eine Hitzewelle ins Gesicht, dann brach sie in kalten Schweiß aus. Sie hatte in letzter Zeit viel gearbeitet und schob das Unwohlsein auf die gebeugte Haltung an der Nähmaschine. Sie stand auf, um Wasser zu trinken und den Rücken zu strecken, aber auf den kalten Schweiß folgten heftige Kopfschmerzen. Die Beine gehorchten ihr nicht mehr, und sie brach zusammen, unfähig, sich irgendwo festzuhalten. Den Wasserhahn erreichte sie nicht mehr. Gottfried fand sie auf dem Küchenboden, ein leeres Seidensäckchen in der Hand. Sie wurde zweiundfünfzig Jahre alt.

In der Maschine war noch das rote Garn eingefädelt, als Gottfried beschloss, sie zusammen mit den übrigen Möbeln zu verkaufen. Von den Erinnerungen, die in den Wänden der heimischen Wohnung steckten, bewahrte er nur das Hochzeitsfoto seiner Eltern auf, das neben dem Wohnzimmerfenster hing. Er war gerade zwanzig geworden und wusste nicht, was er mit seinem Leben anfangen sollte. Es gab keinen Grund zu bleiben.

Die Welt jenseits von Wiedikon, Zürich und der Schweiz war eine große Unbekannte für ihn, und Gottfried beschloss, sie zu erkunden.

19 Gott und Gloria

Anders als Max vermutete, hatte Gott keine Angst vor Verbindlichkeit. Er hielt sie schlichtweg für überflüssig. Er fand es absurd, Beziehungen formal bestätigen zu müssen.

Julia und er lebten in getrennten Wohnungen, weil beide wussten, dass dies die beste Lösung für zwei eigenwillige Charaktere war, zwei starke Persönlichkeiten, die sich in vielem sehr ähnlich und dann wieder vollkommen gegensätzlich waren. Tatsächlich erschien ihm dies die beste Form des Miteinanders, wenn man nicht die Absicht hatte, eine Familie zu gründen, aber gleichzeitig nicht auf die Wärme und die Annehmlichkeit von Sex mit einer Person verzichten wollte, die man liebte, akzeptierte und bewunderte. Sie hatten sich in der Mitte ihres Lebens kennengelernt und nicht die Absicht, auf ihren persönlichen Freiraum zu verzichten, wenn sie das Bedürfnis danach hatten. Wer hatte Max um seine Meinung gebeten? Gottfried verstand nicht, was die Bemerkung mit der Hinhaltetaktik sollte. Er machte keine Spielchen. Er nahm seine Beziehung mit Julia ernst, aber er war schon einmal verheiratet gewesen und sah keine Notwendigkeit, diese Erfahrung zu wiederholen.

»Ich war schon mal verheiratet, Max. Ich will nicht, dass Julia meine Ehefrau Nummer zwei wird. Sie ist viel mehr als das. Sie ist einzigartig, und darauf kommt es an.«

Der Maler hatte mit so etwas gerechnet. Gottfried erwiderte Provokationen gerne mit einem Gegenschlag, den in Frage zu stellen sich viele nicht trauten. Er flößte Respekt ein. Nicht nur deshalb kürzten viele seinen Namen so ab: Gott.

Gottfried hatte nicht nur eine Frau gehabt, sondern auch einen Sohn. In seinen Dreißigern hatte er neun Jahre lang ein mehr oder weniger geregeltes Leben an einem ungewöhnlichen Ort geführt. Er lebte damals in einem kleinen Dorf an der dominikanischen Küste, wo er gemeinsam mit seiner Frau Gloria ein kleines Lokal führte, das Café de la Suerte. Während er kochte und Gloria hinterm Tresen stand, wuchs ihr Sohn Antonio in den freien Stunden, die ihm die Schule ließ, zwischen den Tischen und auf der Straße auf. Gloria brachte ihn morgens zur Schule, und Gottfried holte ihn nachmittags ab. Das war sein Leben von montags bis freitags. Samstags spielte Antonio mit seinen Freunden auf der Straße, und sonntags schlossen sie das Café und verbrachten den Tag gemeinsam am Strand oder wo auch immer. Der Ort war egal.

Wenn Gottfried mit sechsundfünfzig etwas bereute, dann, dass er es nicht verstanden hatte, die schönen Seiten dieses alltäglichen Lebens wertzuschätzen. Dafür hatte er es erst verlieren müssen.

Es passierte an einem Morgen wie jedem anderen, ohne jede Vorwarnung. Ein überladener Lastwagen kreuzte vor der Schule den Weg von Gloria und Antonio. Gottfried blieb der Trost, dass beide auf der Stelle tot gewesen waren. Neben seiner Frau und seinem Sohn nahm der Lastwagen auch die Hälfte von ihm selbst mit. Den Vater und Ehemann, der er nie wieder sein würde.

»Die Zeit heilt alle Wunden«, sagte man ihm. Aber das stimmt nicht. Sie zeigt ihm, dass man den Tod eines geliebten Menschen nie verwindet. Man lernt lediglich, mit seiner Abwesenheit zu leben.

Wie schon nach dem Tod seiner Mutter, beschloss Gottfried, die Flucht nach vorne anzutreten. Er verkaufte das Café de la Suerte und nahm sein Nomadenleben wieder auf.

Er schlug sich einige Jahre mit ganz wenig durch; als er nach Europa zurückkehrte, hatte er fast nichts mehr. Er landete in Barcelona und blieb dort.

Es war Sommer, die Stadt vibrierte. Überall waren Touristen, und es war ein Leichtes für ihn, Jobs in der Gastronomie zu finden, bis er genug Geld zusammenhatte, um in die Schweiz zurückzukehren und seine eigene Bar aufzumachen, einen Ort, der eine Hommage an Gloria und Antonio war. Ein Café de la Suerte, nur auf Schweizerdeutsch. Das Kafi Glück hatte ihm Julia gebracht, die einzige Frau, die es schaffte, ihn aus der Reserve zu locken. Trotzdem – oder genau deswegen – war sie die Einzige außer Gloria, die ihm etwas bedeutete. Anders als Max unterstellte, ging er der Verbindlichkeit nicht aus dem Weg. Im Gegenteil, er konnte sich ein Leben ohne Julia nicht vorstellen. Das war, was er empfand, auch wenn er es ihr nicht sagte.

Max kam zu dem Schluss, dass Gottfrieds Antwort nichts hinzuzufügen war. Also konzentrierte er sich auf die zwei Flaschen Vollmondbier, die Valeria ihnen hingestellt hatte. Er hatte bemerkt, dass sie zwar ihren Chef anlächelte, als sie das Bier auf den Tresen stellte, aber es vermied, ihn anzusehen. Valeria erinnerte sich genau, was letzte Nacht passiert war. Um sein Unbehagen zu überspielen, nahm Max seine Flasche und prostete Gottfried zu, wie es zur Tradition geworden war, wenn dieser von seinem Besuch in Fluntern zurückkam. Vielleicht hatte er eine Freundin verloren, aber dafür würde er eine Vergangenheit gewinnen, auf die er stolz sein konnte.

»Auf deine Toten.«

»Und auf deine.«

»Auf unsere Toten«, sagten sie zum Klirren der Flaschen.

Zweiter Teil

Gegenwart

Januar – Februar 2010

20 Valeria

Aus den Lautsprechern klang leise ein Lied von O. V. Wright durch das Kafi Glück. »Precious, Precious ... I look at love a two-way street / You get the good with the bad / You take the bitter with the sweet ...«

Während er Gottfried zuprostete, rutschte Max' Brille hinunter bis auf die Nasenspitze. Er schob sie mit dem Zeigefinger wieder hoch, weil er annahm, diese Geste würde ihn interessant erscheinen lassen.

Valeria beobachtete ihn gleichgültig vom anderen Ende des Tresens aus, während sie ein paar Tröpfchen von den Gläsern polierte, die sie gerade aus der Spülmaschine geholt hatte. Er versuchte, ein »Alles ist gut«-Gesicht aufzusetzen, doch es gelang ihm lediglich, die Mundwinkel zu einem gezwungenen Lächeln nach oben zu ziehen. Sie senkte den Blick, verstört von der Erinnerung daran, dass sie ihn letzte Nacht geküsst hatte. Tony hatte seinen freien Abend gehabt und nichts von der Sache mit Max mitbekommen. Aber sie war sich nicht sicher, ob sie es auf Dauer geheim halten konnte. Zürich bewegte sich in festen, ineinander verschlungenen Kreisen.

Für den Maler hingegen war die Erinnerung an letzte Nacht wie ein ferner Schatz, den man ansehen, aber nicht anfassen konnte. Eine Erinnerung, zu der er während des Tages häufig zurückgekehrt war, wissend, dass er nie wieder den Zugangscode zu diesem wohlgerundeten, weichen Körper finden würde, der nach Hafermilch-Körpercreme roch. Er hatte es nicht darauf angelegt, mit ihr zu schlafen, falls man das, was passiert war, so nennen konnte. Er hatte nur den Schlüssel von Gottfrieds Wohnung haben wollen und die Gelegenheit genutzt. Er versuchte sich einzureden, dass die Sache mit Valeria ein notwendiges Übel gewesen war, ein Kollateralschaden. Wie der Kater nach einer verrückten Nacht. Als Gottfried den Tresen verließ, um mit Eric zu sprechen, dem Kellner der Nachtschicht, der gerade hereinkam, gab Max ihr unauffällig ein Zeichen.

»Den hast du in meiner Wohnung vergessen, Valeria«, sagte er und reichte ihr einen Schlüsselbund.

Sie nahm ihn rasch an sich, während sie sich vergewisserte, dass niemand etwas mitbekam. Mit einem knappen »Merci« verschwand sie in der Küche des Glück und kam mit einigen Zitronen zurück, die sie konzentriert und präzise in Spalten zu schneiden begann. Sobald sich die Bar füllte, würde sie keine Zeit mehr dafür haben, und die Longdrinks durften nicht ohne Zitrone rausgehen. Trotz der niedrigen Temperaturen waren Gin-Tonic und gespritzter Weißwein mit Eis und einer halben Zitronenscheibe die angesagten Drinks.

Am Abend zuvor war wegen des Konzerts, das auf der winzigen Bühne des Kafi Glück stattfand, besonders viel los gewesen, und es war spät geworden. Während die Band die Stimmung anheizte, hatte Valeria jede Menge dieser Longdrinks serviert. Drei davon waren für sie selbst gewesen. Nach Schichtende hatten sich zu diesen drei Gläsern noch diverse Biere und mehrere Runden Wodka mit Max gesellt, während sie in Erinnerungen an eine Freundschaft schwelgten, die am Thekentresen entstanden war. Irgendwann fingen sie an zu knutschen.

Die Folge dieses unseligen Alkoholrauschs waren ein schwarzes Loch in Valerias Erinnerung und der Riesenfehler, mit Max im Bett gelandet zu sein.

Die Kellnerin hatte keine Ahnung, wie sie in der Wohnung des Malers gelandet waren. Einzig, dass sich der Zwischenfall der vergangenen Nacht nicht wiederholen würde, war ihr in ihrem vernebelten Kopf klar. Sie hatte größte Angst, dass sie womöglich kein Kondom benutzt hatten. Auch daran erinnerte sie sich nicht.

Max war einer der Stammgäste des Glück und auf einer Wellenlänge mit Gottfried. Valeria hoffte nur, dass der Maler den Mund hielt und das, was in seiner Wohnung passiert war, genau dort blieb, auch wenn ihre Thekenerfahrung sie das Gegenteil befürchten ließ. Tony war zu integer, um einen Betrug zu verzeihen, schon gar nicht mit Max. Wenn er von dem Ausrutscher erfuhr, würde sie ihn verlieren.

Inzwischen war Gottfried zu Max zurückgekehrt und die beiden widmeten sich wieder ihrem Bier, ohne etwas von Valerias Gedanken zu ahnen. Als ihr Chef dem Blick seiner Angestellten begegnete, zwinkerte er ihr verschwörerisch zu, und sie zeigte unbekümmert ihre unperfekten Zähne, während sich zwei Grübchen in ihren Wangen bildeten. Mit zitronennassen Fingern schob sie sich eine Haarsträhne aus der Stirn. Gottfried musste lächeln. Ihm gefiel Valeria, weil sich hinter ihrer herzlichen Art ein unnachgiebiger Charakter verbarg, bestens geeignet, um den studentischen Aushilfskräften auf die Finger zu schauen. Er wusste ihren Einsatz zu schätzen und vertraute ihr vollständig. Sie war die Einzige, die den Schlüssel zum Glück besaß. Bevor er Julia kennenlernte, hatte er ihr sogar die Schlüssel zu seiner Wohnung gegeben und sie auch später nie zurückverlangt. Mehr als einmal hatte er Valeria beanspruchen müssen, um in sein eigenes Haus zu kommen.

Sie und Tony, der Küchenchef des Glück, waren die einzigen Angestellten, die mit ihrem Chef scherzen konnten.

Alle Angestellten des Glück respektierten Gottfried, aber anders als die anderen hatten Tony und Valeria keine Angst vor ihm.

21 Tony

Tony Bambougou erschien pünktlich zu Beginn seiner Nachtschicht im Glück. Er trug mehrere Lagen Kleidung, jedoch keine Mütze, weil er noch keine gefunden hatte, unter die sein gewaltiger Afro gepasst hätte, der ihn um mehrere Zentimeter größer machte. Stattdessen benutzte er den Bügel seines Kopfhörers als Haarband.

Er warf Valeria ein verschwörerisches Lächeln zu. Sie hatten sich erst vor einer knappen Stunde getrennt. Dann begrüßte er Gottfried mit einem High Five und nickte Max zu. Der Maler streckte ihm lächelnd die Hand entgegen, als würde er sich freuen, ihn zu sehen. Tony drückte sie, während er den Kopfhörer abnahm und ihn um den Hals hängte. Nun ungebändigt, standen seine Haare wild in die Höhe. Die Technomusik, die er hörte, dröhnte weiter in voller Lautstärke aus dem Kopfhörer, obwohl er wusste, dass es Gottfried auf die Palme brachte. Der reagierte gewohnt sarkastisch.

»Wie lange arbeitest du jetzt schon für mich? Drei Jahre?«, fragte er den Koch, ohne eine Antwort zu erwarten. »Und du hörst immer noch diesen Schrott, der dein Gehör und deine Neuronen zerstört. Ich kapiere das nicht.« Er schüttelte den Kopf. »Du verbringst fünf Abende in der Woche hier, mit der besten Musik des Universums. Lernst du nichts dazu?«

»Ich habe gelernt, von der Arbeit abzuschalten, Gott«, ging Tony auf den Spott seines Chefs ein. »Und es ist kein Schrott, sondern Musik. Elektronische Musik, aber

Musik. Kann ein Musikliebhaber wie du das nicht respektieren?«

Gottfried brauchte keine halbe Sekunde, um die freche Bemerkung seines Angestellten zu kontern.

»Zur Musik fehlt eine ganz wesentliche Komponente, Tony: der Mensch. Wenn du genau hinhörst, kannst du erkennen, ob eine Gitarre mit den Fingerkuppen, den Fingernägeln oder einem Plektrum gespielt wird. An dem Tag, an dem du das unterscheiden kannst, können wir uns weiter über Musik unterhalten.«

Tony gab sich nicht geschlagen. Er setzte sein breitestes Grinsen auf, um das Gespräch mit einem augenzwinkernden Hinweis auf ihre gegenseitige Wertschätzung zu beenden.

»Mann, zum Glück habe ich meinen Job bei der Zürcher Bank aufgegeben, um in der Küche zu stehen und nicht hinterm DJ-Pult. Als Plattenaufleger hätte ich dich nämlich nicht kennengelernt, und das wäre echt schade gewesen.«

Der Besitzer des Glück lächelte ebenfalls. Der Koch löste eine Mischung aus Stolz und Sympathie in ihm aus. Er reichte Tony die Hand, während er ihm mit der anderen freundschaftlich auf die Schulter klopfte.

Vor drei Jahren hatte Tony sich bei ihm vorgestellt, ohne weitere Küchenerfahrung, nur mit seiner Leidenschaft für Geschmack und Texturen. Er war kurz nach der Geburt mit seiner Mutter aus Kenia eingewandert und in Zürich aufgewachsen, wo er der einzige Junge mit dunkler Haut an seiner Schule war, ein Junge, der seine Klassenkameraden um einen Kopf überragte. Aber seine Familie hatte ihn darin bestärkt, Privilegien dort zu erkennen, wo andere nur Schwierigkeiten sahen. Fleiß und kontinuierliches Lernen sowie sein Geschick im Umgang mit Computern hatten den Rest erledigt. Mit dreiundzwanzig hatte er bei der Zürcher

Bank angefangen, wo er die Herkunft von verdächtigen Geldern nachverfolgte. Mit Dreißig hatte er ein Burnout gehabt, von dem er sich vollständig erholte. Aber er hatte die Gelegenheit genutzt, um den guten Job aufzugeben, den er auf Anraten seiner Mutter angetreten hatte, und sich stattdessen einer seiner beiden Leidenschaften zu widmen: dem Kochen. Die andere war elektronische Musik, die ihn genauso glücklich machte wie das Kreieren neuer Gerichte.

Fest entschlossen, vom Schreibtisch an den Herd zu wechseln, hatte er den Besitzer des Glück gebeten, ihm eine Chance in seiner Küche zu geben. Obwohl Gottfried bald feststellte, dass Tony mehr Willen als Kenntnisse besaß, sah er in ihm Antonio wieder. Einen unerschrockenen, selbstbewussten jungen Mann, so wie er es sich für seinen Sohn gewünscht hätte. Er konnte nicht nein sagen. Tony wiederum fand in seinem neuen Arbeitgeber die Vaterfigur, die er in Kenia verloren hatte. Er bewies ihm seine Zuneigung, indem er sich bemühte, ihm eine köstliche Küche, serviert in kleinen Portionen, zu bieten.

Gottfried hatte aus seiner Zeit in Spanien die Gewohnheit mitgebracht, beim Trinken eine Kleinigkeit zu essen, um nicht so schnell betrunken zu werden. Tony hatte schnell begriffen, dass seine Herausforderung in der Küche des Glück darin bestand, dass jedes seiner Gerichte der ideale Begleiter für ein Getränk war, das die unbestrittene Königin der langen Nächte in der Bar war: Ihre Majestät, das Bier. Tonys Tapas waren zum Markenzeichen des Lokals geworden, so unverwechselbar wie sein Afro.

Nur wenige Zentimeter von Tony und Gottfried entfernt, wurde Max zum unbeteiligten Zeugen des Schlagabtauschs zwischen dem Besitzer des Glück und seinem Koch. Er beobachtete, wie Gottfrieds grobe Finger liebevoll Tonys riesige schwarze Hand umfassten. In anderen Zeiten hätte

Max viel für eine solche Sympathiebezeugung gegeben. Aber mit Gottfrieds Wohnungsschlüssel in der Tasche war es ihm ziemlich egal. Er fühlte sich mächtig.

Tony ging in die Küche, die sich hinter dem Tresen unter der Treppe befand. Als er an Valeria vorbeikam, liebkosten sich die beiden mit den Augen, und er gab ihr einen verstohlenen Kuss, den sie voller Schuldgefühle entgegennahm. Er verschwand hinter dem Vorhang aus bunten Plastikbändern, der die Welt der Teller von derjenigen der Gläser trennte. Auch Gottfried zog sich zurück. Er wollte nicht länger über Julia reden. Er hasste sich dafür, dass er mit ihr gestritten hatte.

22 Der Anruf

Max blieb alleine am Tresen zurück, während die ersten Gäste eintrudelten. Aus der Küche duftete es nach Kräutern, und ihm fiel wieder ein, dass er den ganzen Tag noch nichts gegessen hatte. Er fragte einen Kellner nach dem Tagesgericht. »Hähnchengeschnetzeltes provenzalisch. Ist gleich fertig.« Er bestellte zwei Portionen. An einem der Tische hinter ihm gönnte sich eine Gruppe von Arbeitskollegen ein gemütliches Gläschen zum Feierabend. Ganz hinten in der Ecke, neben der winzigen Bühne, saß ein Paar auf dem Sofa und knutschte. Das Herz des Kafi Glück schlug im Rhythmus des Blues.

Oben auf der Empore trat Gottfried an eines der kleinen Fenster, die auf die Sihl hinauszeigten. Durch die Scheibe sah er Julia über die Fußgängerbrücke kommen, die Nase im Rollkragen ihres Pullis vergraben, die Hände tief in den Taschen ihrer schwarzen Daunenjacke. Sie trug die rote Mütze, die er ihr zu Weihnachten geschenkt hatte, und wirkte, als wollte sie die Wärme in ihrem zierlichen Körper sammeln. Der Besitzer des Glück wechselte schnell die Musik. Er wählte Bobby »Blue« Bland und sein *You or none.*

Daran gewöhnt, den Gemütszustand ihres Partners aus der Musik herauszulesen, die er gerade hörte, bemerkte Julia seine Reue sofort, als sie durch die Tür des Lokals trat. Blands eindringliche Stimme sagte ihr, dass es die richtige Entscheidung gewesen war, die Tramlinie 14 zu nehmen und nicht den Bus nach Hause. Gottfried benahm sich manchmal wie ein kleines Kind. Sie war nicht seine

Mutter, aber es war der 13. Januar, das konnte sie nicht ignorieren.

Obwohl sie das Privileg besaß, überall am Tresen zu bestellen, ging Julia zu dem Platz zwischen der Jesusfigur und der Madonna und gab Valeria ein Zeichen, indem sie die Hände zur Schale formte. Die Kellnerin verstand und ging zur Kaffeemaschine.

Erst jetzt entdeckte sie Max und ging zu ihm hinüber. Während sie sich unterhielten, legte sie Jacke und Schal ab und hängte sie über den Barhocker. Ihr war bewusst, dass sie von oben beobachtet wurde. Mit einer melodramatischen Handbewegung löste sie den Knoten, und die langen, schwarzen Haare fielen ihr in sanften Wellen über die Schultern. Dann blickte sie nach oben zur Empore und sah Gottfried herausfordernd an.

Er bedeutete ihr, nach oben zu kommen, aber sie lehnte ab, indem sie nachdrücklich mit dem Zeigefinger in Richtung Fußboden deutete. Flehend legte er die Handflächen aneinander. Julia verdrehte die Augen, ließ aber ihre Sachen in Max' Obhut zurück und ging widerstrebend nach oben. Der Milchkaffee, den Valeria ihr gebracht hatte, blieb unberührt auf dem Tresen stehen.

You or none?, fragte Julia, als sie vor ihrem in Ungnade gefallenen Geliebten stand.

»So ist es«, sagte er. »Ich bin froh, dass du gekommen bist. Ich habe nicht mit dir gerechnet.«

»Eigentlich wollte ich gar nicht. Aber die Tram war früher da als mein Bus.«

»Ein Zeichen?«, mutmaßte Gottfried mit einem belustigten Grinsen. Julia zuckte mit den Schultern.

»Vielleicht.« Dann ging sie zum Angriff über. »Wann hattest du vor, mich anzurufen?«

»Du hast gearbeitet.«

»Es wäre nicht das erste Mal gewesen, dass du mich auf der Arbeit anrufst.«

»Aber du gehst nie ran. Ich wäre später bei dir vorbeigekommen.«

»Ja, klar. Das sagst du jetzt …«

»Ich muss dir etwas erzählen«, unterbrach Gottfried sie. »Deshalb habe ich dich auf die Empore gebeten. Ich will nicht, dass Max was mitbekommt.«

Sie schwieg und bestand nicht länger auf ihrem Ärger, der zunehmend verrauchte, während er den Grund für sein Verhalten am Vorabend zu erklären begann.

»Julia, bevor du gestern zu mir kamst, hatte ich einen Anruf.«

Er wollte nicht ins Detail gehen, aber er konnte seiner Partnerin nicht länger eine Situation verheimlichen, die ihm zunehmend entglitt. Er hatte ihr nichts von dem Vermächtnis seines Vaters erzählt, weil er nicht wollte, dass sie die Sache in die Hand nahm. Julia konnte sehr bestimmend sein, wenn sie sich etwas in den Kopf gesetzt hatte, und er wollte verhindern, dass sie Hermanns letzten Wunsch erfüllte. Er selbst wollte den Besitzer dieses Bildes finden, das anfing, ihm Probleme zu machen. Gottfried beschloss, ihr einen Teil der Wahrheit zu erzählen.

»Eine Bar zu führen ist nicht ohne, vor allem für jemanden wie mich, der nicht immer die Liebenswürdigkeit in Person ist.«

»Hast du mich hier raufkommen lassen, um mit mir über deine ruppige Art zu reden?«

»Bitte streu nicht noch Salz in die Wunde, Julia. Ich wollte dir sagen, dass mir mein Verhalten von gestern Abend sehr leid tut.«

»Ist das eine Entschuldigung?«

»Das ist eine Entschuldigung.«

»Warte«, sagte sie, während sie ihr Handy aus der hinteren Hosentasche zog. »Das muss ich mir im Kalender eintragen.«

Gottfried lachte, und die Stimmung entspannte sich allmählich.

»Erzähl mir von diesem Anruf«, sagte sie ruhig.

»Es war nicht der erste.«

»Wie, es war nicht der erste? Was willst du damit sagen?«

»Ich will damit sagen, dass ich seit einer Weile von einem Typ erpresst werde. Ich bin es gewohnt, mit solchen Irren umzugehen. Es reicht, dass ich sie aus dem Glück rausschmeiße, damit sie glauben, ein Recht auf Rache zu haben. Sie machen mir keine Angst. Normalerweise sind sie besoffen – viel Geschwätz und nichts dahinter.«

»Normalerweise? Und warum ist es diesmal anders?«

»Weil dieser Irre dich erwähnt hat.«

Am Abend zuvor hatte er keinen Weg gefunden, ihr davon zu erzählen. Er konnte sie nur voller Bewunderung ansehen und diesen Dreckskerl verfluchen, der es wagte, den Namen des Menschen in den Mund zu nehmen, den er am meisten liebte. Ihn hatte eine panische Angst überfallen, weil er genau wusste, dass er es nicht überleben würde, wenn Julia etwas zustieße. Er wollte das nicht noch mal durchmachen müssen. Draußen hatte es zu schneien begonnen, und Gottfried hing seinen Gedanken nach, den Blick auf die dicken Flocken gerichtet, die langsam und anhaltend vor dem Fenster fielen, um sich dann im Wasser der Sihl aufzulösen.

Er wusste, dass es kein Betrunkener gewesen war. Im Gegenteil, es war ein gerissener Kerl mit einem klaren Ziel: um jeden Preis an das Gemälde zu kommen, das Hermann ihm hinterlassen hatte.

23 Der Vorschlag

Julia und Gottfried blieben eine gute Viertelstunde auf der Empore. Anschließend ging sie wieder nach unten, um ihre Sachen zu holen.

Max wurde gerade das Hähnchengeschnetzelte serviert, als er sie die Treppe herunterkommen sah, hochgewachsen und mit der Eleganz einer Ballerina, die sie einmal war. Aber das war lange her, und ihr Gesicht ließ die Freude von damals vermissen. Er fragte Julia, ob sie die Dinge klären konnten. »Von wegen«, antwortete sie. Max versuchte eine Weile, sie aufzumuntern – vergebens. Auch der Kaffee half nicht, den sie auf der Theke stehen ließ, als sie ging.

Gottfried blieb oben und brachte die zweite Theke in Ordnung, die nur an richtig vollen Abenden geöffnet wurde. Zwischendurch ließ er seinen Blick durch den Raum schweifen. Er betrachtete die Bilder, die an Wänden und Balken hingen und die er in- und auswendig kannte. Nur ab und zu tauschte er eines aus, das dann ewig dort hing oder auch nur ein paar Tage –, das war einzig von Gottfrieds Laune abhängig. Unter den Unveränderlichen befand sich ein goldgerahmtes, ovales Schwarz-Weiß-Porträt. Es hing an einem der dicken Balken, die die offene Decke der Empore trugen, dort, wo Gottfried für gewöhnlich seinen Beobachtungsposten hatte. Wenn es jemand gewagt hätte, diese Fotografie anzurühren, er wäre augenblicklich hochkant aus dem Glück geflogen.

Der Schnappschuss zeigte ein lächelndes Paar vor einem Hauseingang. Die Frau trug ein schlichtes weißes Kleid und einen kurzen Schleier, der vom Wind hochgeweht wurde. In der Hand hielt sie ein Sträußchen aus Wiesenblumen, die auch ihr Haar schmückten, während sie sich mit der anderen glücklich bei dem Mann unterhakte, der in einem dunklen, etwas zu weiten Anzug stolz für das Foto posierte. Es war das einzige Foto, das Gottfried von seinen Eltern hatte. Der Trauzeuge von Hermann und Ada Messmer hatte es mit einer Stativkamera in dem Moment aufgenommen, als Hermann Ada entgegen jeder Tradition vor der Hochzeit zu Hause abgeholt hatte. Es waren schwierige Zeiten gewesen. Zum einen erholte sich der Franken allmählich von einer dramatischen Inflation, und die Zürcher feierten den Erfolg der *Landi 39*, der Schweizerischen Landesausstellung. Andererseits bereitete sich das Land auf mögliche Versorgungsprobleme in Anbetracht eines drohenden bewaffneten Konflikts vor, denn im benachbarten Deutschland rüstete ein Mann mit fettiger Haarsträhne und lächerlichem Schnurrbärtchen auf, um eine neue Weltordnung zu schaffen. Doch auf diesem Hochzeitsporträt blickten Ada und Hermann zuversichtlich in die Zukunft, nicht ahnend, was ihnen in den nächsten Jahren bevorstand.

Neben dem Hochzeitsfoto steckte ein einsamer Nagel im Holz. Hier hatte eine Landschaftsansicht von der Größe einer Postkarte gehangen, und die Leerstelle erinnerte Gottfried ununterbrochen an den Wunsch seines Vaters. Zusammengerollt und versteckt im Hohlraum eines Spazierstocks war das Bild 1942 illegal in die Schweiz gelangt und hatte anschließend fast ein halbes Jahrhundert lang im Tresorraum einer Bank gelegen. Als es dann an dem Holzbalken im Kafi Glück hing, war es zwei Gästen nicht entgangen: Max Müller und Lucas Steiner. Dem Maler und dem Galeristen.

Max hatte sich für die Herkunft des Bildes interessiert. »Ich hab's von meinem Vater geerbt«, hatte Gottfried erklärt, ohne näher ins Detail zu gehen. Lucas' Interesse hingegen war finanzieller Natur gewesen. Während er die Theke auf der Empore aufräumte, dachte der Besitzer des Glück an das Gespräch zurück, das sie vor einigen Wochen geführt hatten.

»Gottfried, hast du schon mal darüber nachgedacht, das eine oder andere Bild zu verkaufen, das du hier hängen hast?«

»Es sind Geschenke, Lucky. Sie sind nicht verkäuflich.«

»Na ja, das sagst du jetzt, wo das Glück gut läuft. Falls du doch mal verkaufen möchtest, sprich mich an. Du hast ein paar interessante Stücke hier.«

»Ach, ja?«, hatte Gottfried lustlos zurückgefragt. Er begriff nicht, warum Typen wie Markus Kielholz und Lucas Steiner so hinter dem Geld her waren. Natürlich konnte er alles verkaufen und sein Bankkonto sanieren, aber er konnte die Wände des Glück nicht mit Geldscheinen dekorieren. Geld konnte nicht die Erinnerungen ersetzen, die mit jedem Bild und jedem Gegenstand in seinem Café verbunden waren.

Lucas hatte sein mangelndes Interesse mit einem ungläubigen Lächeln quittiert.

»Ach komm, tu nicht so, Gottfried. Du weißt genau, dass hier Bilder hängen, für die du eine Menge Kohle bekämst.«

»Übertreib mal nicht.«

»Ich soll nicht übertreiben? Schau dir zum Beispiel dieses kleine Gemälde da an. Das da neben dem Hochzeitsfoto.«

»Das mit dem Wald?«

»Ja, genau. Die präzisen Farbnuancen deuten auf eine meisterliche Hand hin. Spätes neunzehntes, frühes zwanzigstes Jahrhundert, würde ich schätzen. Woher hast du das?«

»Das ist eine lange Geschichte. Ich kann dir nur sagen, dass sie in Österreich beginnt.«

»In Österreich? In dieser Epoche gab es dort herausragende Maler. Zum Beispiel die Brüder Ernst und Gustav Klimt, um nur zwei zu nennen. Sagt dir das was?«

»Gustav Klimt. Ja klar. Und das da ist ein Matisse«, entgegnete Gottfried und deutete auf ein Poster. »Ach, hör doch auf mit dem Blödsinn, Lucas.«

»Ich mein's ernst«, beteuerte der Galerist. »Klimt begann mit kleinformatigen Landschaften wie dieser aus dem Wiener Umland. Er begab sich auf eine Anhöhe und wählte sein Motiv aus, indem er durch einen Karton mit einem Guckloch darin nach unten schaute. Schau mal hier.« Er deutete auf die Bildmitte. »Siehst du, wie der Waldboden dort abfällt? Er malte, was er durch das Guckloch sah, als würde er durch ein Schlüsselloch schauen.«

»Ein Klimt ... das wäre ja ein Ding!«

Gottfried dachte an den Brief, den sein Vater zusammen mit dem Gehstock in dem Schließfach hinterlegt hatte. Darin erwähnte Hermann, dass das Bild für seinen Besitzer sehr wertvoll gewesen sei, aber er schien sich eher auf den emotionalen als den Geldwert zu beziehen.

»Jetzt mal im Ernst, Lucas. Ich denke ja, dass die Phantasie mit dir durchgeht, aber nehmen wir mal an, du hättest recht und es wäre ein Klimt. Was würdest du mir dafür bieten?«

»Sagtest du nicht, es sei unverkäuflich?«

»Jetzt sei mal kein Arschloch, Lucky.«

»Ich würde dir gar nichts dafür bieten. Der Preis würde meine Möglichkeiten übersteigen. Aber wenn es tatsächlich ein früher Klimt wäre, wüsste ich jemanden, der dir 150 000 Franken dafür geben würde. Vielleicht auch mehr.«

»Heilige Scheiße!«

»Na, interessiert?«

»Nein. Ich kann es nicht verkaufen. Ich bin nur der Verwalter des Bildes. Ich hab's zwar von meinem Vater geerbt, aber es gehört mir nicht.«

»Was heißt das, es gehört dir nicht?«

»Ich hab dir doch gesagt, dass es eine lange Geschichte ist.«

»Aber wenn es nicht dir gehört, wem gehört es dann?«

»Das wüsste ich auch gerne. Ich habe nicht die geringste Ahnung. Aber wenn du willst, könntest du mir helfen, es herauszufinden. Vielleicht hast du eine Idee, wo ich anfangen könnte zu suchen.«

Gottfried hatte den Vorschlag ernst gemeint, aber seitdem war über ein Monat vergangen, und der Galerist hatte nichts mehr von sich hören lassen.

Er hätte niemals gedacht, dass dieses winzige Bild so viel wert sein könnte. Es war etwas Beunruhigendes daran, etwas, das ihm Angst machte. Seine Eltern hatten niemals über die Existenz dieses Bildes gesprochen, und doch war es neben dem Hochzeitsfoto das Einzige, was ihm von ihnen geblieben war.

Ada und Hermann. Hermann und Ada. Gottfried hatte kaum Erinnerungen an seinen Vater, außer dem, was seine Mutter ihm erzählt hatte. Doch nun stellte eine Reihe von Anrufen das idealisierte Bild, das er bisher von seinem Vater gehabt hatte, in Zweifel.

Einige Meter unter ihm verschmolzen die Musik und die Unterhaltungen im Glück zu einem immer lauter werdenden Klangteppich. Gottfried hörte das Geräusch von klingenden Gläsern, Gelächter hier und da, einzelne Wortfetzen, die vorüberflogen und typisch für das Publikum der Bar waren: klasse Film, schlechter persönlicher Zeitpunkt, was für ein Konzert, Skifahren, sehr cool, Powerpoint.

Es war fast Mitternacht, als er schließlich mit gichtschweren Schritten die Treppe hinunterging. Er holte seinen Mantel aus der Angestelltengarderobe und trat in die klamme Kälte des Zürcher Winters hinaus, ohne sich von jemandem zu verabschieden.

Die Autos, die in der Straße parkten, waren von feinem Eis überzogen, das im Licht der Scheinwerfer glitzerte wie Diamanten. Der metallische Geruch der Sihl, der seit seiner Kindheit eine feste Größe in seinem Gedächtnis der Gerüche war, begleitete ihn noch lange, nachdem er die Brücke überquert hatte. Er wollte so schnell wie möglich zu Julia. Sie hatte versprochen, auf ihn zu warten, und Gottfried hatte die Hoffnung, dass sie trotz der Kopfschmerzen, von denen sie ihm erzählt hatte, noch nicht eingeschlafen war.

24 Der Verrat

Als Gottfried die Bar verlassen hatte, trank Max in einem langen Schluck sein letztes Bier aus, das inzwischen warm geworden war. Er hielt die Flasche mit abgespreiztem kleinem Finger. Ein goldener Siegelring funkelte im Licht des kleinen Spots, der genau über ihm hing und seinem Gesicht ein unheimliches Aussehen verlieh. Er hatte wahnsinnige Lust, eine zu rauchen. Nachdem er ein Trinkgeld auf den Tresen gelegt hatte, verließ er das Glück, ohne sich von Valeria zu verabschieden, die wiederum so tat, als ob sie sehr beschäftigt wäre.

Der Maler hatte den Schlüssel zu Gottfrieds Wohnung in der Hosentasche, wo er auf seinen Einsatz wartete. Zu seiner Überraschung war diese Möglichkeit jetzt schon zum Greifen nah. Kaum vierundzwanzig Stunden waren vergangen, seit ihm das Konzert im Glück Gelegenheit gegeben hatte, sie sich zu beschaffen. Der Gedanke, dass dieses kleine Stück gezahntes Metall ihm eine gewisse Macht über jemanden verlieh, den alle »Gott« nannten, bereitete ihm große Befriedigung.

Nach Valerias Schicht hatten sie und Max noch bis spät in die Nacht zusammen getrunken, zuerst zu zweit, später mit den Mitgliedern der Band.

»Letzte Runde, Valeria?«, fragte der Drummer gähnend, an die Theke gelehnt. Die Kellnerin saß neben ihm auf einem Hocker und schwankte gefährlich.

»Ich glaube, ich habe genug für heute...«

Auf dem Boden lagen die Überreste einer feucht-fröhlichen Nacht. Die stickige Luft, geschwängert mit Schweiß und Alkohol, bewegte sich kaum.

»Hilf mir mal runter, Max«, sagte Valeria plötzlich. »Ich will nach Hause.«

»Musst du nicht schließen?«, fragte er.

»Heute nicht. Ich kann nicht. Das soll Eric übernehmen. Ich sage Gottfried morgen Bescheid.«

Max packte sie um die Taille und half ihr, mit den Füßen auf den Boden zu kommen, obwohl er selbst Schwierigkeiten hatte, das Gleichgewicht zu halten. Die Wärme von Valerias Haut weckte in dem Maler alte Phantasien, Wünsche, die er sich selbst nie eingestanden hatte. Sie war Tonys Freundin. Aber Tony war nicht da.

»Ich begleite dich«, sagte er und legte den Arm um sie. Sie nahm seine Hand.

Es war nicht einfach, sie in seine Wohnung in der Zurlindenstraße abzuschleppen, die näher am Glück lag als ihre Wohnung. Sie hatten ziemlich viel getrunken. Der Maler musste sich zusammenreißen, damit nicht alles vor seinen Augen verschwamm, und die Kellnerin konnte sich kaum noch auf den Beinen halten. Es gefiel ihm, dass sie sich an seiner Schulter festhielt, während er sie um die Taille fasste, um ihr durch den Schnee zu helfen.

Als Max die Haustür aufschloss, küsste Valeria ihn in einer unerwarteten Geste flüchtig auf die Wange. Er erwiderte den Kuss und streifte dabei ihre von der Kälte rissigen Lippen. Im Aufzug versanken sie zuerst in einer Umarmung und dann in einem weiteren Kuss, den sie diesmal ganz auskosteten. In der Wohnung angekommen, lotste Max sie zum Sofa. »Ich bin total betrunken, Max«, stellte sie fest, als sie in die alten Lederpolster sank. »Ich auch«, sagte er, während er ihr die Handtasche abnahm und sich dann entschuldigte, um die Jacke abzulegen. Von der Garderobe aus beobachtete er, wie Valeria den Schal und die Lederjacke auszog, beim Pulli musste er ihr helfen. Sie zogen sich weiter aus, bis sie sich schließlich nackt in den Armen lagen.

Max erinnerte sich, dass er Valerias Rundungen mit der Hingabe eines Töpfers betastet hatte, während sie sich mit geschlossenen Augen liebkosen ließ. »Tony…«, flüsterte sie plötzlich. Max versuchte, durch diese Äußerung nicht seine Erektion zu verlieren, zumal ihm auch der Alkohol zu schaffen machte. Er nahm Mütze und Brille ab, und Valeria streichelte sein Haar, seinen Rücken, seinen Hintern. Da waren ineinander verschlungene Finger, begierige Hände und lüsterne Lippen auf der Haut. Keuchender Atem, geflüsterte Worte und fließende Übergänge. Echter Sex als Frucht einer falschen Leidenschaft, gebadet in Absolut Wodka. Valeria kam zuerst. Unmittelbar danach er, gedanklich immer mit Tony wetteifernd.

»Ich gehe kurz ins Bad«, sagte Max, als sie fertig waren. Valeria lag auf dem Sofa und antwortete nicht. Sie öffnete nicht mal die Augen. Er nahm ihre Handtasche mit ins Bad. Dort suchte er nach dem Schlüsselbund und fand ihn in der Innentasche. Er würde alle Schlüssel probieren müssen, um herauszufinden, welcher zu Gottfrieds Wohnung passte.

Zurück auf dem Sofa, versteckte er den Schlüsselbund unter einem Kissen und legte sich dann wieder hin, den Kopf an Valerias Unterleib geschmiegt. Keine zwei Minuten später schlief er fest.

25 Die Schuld

Es war noch lange vor der Morgendämmerung, als Valeria nach Hause kam. Es hatte aufgehört zu schneien, aber sie wusste, dass der Frieden nur von kurzer Dauer sein würde. Sie hatte so viel durcheinandergetrunken, dass sie den Brechreiz kaum unterdrücken konnte, mit dem ihr Körper versuchte, den Alkohol wenn schon nicht aus dem Blut, dann doch wenigstens aus dem Magen zu bekommen.

Vor fünfzehn Minuten war sie in einer fremden Wohnung wach geworden und versuchte verzweifelt, sich zu orientieren. Entsetzt sah sie neben sich auf dem cognacfarbenen Ledersofa den Maler liegen, schnarchend und genauso nackt wie sie selbst. In ihrem Kopf herrschte eine große Leere. Ihr Magen fuhr Karussell. Sie begriff die Szene, die sich ihren Augen darbot, einfach nicht. Warum war sie in Max' Wohnung?

Die Kleidung der beiden lag zusammengeknüllt auf der Sofalehne. Valeria zog sich hastig an und schlich aus der Wohnung, während sie betete, dass Max nicht wach wurde. Sie musste erst all ihre Sinne wieder beisammen haben, bevor sie sich anhören konnte, was zwischen ihnen geschehen war.

Zum Glück hatte Tony an Konzertabenden frei. Und Valeria war sich sicher, dass im Kafi Glück noch nichts mit Max gewesen war, abgesehen von der einen oder anderen unschuldigen Berührung, wenn sie bei ihrem absurden Wetttrinken aus demselben Glas getrunken hatten. Es war nicht ihre Idee gewesen, aber sie hatte den Vorschlag des

Malers auch nicht abgelehnt. Kurz kam ihr der Gedanke, dass Max sie vielleicht absichtlich betrunken machen wollte. »Blödsinn«, sagte sie sich dann. »Ich bin alt genug, um mich volllaufen zu lassen.« Sie schwor sich, nie wieder Wodka zu trinken. Am besten würde sie eine Zeitlang überhaupt keinen Alkohol mehr anrühren.

Tony öffnete verschlafen die Tür. Er wollte gerade fragen, warum sie nicht ihren Schlüssel benutzte, doch sie schob ihn zur Seite und stürzte ins Bad, während sie sich den Schal vom Hals nestelte. Um die Jacke auszuziehen, hatte sie keine Zeit mehr. Sie umklammerte die Kloschüssel, unfähig, den alkoholischen Cocktail noch länger bei sich zu behalten, der genauso in ihrem Magen rumorte wie die drückende Last der Schuld. Sie hatte Tony betrogen und wusste nicht einmal, wie und warum. Das Letzte, woran sie sich erinnerte, war, dass sie sich sehr betrunken fühlte und Max ihr angeboten hatte, sie nach Hause zu bringen.

Nachdem sie sich übergeben hatte, musste sie sich am Spülkasten festhalten, um nicht umzufallen. Dann zog sie die Kleider aus und stellte sich unter die eiskalte Dusche, um einen klaren Kopf zu bekommen. Beim ersten Schock musste sie einen Aufschrei unterdrücken, dann rann ein Schauder die helle Haut ihres Rückens hinab. Sorgfältig seifte sie ihren Körper und den Schambereich ein, erst dann drehte sie das heiße Wasser auf. Sie kauerte sich in die Duschwanne und blieb eine Weile dort sitzen, starrte auf den Abfluss und wünschte sich, dass das Wasser, das dort verschwand, auch ihr schlechtes Gewissen reinwaschen würde.

Sie wusste nicht, was genau passiert war, aber sie wusste, dass es nicht wieder vorkommen würde. Tony vertraute ihr, und das sollte so bleiben. Sie würde ihm nichts erzählen. Sie hatte nicht das Recht, die Gedanken und Träume ihres Partners zu besudeln. Die Beziehung zu Tony bedeutete ihr zu viel, um ihn durch etwas zu verletzen, an das sie sich kaum erinnerte. Und wenn sie sich nicht erinnerte, würde sie es vielleicht schaffen, so zu tun, als ob es nie passiert wäre.

Vor dem Fenster kündigte der anbrechende Morgen erneut Schnee an. Valeria trocknete sich vorsichtig ab, warf die Klamotten in den Wäschekorb und ging hinüber ins Schlafzimmer. Sie trat ein, ohne ein Geräusch zu machen. Tony lag wach im Bett und wartete auf sie.

»War eine lange Nacht, was?«, sagte er verständnisvoll.

Sie seufzte, bevor sie, zuerst nur für sich und dann laut, resümierte, was sie nicht erklären konnte:

»Du kannst dir nicht vorstellen, wie lang.«

Dann schlüpfte sie unter die Bettdecke, um sich in Tonys endlose Arme zu schmiegen, bevor sie in einen tiefen Schlaf sank.

Als sie am späten Nachmittag wach wurden, lagen sie immer noch eng umschlungen und ließen sich erst eine Stunde später los, nachdem sie sich geliebt hatten. Verschwitzt beschlossen sie, den Futon zu verlassen und den Tag zu beginnen. Es ging schon auf den Abend zu, die Arbeit rief.

Valeria zog sich an und ging in die Küche, um sich einen Tee zu kochen. Mehr kriegte sie nicht runter. Tony folgte einige Minuten später.

»Geht es dir gut, Val?«, fragte er. »Du wirkst irgendwie abwesend.«

»Ich habe zu viel getrunken«, erklärte sie. »Ich bin verkatert.«

»Hast du was zum Einnehmen? Ein Schmerzmittel?«

»Das geht vorbei, keine Sorge. Lass mich noch den Tee austrinken, dann duschen wir und gehen los. Möchtest du auch einen?«

»Nein, danke. Ehrlich gesagt würde ich lieber bei mir duschen und mich vor der Arbeit noch umziehen. Ich war im Moods tanzen. Es war rappelvoll, und meine Sachen riechen nach Menschen.«

Valeria beugte sich zu ihm und nickte, während sie die Nase rümpfte.

»Jetzt weißt du, warum ich nicht da war«, scherzte sie. »Du hättest gestern Abend hier duschen können.« Sie reckte sich, um Tonys volle Lippen zu erreichen, während er sich zu seiner Geliebten hinabbeugte. Sie schloss die Augen, um ihn nicht ansehen zu müssen. Dann brachte sie ihn zur Tür.

»Bis gleich«, sagte sie. Aber bevor Valeria die Tür hinter ihm schloss, drehte Tony sich noch einmal auf dem Treppenabsatz um und fragte:

»Jetzt, wo es mir wieder einfällt: Warum hast du heute Nacht geklingelt?«

»Ich habe meinen Schlüssel nicht gefunden«, erklärte sie. »Ich glaube, ich habe ihn im Glück vergessen.«

»Willst du meinen haben?«

»Nein, kein Problem. Ich ziehe die Tür hinter mir zu.«

26 WUT

Ein intensives, weißes Licht flutete ins Wohnzimmer, als Max wach wurde. Valeria war nicht mehr da, und er hatte keine Ahnung, wann sie gegangen war. Er tastete nach seiner Brille; er konnte sich nicht erinnern, wann er sie abgenommen und wo er sie gelassen hatte. Schließlich fand er sie auf dem Boden neben dem Sofa. Max schob die Hand unter das Sofakissen und lächelte zufrieden, als er den Schlüsselbund ertastete. Er konnte sein Glück nicht fassen: Valeria hatte den Schlüssel zu Gottfrieds Wohnung mit den vier Buchstaben seines allmächtigen Spitznamens markiert. Gott. Das würde es ihm ersparen, sämtliche Schlüssel ausprobieren zu müssen. Er würde einen Nachschlüssel anfertigen lassen, bevor er ins Atelier ging, und den Schlüsselbund am Abend im Glück seiner Besitzerin zurückgeben.

Ohne die Kleider zu beachten, die sich auf der Sofalehne türmten, sprang er auf und ging ins Schlafzimmer, um sich anzuziehen. In seinem angeregten Zustand bemerkte er den Kater nicht. An der Wand zeigte ein elektronischer Kalender das Datum an. Der 13. Januar.

Er ging ins Wohnzimmer zurück, um seine Mütze vom Boden aufzuheben. Sie war sein Markenzeichen, eines der wenigen Geschenke, die er von seinem Vater erhalten hatte. Sie war verblasst und ziemlich abgetragen, aber ohne sie war er nicht er selbst. Nachdem er sie aufgesetzt hatte, ging er in die Küche und machte sich einen starken Kaffee, den er mit kurzen, hastigen Schlucken austrank. Er hatte es eilig, ins Atelier zu kommen. Er fühlte sich inspiriert und würde den Rest des Tages an dem Bild arbeiten, das er gerade fertigstellte.

Beim Überqueren des Idaplatzes wehte das Zupfen einer klassischen Gitarre zu ihm herüber. Das Geräusch kam aus einem der alten Gebäude, die den kleinen Platz umgaben. Max entdeckte ein Fenster, das trotz der Kälte weit geöffnet war. Auch dem nächtlichen Partyvolk schien die Temperatur nichts anzuhaben, der mit leeren Bierdosen übersäte Boden zeugte davon. Das Quartier hatte sich sehr verändert. Max war nicht begeistert davon, dass Wiedikon allmählich zum Szeneviertel von Zürich wurde. Er wollte nicht, dass seine Miete stieg. An einem Kiosk blieb er stehen, um Zigaretten zu kaufen, und ging dann zu seinem Atelier.

Die alte Tür klemmte schon länger. Max musste sich fest dagegenwerfen, um sie zu öffnen. Er hörte ein Knacken und sah, dass auf Höhe des Schlosses ein Stück Holz aus dem Türrahmen gebrochen war. »Scheiße. Muss ich schon wieder den Schreiner anrufen«, murmelte er. »Als ob ich Geld im Überfluss hätte!«

Dasselbe schneeige Licht, das ihn vor einer knappen Stunde geweckt hatte, fiel durch die beiden großen Elemente aus Glasbausteinen, die nicht verrieten, was drinnen vor sich ging, und erhellte den Raum. Es roch nach Lösungsmitteln und Tabak. Ein alter Garderobenständer im Thonet-Stil, eine Matratze auf dem Boden, eine winzige Küche und eine Holzplanke auf zwei Böcken, die als Tisch diente, waren die einzigen Zugeständnisse an den offenen Raum. Auf und unter der Tischplatte herrschte ein wildes Durcheinander aus Pinseln, Flaschen, Tuben, Lappen, Papieren, CDs und Werkzeugen. Max' Bilder hingegen standen, ihren Ausstellungscharakter verbergend, fein säuberlich geordnet mit dem Gesicht zur Wand, übereinandergelehnt wie die Schuppen eines Kiefernzapfens. Nur eines lag mitten im

Atelier auf dem Boden, von einem Tuch von undefinierbarer Farbe bedeckt.

Max drehte die Heizung auf und hängte die Jacke an einen der geschwungenen Haken des Garderobenständers. Er beschloss, seinen Arbeitskittel überzuziehen, bis es wärmer wurde. Dann tauschte er die klobigen Lederboots gegen die alten Adidas, die er zum Arbeiten trug, und suchte die Rammstein-CD aus dem Stapel. *Play.* Nach fünf Sekunden Synthesizerintro folgten die peitschenden Gitarrenriffs von *Feuer Frei!*, die die Leistung der unscheinbaren Lautsprecher, die strategisch in den Ecken des Ateliers angebracht waren, an ihre Grenze brachten. »Bang, bang! Bang, bang!« Während er ganz in dem schrillen, drängenden Sound von Stimme und Gitarre aufging, bewegte Max energisch den Kopf zum Rhythmus der Musik und zog das Tuch weg, das die Leinwand auf dem Boden bedeckte. Er stellte das Bild aufrecht gegen die einzige freie Wand, holte eine Klappleiter und stellte sie vor die Leinwand, um das zweieinhalb Meter hohe und anderthalb Meter breite Bild, das er seit zwei Tagen nicht mehr angefasst hatte, von oben zu betrachten. Er lächelte zufrieden. Er hatte es beinahe geschafft.

Er hatte dreimal damit angefangen, in verschiedenen Stimmungen, und es immer wieder überarbeitet. Durch die dicken Farbschichten wurden Korrekturen immer schwieriger, aber sie verliehen dem Bild eine Textur, von der die Kritiker mit Sicherheit begeistert sein würden. Im oberen Bereich dominierten mit groben Pinselstrichen aufgetragene Farbschichten in Sand- und Bluttönen, während das Schwarz und Lila im unteren Teil einen dunklen Strudel formten, der den Blick mit Macht auf sich zog, wie ein Bild im Bild. Die Gewalt der Strichführung war verstörend; wie es dort so stand, machte es Angst, weil es dem Betrachter förmlich entgegenzustürzen schien, als stünde dieser vor einem Wolkenkratzer und schaute zu den vorbeijagenden Wolken hinauf.

Er stieg von der Leiter und wollte die Pinsel vorbereiten, um weiterzuarbeiten. Aber als er zum Tisch ging, blieb sein Blick an der Nagelpistole hängen, die er benutzte, um die Rahmen zu bauen. Aus den Lautsprechern prügelten Rammstein wütend auf den Raum ein. »Bang!« Max nahm das Werkzeug, legte ein neues Magazin ein, spannte den Abzug und feuerte wie ein Besessener auf das Gemälde. Wieder und wieder drückte er ab, angestachelt von der Musik, immer am Rahmen entlang. Dann zielte er tiefer und schoss das Metall gnadenlos in den dunkleren Bereich des Bildes. Als er die Pistole schließlich losließ, brodelte das Adrenalin in ihm wie Magma im Krater eines Vulkans. Er griff nach einer Tube mit schwarzer Acrylfarbe und beschmierte seine Hände damit, während er aus voller Kehle das Wort herausschrie, das er in Großbuchstaben an den seitlichen Rand des Bildes schrieb:

WUT

Er war fertig.

Von Max' Hand tropften Farbreste auf den Boden und hinterließen schwarze Kleckse. Er wusch sich die Hände, ohne sie abzutrocknen. Dann ging er in die Küche, goss sich einen Bourbon in einen Plastikbecher und ließ sich auf die Matratze fallen, die er benutzte, um sich auszuruhen, wenn die Schlaflosigkeit nachts aus ihm ein erstaunlich produktives Wesen machte.

Er zündete sich eine Zigarette an und betrachtete eine Weile zufrieden die massakrierte Leinwand. Er blieb noch ein Glas und zwei weitere Zigaretten lang dort liegen, dann stand er auf und begann, die Bilder umzudrehen, die mit dem Gesicht an der Wand lehnten, eines nach dem anderen. Als er das letzte umdrehte, war er absolut sicher, dass die

Serie, denen er die letzten fünf Jahre seines Lebens gewidmet hatte, abgeschlossen war. Max Müller, der Künstler, war zurück und bereit für eine neue Ausstellung.

Während er die Parisienne zu Ende rauchte, drehte er die Musik leiser, füllte erneut sein Glas und holte schließlich das Handy aus der Jacke an der Garderobe, um die Nummer von Lucas Steiner zu wählen. Der Galerist meldete sich im jovialen Ton eines Mannes, der eine Stimme mit einem angenehmen finanziellen Ergebnis verbindet.

»Steiner. Was gibt's, verdammt?«

»Ich hab's, Lucas. Besser gesagt, ich hab sie. Die Serie ist fertig. Du wirst begeistert sein.«

27 Lucas

Einige Straßen von Max' Atelier entfernt spielte Lucas Steiner mit einem Kugelschreiber und lächelte triumphierend. Er thronte auf einem beeindruckenden Chefsessel in seiner Kunstgalerie in der Zentralstraße, und nur das Telefon hinderte ihn daran, sich zufrieden die Hände zu reiben.

Max' Serie kam in einem günstigen Moment. Der Künstler war eine sichere Bank, und er musste dringend die Finanzen der Galerie sanieren, um sich seine Unabhängigkeit zu sichern.

Lucas Steiner – Lucky für seine Kunden und sein Netzwerk – war vor zehn Jahren aus New York nach Zürich gekommen. Damit hatte sich ein Kreis geschlossen, denn seine Großeltern mütterlicherseits waren vor hundert Jahren den umgekehrten Weg gegangen. Dank der Tatsache, dass sie ihre Sprache behalten und an ihre Nachkommen weitergegeben hatten, war Deutsch kein Hindernis, als Lucas entschied, sich in der Schweiz niederzulassen. Er war zweisprachig aufgewachsen.

Schnell hatte er festgestellt, dass man auf dem Schweizer Kunstmarkt einen alteingesessenen Namen brauchte, um gewisse Türen zu öffnen. Nach drei Monaten hielt Lucas Guest, ein Mann von beeindruckendem Äußeren und mit perfektem Deutsch, um die Hand von Myriam Steiner an, einer Bankangestellten, die in dem Amerikaner die Exotik sah, die ihrem Leben komplett fehlte.

Die Verbindung hatte genau so lange gehalten, wie Lucas Steiner brauchte, um seiner Galerie den Schweizer Namen zu geben. Sie hatten sich nicht im Guten getrennt, auch wenn Myriam und er seit einiger Zeit wieder Kontakt hatten. Letztendlich lebten sie in zwei Welten, die eng miteinander verbunden waren: der des Geldes und der der Kunst. Myriam hatte ihr altes Leben wieder aufgenommen. Von Lucas konnte man das nicht sagen. Neben dem alten Gabriel Baron, dem besten Kunden aus seinen New Yorker Zeiten als Galerist, war die Beziehung zu Max seine längste Bekanntschaft überhaupt, und das war eine rein geschäftliche Verbindung.

Auf der anderen Seite des Hörers trank der Maler etwas, das Lucas sich als alkoholisches Frühstück vorstellte. Max hatte kaum vier Sätze gesprochen, aber seine Aussprache war sehr schleppend.

»Max, es ist elf Uhr morgens. Sag mir bitte, dass das, was du da trinkst, Kaffee ist.«

Der Maler lachte übertrieben laut, so als ob er ertappt worden wäre.

»Glaubst du, ich schließe fünf Jahre Arbeit mit einem Kaffee ab?« Er lachte erneut. »Nein, Lucky. Das ist Bourbon. Auf nüchternen Magen und in einem widerlichen Plastikbecher.«

Der Galerist kannte Max' Alkoholexzesse und ging auf seinen scherzhaften Ton ein.

»Willst du dich allein betrinken?«

Die Frage hatte eine unerwartete Wirkung auf Max. Vor einigen Jahren hatte er den Erfolg seiner letzten Ausstellung im neu eröffneten Kafi Glück gefeiert. Dort hatte er Valeria kennengelernt. Er war sicher, dass der Alkohol daran schuld war, aber der Gedanke an sie machte ihn schwermütig. Statt die Frage zu beantworten, kam er auf das einzige Thema zu sprechen, das Lucas interessierte.

»*Wut*, Lucas. Das ist der Titel der letzten Arbeit, und das wird auch der Titel der Ausstellung sein.«

»Gefällt mir«, antwortete der Galerist zufrieden. »Aber ich habe eine Idee. Trink nicht die ganze Flasche Bourbon leer, lass was für mich übrig. Bist du im Atelier?«

»Natürlich.«

»Dann warte dort auf mich. Ich möchte, dass du mir alles zeigst.«

Lucas Steiner legte auf, nahm Mantel und Hut und verließ die Galerie, so schnell es sein Übergewicht zuließ. Er hielt sich nicht einmal damit auf, das Licht auszumachen. Auf der Straße zwangen ihn die vereisten Bürgersteige, langsam zu gehen. Er wollte sich nicht das Genick brechen, jetzt, wo er endlich Rückenwind bekam.

Zwischen Max' Atelier und Lucas' Galerie lagen knapp zehn Gehminuten. Schon als Lucas in die Gertrudstraße einbog, hörte er die dröhnende Musik, die aus dem Atelier des Malers schallte. Die Tür war nur angelehnt. Als er den Galeristen sah, drehte Max die Lautstärke auf ein erträgliches Level und reichte dem Gast einen Bourbon.

»Seit wann arbeitest du bei offener Tür?«, fragte Lucas zur Begrüßung.

»Sie klemmt, und heute Morgen habe ich mich zu fest dagegengestemmt. Ich glaube, sie ist kaputt. Ich muss den Schreiner anrufen«, erklärte Max. Dann deutete er auf die Leinwand, die an der leeren Wand lehnte. Ein Lächeln irgendwo zwischen Selbstgefälligkeit und Größenwahn verriet, wie viel Alkohol er auf nüchternen Magen gekippt hatte. Er konnte kaum an sich halten vor Begeisterung, wie ein kleines Kind, das gleich ein Geschenk bekommen sollte.

Lucas kam näher, ohne Mantel und Hut abzulegen, und blieb vor der soeben vollendeten Arbeit stehen. Er fuhr mit den Kuppen seiner dicklichen Finger über die Nagelköpfe, wobei er darauf achtete, die Farbe nicht zu berühren. Das Wort WUT am seitlichen Rand der Leinwand war noch feucht. Dann stieg er auf die Leiter, die unter jedem Tritt ächzte. Oben angekommen, begann er zu grinsen. Aus dem Grinsen wurde ein lautes Lachen, das schließlich in ein »Du bist total bekloppt!« mündete – eine Beleidigung, die der Maler als das größte Kompliment nahm, das je aus dem Mund seines Galeristen gekommen war.

Nachdem er vorsichtig von der Leiter gestiegen war, wollte er auch den Rest der Serie sehen. Aber vorher zog er den Mantel aus und nahm den Bourbon, den der Maler ihm hingestellt hatte. Alkohol war immer hilfreich, wenn es darum ging, künstlerische Visionen in die Sprache des Kommerzes zu übersetzen.

Von ihnen unbemerkt, verblasste das Tageslicht hinter den Glasbausteinen, bis es schließlich fast vollständig verschwunden war. Lucas hörte Max aufmerksam zu und machte sich Notizen, während er über die zukünftige Ausstellung nachdachte. Die Vorbereitungen würden ein paar Monate in Anspruch nehmen, aber er war überzeugt, dass sie ein Erfolg werden würde. Als der Maler ihm alle Arbeiten gezeigt hatte, trat Lucas erneut vor die Leinwand, die der Ausstellung ihren Namen geben sollte.

»Was bedeuten die Nägel?«, fragte er. »Der Effekt ist brutal!«

»Genau«, bestätigte Max. »Brutal. Was ich suche, ist genau das: etwas Brutales. Ein Schlag ins Gesicht des Betrachters, der ihn umhaut. Die Nägel stehen für vieles, Lucky. Schrapnelle. Dieses Bild ist eine Bombe.«

Max hatte ihm die Entstehungsgeschichte jedes Bildes geschildert und versucht, seine Arbeit zu erklären – als ob Kreativität eine Erklärung benötigte, die über Empfindungen hinausging. Als ob die Zustimmung des Galeristen dem Kreativen die ewige Unsicherheit nehmen könne.

»Ich habe alles nach außen gekehrt, was ich in mir trage. Es war ein sehr harter Prozess. Dieses letzte Bild ist ganz besonders kathartisch, Lucky. Pure Therapie. Pure Erleichterung. Pure Wut. Rachedurst, eine Rache, die einsam vollzogen werden muss. Wut ist ein individuelles Gefühl.«

Max' Augen funkelten trunken. Die Härte, mit der er jeden Satz aussprach, überraschte Lucas, der wesentlich nüchterner war.

»Woher kommt diese Wut, Max?«, wagte Lucas zu fragen, während er auf das Wort am seitlichen Rand der Leinwand deutete.

28 »Waldinneres«

Max war nicht in der Lage, den Grund für seine Wut in Worte zu fassen. Er wusste nur, dass sie schon immer da gewesen war. Vielleicht war es die Schuld seines Vaters, der immer wieder betont hatte, dass sie das Leben, das sie nun führten, nicht verdient hatten, nachdem ihnen ein besseres Leben genommen worden war. Aber Max wusste, was diese Wut noch weiter angefacht hatte: ein kleines Gemälde, das er im Glück entdeckt hatte. Ein Gemälde, das ihm gehörte, da war er sich nahezu sicher. Er musste es nur beweisen.

Lucas und er hatten fast den ganzen Tag zusammen verbracht und auf nüchternen Magen zwei Flaschen Bourbon geleert. Durch die Glasbausteine war die Abenddämmerung zu erahnen, und im Atelier lag immer noch Lucas' Frage in der Luft, auf die Max keine Antwort wusste. Woher kam seine Wut?

»Komm mit mir ins Glück«, sagte er schließlich zu Lucas. »Ich will dir etwas zeigen.«

Er kehrte dem Galeristen den Rücken und ging zum Garderobenständer, um den Arbeitskittel abzulegen. Er roch nach Schweiß, aber er machte sich nicht die Mühe, sich zu waschen. Er wollte im Glück sein, bevor Gottfried auftauchte. Der kam für gewöhnlich vor Beginn der Abendschicht. Max wusste, dass er heute bestimmt erscheinen würde: Es war der 13. Januar. Er würde direkt aus Fluntern kommen.

Der Vorschlag überraschte Lucas. Er wollte nicht noch mehr trinken, vor allem aber wollte er Gottfried nicht begegnen. Beim letzten Mal hatte Lucas ihm ein Angebot gemacht, aber der Besitzer des Glück war nicht darauf eingegangen, was Lucas in Schwierigkeiten gebracht hatte. Und jenseits des Geschäftlichen gab es mit Gottfried nichts zu besprechen. Er suchte nach einer Entschuldigung, um sich rauszureden.

»Ich kann jetzt nicht ins Glück gehen. Ich muss in die Galerie zurück. Ich habe das Licht angelassen, und es ist Zeit zu schließen. Und ehrlich, du solltest es auch besser lassen, mit all dem Bourbon, den du intus hast.«

Max versuchte, sich seinen Unmut nicht anmerken zu lassen. Statt weiter zu insistieren, ging er zum Tisch und suchte irgendetwas in seinem Chaos. Als er zu Lucas zurückkam, hielt er ein Foto in den Händen. Es war die Aufnahme eines Gemäldes. Der Galerist erkannte sofort, dass sie im Glück gemacht worden war.

Auf dem Bild war eine herbstliche Landschaft zu sehen, ein mitteleuropäischer Wald mit hohen Bäumen und lichtem Unterholz. Eine Spätsommerszene. Eine honigfarbene Schicht aus gefallenen Blättern bedeckte den Boden, während die Baumkronen größtenteils noch ihr sattes Grün bewahrten. Die Bäume standen an einem Abhang und neigten sich dem Licht entgegen. Sonnenlicht sickerte durch die Äste und beleuchtete die tieferen Schichten des Waldes, während die Vegetation im Vordergrund im Halbdunkel blieb. Der Schöpfer des Werks hatte für die Szene einen erhöhten Standpunkt gewählt und lenkte den Blick des Betrachtenden nach unten zu dem dichten Unterholz im Bildhintergrund, das sich jenseits des dunklen Baumstamms erstreckte, der den Weg versperrte und das Bild vertikal in zwei Hälften teilte. Die Pinselstriche waren kurz und exakt. Die Präzision bei der Wiedergabe der Farben und Lichtschattierungen war ein untrüglicher Beweis dafür, dass hier ein Meister am Werk gewesen war. Das Fehlen jeglicher Spur von Tieren oder Menschen machte den Maler zu einem Eindringling und den Beobachtenden zum stummen Zeugen. In diesem Wald zwitscherte kein Vogel, es gab keine Insekten, kein Windhauch bewegte die Blätter. Die Zeit stand still. Ihre Reglosigkeit war genauso unheimlich wie die Stille, mit der jenseits der Wand aus Glasbausteinen die Schneeflocken fielen.

»Was ist das?«, fragte Lucas, während er so tat, als sähe er diese Landschaft zum ersten Mal. Für einen Moment fürchtete er, der günstige Wind vom Vormittag könne sich als Hurrikan gegen ihn wenden. Er musste vorsichtig vorgehen.

»Ein Gemälde.«

»Das sehe ich. Aber warum zeigst du mir das?«

»Kennst du es?«

»Nein. Sollte ich?«

»Es ist aus dem 19. Jahrhundert, Lucas. Dein Spezialgebiet.«

»Das war, bevor ich in die Schweiz gekommen bin.«

»Ich weiß, aber du willst mir doch nicht erzählen, dass du alles vergessen hast, was du gelernt hast.«

»Nein, natürlich nicht. Aber um mehr sagen zu können, müsste ich das Original sehen. Wo ist es?«

»Gute Frage. Es hing im Glück. Aber da ist es nicht mehr. Gottfried hat es abgehängt.«

»Lass mich mal sehen«, sagte Lucas und nahm das Foto. »Ohne das Original ist es schwierig, Genaueres zu sagen, aber es ist gut möglich, dass du recht hast und es aus dem 19. oder frühen 20. Jahrhundert stammt. Und es scheint von einem Meister zu stammen, da muss man nur die präzise Strichführung und die perfekte Beherrschung von Licht und Farbe betrachten. Darf ich fragen, woher dein Interesse rührt?«

»Ich glaube, dass es meinem Vater gehört hat.«

Lucas musste sich zusammenreißen, um sich seine Überraschung nicht anmerken zu lassen. Wenn diese Behauptung stimmte, konnte das alles verändern. Er versuchte, ganz normal zu reagieren.

»Und wenn es so wäre, warum war es dann im Glück?«

»Gottfried behauptete, er hätte es von seinem Vater geerbt. Aber ich bin so gut wie sicher, dass das nicht stimmt. Er stammt aus einfachen Verhältnissen; ich glaube nicht, dass sie sich ein solches Gemälde leisten konnten. Wie du sagst, man sieht die Hand eines Meisters.«

Lucas lächelte. Es war noch nicht alles verloren.

»Okay, aber vielleicht hat es sein Großvater für einen Spottpreis gekauft. Warum sollte Gottfried dich anlügen? Es muss nicht mal besonders wertvoll sein. In der Geschichte der Menschheit waren geniale Künstler nur selten erfolgreich. Du weißt das am besten. Es gibt großartige unbekannte Künstler. Schau mal.« Er deutete auf das Foto. »Es ist nicht mal signiert. Außerdem schwimmt deine Familie auch nicht gerade in Geld, oder?«

Max sagte nichts. Sein Vater hatte zwei Leben gehabt. Lucas kannte nur das zweite. Er hatte ihm nie genügend vertraut, um ihm von dem ersten zu erzählen. Ehrlich gesagt, hatte er niemandem diese Geschichte anvertraut. Max erzählte von Jakob Müller, aber die Geschichte von Jakob Sandler behielt er für sich.

»Vielleicht hast du recht, Lucas. Kann sein, dass Gottfried die Wahrheit sagt. Ich weiß nicht, es war nur so ein Gefühl. Mehr nicht.«

»Komm Max, lass gut sein für heute, du solltest dich da nicht in etwas hineinsteigern.«

Lucas versuchte, zum Aufbruch zu drängen, ohne größeres Interesse an dieser anonymen Waldszene zu zeigen, hinter der er her war, seit er sie an dem Dachbalken im Kafi Glück gesehen hatte. Er hatte ein halbes Leben lang nach ihr gesucht.

Auf der Straße verabschiedeten sie sich und Lucas ging zur Galerie zurück, während Max vergeblich versuchte, die Tür zum Atelier abzuschließen. Er konnte sie nur anlehnen und musste sich damit beruhigen, dass man es auf den ersten Blick kaum bemerkte. Als er sich eine Zigarette anzündete, blitzte der goldene Siegelring an seinem kleinen Finger im Licht einer nahen Straßenlaterne auf. Er setzte die Mütze auf und machte sich auf den Weg zum Glück. Als er auf dem Handy nach der Uhrzeit schaute, entdeckte er eine Nachricht von Gottfried. Er war früher aus Fluntern zurück als gedacht.

Auch Valeria würde im Glück sein. Max fragte sich, wie sie nach den Ereignissen der letzten Nacht reagieren würde. Er wusste nicht einmal, wie er selbst reagieren würde, wenn er sie sah.

Ein Anruf von Julia riss ihn aus seinen Gedanken. Sie hatte sich wieder mal mit Gottfried gestritten und fragte ihn, ob er ins Glück ging. Sie kam gerade von der Arbeit im Triemli-Spital. Max bejahte und sagte ihr, dass er schon unterwegs sei: Schließlich war der 13. Januar.

29 Die Gelegenheit

Das kurze Telefonat mit Julia brachte Max auf die Idee, dass Gottfried heute Nacht womöglich gar nicht bei sich zu Hause schlief. Vor vierundzwanzig Stunden hatte er sich den Schlüssel zu seiner Wohnung beschafft, und jetzt das.

Max und Julia hatten sich im Zürcher Opernhaus kennengelernt, wo sie als Tänzerin auftrat und er als noch zu entdeckendes Talent Kulissen malte. Damals verkehrten sie beide in der Kunstszene und besuchten oft das Cabaret Voltaire, in dessen überheizten Räumen vor fast hundert Jahren die Geburtsstunde des Dadaismus gewesen war.

Dann hatten sie sich für einige Jahre aus den Augen verloren und waren sich erst im Kafi Glück wiederbegegnet. Julia nannte es eine Fügung des Schicksals. Sie hatte inzwischen die Spitzenschuhe gegen Gesundheitslatschen eingetauscht, und an die Stelle seiner zerschlissenen Adidas-Sneakers war ein exklusives, von einem japanischen Designer signiertes Modell derselben Marke geworden. Julia war Gottfrieds Freundin und Max Stammgast der Bar.

Der Maler wartete eine halbe Stunde im Glück, bis Julia auftauchte. Kurz angebunden bestellte sie einen Kaffee bei Valeria und fragte Max nach Gottfried. Der deutete zur Empore.

»Er hat schlechte Laune. Ich habe ihm gesagt, er soll nicht länger fackeln und dich endlich heiraten«, scherzte Max.

»Du liebst mich nicht mehr«, gab Julia spaßeshalber zurück.

Das Gespräch plätscherte ein paar Minuten dahin, aber

Max wusste, dass ihre ganze Aufmerksamkeit der Empore galt. Schließlich legte sie ihre Daunenjacke und die Mütze auf den Hocker neben dem Maler und ging nach oben zu Gottfried, wo sie aber nicht lange blieb.

Als sie von der Empore kam, wusste Max sofort, dass es nicht gut gelaufen war. Julias Gesicht sprach Bände, trotzdem musste er sie fragen:

»Alles geklärt?«, sprach er mit halb vollem Mund.

»Von wegen. Wenn ich dir erzähle, was er mir gesagt hat, drehst du durch. Aber heute bin ich zu müde für seine Spinnereien. Und mein Kopf tut weh, also gehe ich lieber nach Hause.«

»Hab Geduld mit ihm, Julia«, sagte er, obwohl er wusste, dass das in dieser Situation viel verlangt war.

»Irgendwann bin ich mit meiner Geduld am Ende«, erklärte sie, während sie ihre Mütze aufsetzte.

»Sei nicht böse, Julia. Das ist die Sache nicht wert. Du weißt doch, wie er ist. Er wird wieder mit hängendem Kopf ankommen.«

»Ich bin nicht böse. Ich glaube nur, dass ich nicht alles weiß. Aber ich werde es aus ihm herausbekommen.«

»Das wirst du bestimmt«, sagte Max mit einem aufmunterndem Lächeln. »Du wusstest immer, wie man mit Gott kämpfen muss. Von Anfang an. Deshalb bist du die einzige Person, die er wirklich respektiert.«

Max bemühte sich, sie aufzuheitern, und versuchte es noch einmal mit dem Scherz über das Zusammenleben.

»Vermutlich passt ihr deshalb so gut zusammen.«

Sie lächelte.

»Ich verstehe nicht, warum ihr nicht längst zusammenlebt«, fügte Max hinzu. Julias Lächeln gefror.

»Ich will nicht mit Gottfried zusammenleben, Max. Ich liebe ihn, aber ich mag es, nach Hause zu kommen und mich nur um meine Angelegenheiten kümmern zu müssen. Außerdem ist er in letzter Zeit sehr merkwürdig. Er hat mir eben eine wilde Geschichte erzählt.«

Für einen Moment sah Max seinen Glücksstern sinken.

»Also schläft heute Nacht jeder in seiner Wohnung?«, fragte er zur Sicherheit.

Julias Antwort und ihr vielsagender Blick machten ihm wieder Hoffnung.

»Nein, heute Abend ist er bei mir.«

Sie verabschiedeten sich mit einer innigen Umarmung, und Max beobachtete, wie sie das Glück verließ. Erst dann merkte er, dass Julia ihren Milchkaffe gar nicht angerührt hatte.

30 Hausfriedensbruch

Max verließ das Glück kurz nach Gottfried und blieb vor der Tür stehen, um sich eine Zigarette anzuzünden. Von dort beobachtete er, wie der Besitzer des Glück über die Sihl-Brücke davonhumpelte, an dem eindrucksvollen Postgebäude vorbeiging und schließlich aus seinem Gesichtsfeld verschwand. Jetzt, wo der Maler sicher sein konnte, dass er nicht umkehren würde, konnte er losgehen. Am Stauffacherplatz nahm er die Tramlinie 3 zur Zypressenstraße und machte sich auf die Suche nach dem richtigen Hauseingang. Die Straße war menschenleer. An der Gegensprechanlage drückte er den für den Postboten vorgesehenen Klingelknopf, und die Tür gab zuversichtlich nach, obwohl niemand Post bringen würde. Max hoffte, dass das Knarren der Treppe keine Aufmerksamkeit erregen würde, und stieg so rasch wie möglich nach oben ins Dachgeschoss. Seit Stunden hatte er sich ausgemalt, wie er die Schwelle zu dieser Wohnung übertreten würde. Ob sein Nachschlüssel überhaupt passen würde? Sein Puls raste vom raschen Treppensteigen und vor Aufregung, und er atmete erleichtert auf, als der Schlüssel ins Schloss von Gottfrieds Wohnung passte.

Die Tür öffnete sich sanft in die Stille der Wohnung. Max schlug der Kneipengeruch entgegen, den Gottfrieds Jacken ausdünsteten, die an der Wandgarderobe hingen. Ein kurzer Flur führte in Gotts Reich: Schlafzimmer, Bad, eine Küche, die zugleich Wohnzimmer war, wenige Möbel und eine fast krankhafte Ordnung, die Max schon von vorherigen Besuchen kannte. Sein Herz schlug wie verrückt. Was, wenn

Julia und Gottfried sich wieder stritten und Gott doch noch nach Hause kam? Er sagte sich noch einmal, dass er das Richtige tat. Gottfried verheimlichte ihm etwas, und er hatte ein Recht darauf, es herauszufinden.

Max hatte keinen rechten Plan. Er musste irgendwo anfangen und versuchen, systematisch vorzugehen. Zum Glück war die Wohnung genauso nüchtern wie ihr Besitzer; als richtiger Weltenbummler hatte Gottfried sich angewöhnt, mit leichtem Gepäck zu reisen. Anders als Julia hasste er es, Dinge anzuhäufen. Aber ein Gemälde von der Größe einer Handspanne konnte sich natürlich überall verstecken.

Die Wohnung war mit einigen wenigen Secondhandmöbeln eingerichtet, ohne Eile ausgesuchte Einzelstücke, mit Ausnahme eines modernen Designerkamins aus Metall, den Gottfried im ersten Winter nach seiner Rückkehr nach Zürich hatte einbauen lassen. Er hatte sich ihn nach der Eröffnung des Glück selbst zum Geschenk gemacht, auch wenn er ihn nicht oft benutzte, damit er nicht die Asche wegräumen musste. In den Fenstern standen Kerzen, und von einem kleinen Holztisch neben dem Sofa blickten Max vier Gesichter entgegen: Gottfried und Julia bei einem Urlaub auf Madagaskar vor drei Jahren und Gloria und Antonio im Café de La Suerte in der Dominikanischen Republik zwanzig Jahre zuvor. An den Wänden hingen alte Konzertplakate – Frank Zappa, Bob Marley, Johnny Cash, Muddy Waters –, denen gemeinsam war, dass die Musiker allesamt tot waren. In einem Holzregal standen die Schallplatten und Bücher, die Gottfried angesammelt hatte, seit er sein Vagabundenleben aufgegeben hatte. Max entdeckte nicht ein Staubkörnchen.

Er sah sich kurz in der Küche um. Erst sehr zurückhaltend, dann immer mutiger öffnete er Schränke und

Schubladen. Aber es war nichts Außergewöhnliches zu entdecken. Als er den Badezimmerschrank durchsuchte, fand er Kondome und fühlte sich ein wenig schuldig, was er aber sofort wieder verdrängte. Ein elektrischer Lufterfrischer, der einen Hauch von Zitrusduft verbreitete, erschreckte ihn zu Tode. Er hatte das Gerät nicht einmal bemerkt. Seine Beine zitterten noch immer, als er Gottfrieds Zimmer betrat. Im Schrank fand er nur Kleidung, Handtücher und Bettwäsche. Er durchwühlte sogar die Jackentaschen, ohne Ergebnis. Im Wäschekorb lagen zwei Stoffservietten. Der Besitzer des Glück lebte wie ein Mönch. Max wurde klar, dass er das Bild in dieser Wohnung nicht finden würde und er umsonst mit Valeria gespielt hatte. Er hatte Gottfried unterschätzt. Er hatte das dringende Bedürfnis, eine zu rauchen, um den Frust loszuwerden.

Als er zur Wohnungstür ging, entdeckte er etwas, das er beim Hineinkommen übersehen hatte, weil sich der Gegenstand hinter der Tür versteckte: ein hölzerner Spazierstock. Max nahm ihn und schraubte hastig den Knauf, der die Form eines Hundekopfes hatte, ab, auf der Suche nach zwei Initialen, die jedem verborgen blieben, der nicht wusste, wo er sie suchen sollte: J.S.

Seine Ahnung hatte ihn nicht getrogen. Gottfried hatte ihn angelogen. Er stürzte die Treppe hinunter, ohne sich darum zu kümmern, dass die Nachbarn wach werden könnten.

31 Der Überlebende

An der nächsten Straßenecke zündete sich Max endlich eine Zigarette an. Er ließ sich sein bisheriges Leben durch den Kopf gehen, das so eng mit der Erinnerung an seinen Vater verbunden war. Kurz vor dem Tod hatte er ihm von dem traumatischen Erlebnis seiner Flucht vor den Nazis erzählt. Er hatte ein Land durchqueren müssen, das sich gegen ihn gewendet hatte, hatte jeden Morgen aufstehen müssen, ohne zu wissen, ob es einen nächsten Tag geben würde. Einfach immer weitergehen, Straßen und Städte meiden und überleben mit dem, was man fand oder stehlen konnte. Versuchen, unsichtbar zu sein.

Ende Oktober 1942, als Jakob Sandler sich schon auf Schweizer Boden befand, hatte er einen Unfall, und der Mann, der ihn durch den Wald führte und ihm eigentlich das Leben retten sollte, hatte ihn im Stich gelassen. Der Mann hatte ihm den Gegenstand geraubt, in den er seine ganze Hoffnung gesetzt hatte, um seine Familie wiederzufinden und noch einmal von vorne anzufangen. Max konnte nicht fassen, dass er diesen Gegenstand nun in den Händen hielt. Mit dem Gehstock hatte Jakob Sandler alle Hoffnung verloren, aber die Erinnerungen waren geblieben.

Schwer verletzt und gottverlassen an einem Felsen oberhalb des Walensees lehnend, hatte Jakob beschlossen, sich ans Leben zu klammern. Es war diese Welt, die Welt der Lebenden, in der er seine Frau und seine Tochter wiedersehen wollte. Der Überlebensinstinkt half ihm, die Jahre seit seiner Flucht aus Linz aus dem Gedächtnis zu streichen. Er verdrängte die Kälte, die Angst und die Momente, in denen er sich beinahe geschlagen gegeben hätte. Er verdrängte den Hunger, die Erschöpfung und die Verzweiflung. Er verdrängte sogar den Mann, der ihn mit gebrochenem Bein im Stich gelassen hatte. Aber an das, was nach dem Unfall geschah, würde er sich immer bis ins Detail erinnern. Der Fels, an den er sich gelehnt hatte. Die Schweizer Patrouille, die sich seines nutzlosen Beins erbarmt und ihm geholfen hatte. Die neue Identität, hinter der er sein Jüdischsein versteckt hatte. Die Tragödie, als er entdeckt hatte, dass seine Frau und sein Baby nie in Zürich angekommen waren. Das anonyme Leben in einem Dorf Graubündens, in einem so tiefen und engen Tal gelegen, dass im Winter nicht einmal die Sonne dorthingelangte. Die Jahre der Isolation, am Anfang wegen des Dialekts, den er nicht verstand, später wegen der Entfremdung von sich selbst. Aber er hatte keinen Weg gefunden, etwas daran zu ändern, und gleichzeitig hatte er nicht den Mut gehabt, dieses Leben zu beenden. Auch nicht, als der Pfarrer mit der schlimmsten Nachricht eintraf: Die Namen seiner Frau und seiner Tochter standen auf den Deportationslisten des nationalsozialistischen Regimes. Sie hatten es nie in die Schweiz geschafft.

In den wärmeren Monaten hatte Jakob seinen Platz als Alphirte auf den Weiden in zweitausend Metern Höhe gefunden. Mit dem Winter hatte er sich arrangiert, indem er dem örtlichen Pfarrer zur Hand ging und alles las, was ihm in die Hände fiel. Bevor er sich versah, war er fünfzig Jahre alt.

Zu dieser Zeit kam eine Dorfschullehrerin in den Ort. Durch die Vermittlung des Pfarrers und das gemeinsame Interesse am Lesen kamen sie sich näher, und Gertrud, so hieß die Lehrerin, wurde zur Frau seines zweiten Lebens und die Mutter seines zweiten Kindes. Sie vereinten ihre

Schicksale unter dem neutralen Nachnamen Müller, mit dem Jakob illegal in die Schweiz gekommen war. 1970, fünf Jahre nach der Hochzeit, wurde ein Junge geboren, den sie Max nannten.

Der Spazierstock, den Max nun in seinen Händen hielt, symbolisierte alles, was Jakob Sandler vergessen wollte und woran sich zu erinnern sein Sohn fest entschlossen war. Es war diese Erinnerung an die erste Hälfte seines Lebens, die Jakob Sandler seinem Sohn Max mitgegeben hatte, damit dieser wusste, woher er kam. Damit er Gerechtigkeit schuf, wenn sich ihm irgendwann die Gelegenheit dazu bot. Ein Stück Holz, das Gottfried der Lüge überführte.

Max wusste, dass das kleine Bild, das Jakob aus Linz mitgenommen hatte, in diesem Spazierstock in die Schweiz gelangt war. Das Bild, das er im Glück gesehen hatte, konnte kein Erbstück von Hermann sein, wie Gottfried behauptete, sondern von Jakob. Es gehörte nicht Gottfried, sondern Max, auch wenn er das nur belegen konnte, wenn er das Bild in Händen hielt. Er küsste den Siegelring der Familie, den er am kleinen Finger trug, als suchte er den Beistand seiner Vorfahren. Max hatte nie von ihnen erzählt, weil ihm keiner geglaubt hätte. *Waldinneres* war der Beweis, dass sie existiert hatten. Dass er nicht nur der Sohn eines Alphirten und einer Lehrerin war, sondern der einzige lebende Nachkomme der Sandlers. Er musste das Bild finden. Das war er Jakob schuldig.

32 Das Zuhause

Als er am Postgebäude vorbei und damit außerhalb von Max' Sichtfeld war, bog Gottfried in die Militärstraße ein, bis er das Rotlichtviertel von Zürich erreichte. Eine Prostituierte starrte auf seinen linken Fuß, der in einer dicken schwarzen Socke und einer schwarzen Gesundheitssandale steckte. Es war das einzige Schuhwerk, das er ertrug, wenn ihm die Harnsäure im großen Zeh das Gehen zur Qual machte.

»Komm her, Süßer«, sagte die Frau. »Ich wärme dir die Füße. Die sind mit Sicherheit eiskalt.«

Gottfried lächelte ihr zu und ging weiter, auch wenn er Mitleid mit der halb nackten Frau hatte, die auf zwölf Zentimeter hohen Stilettos balancierte.

Als er zu Julia kam, war es schon nach Mitternacht. Er wollte gerade den Schlüssel ins Schloss stecken, als sie ihm barfuß die Tür öffnete.

»Ich habe dich hochkommen gehört«, sagte sie und hauchte ihm einen Kuss auf die Lippen. »Du machst nur Krach mit dem Stiefel, die Sandale hört man nicht. Und es gibt sonst keine humpelnden Bewohner im Haus.«

Julias Wohnung war puderrosa gestrichen. Sie hatte die Farbe gewählt, weil es sie an ihr erstes Tanztrikot erinnerte, das sie mit ihrer Mutter bei Jelmoli erstanden hatte. Ihr sechstes bis achtundzwanzigstes Lebensjahr hatte sie mit französischen Begriffen verbracht, die mehr als dreihundert Jahre alt waren: Jeté, Plié, Foueté, Entrechat. Ein durchgedrückter Rücken, der lange Hals und überdehnte Gelenke waren das Erbe dieser Zeit, die sie dem Tanzen gewidmet hatte. Sie hatte auf Zehenspitzen gestanden, bis ihre Knie, die zu lange bis aufs Äußerste gefordert worden waren, der Schwerkraft Tribut zollen mussten. Dann hatte sie ein weiterer dramatischer Vorfall auf den Boden der Tatsachen zurückgeholt.

»Julia, ich bin's, Mama. Ruf mich bitte so schnell wie möglich zurück. Ich habe die Ergebnisse. Es ist ein Tumor, Schätzchen. Und er ist bösartig. Es ist Krebs.«

Das hatte sie einfach so auf den Anrufbeantworter gesprochen. Schon eine Woche später war ihre Mutter operiert worden, aber das hatte nicht verhindern können, dass die Krankheit nur ein halbes Jahr später ein tödliches Ende genommen hatte. Ohne Arbeit hatte sich die Ballerina, die nicht mehr tanzen konnte, ihrer Mutter in deren letzten Lebensmonaten mit Leib und Seele widmen können. Eine Zeit mit gelegentlichem Lachen und nicht wenigen Tränen, mit gleißenden OP-Lampen, die letztendlich Julias zweites Leben begleiten sollten. Ein Leben, in dem es keine Tutus und keine Choreographien gab, sondern weiße Gummilatschen und Pflegehandbücher. Nach dem Tod ihrer Mutter hatte sie beschlossen, eine Ausbildung zu machen. Sie hatte sich auf Palliativpflege spezialisiert, und ein Klassenkamerad hatte vorgeschlagen, den Abschluss im kürzlich eröffneten Kafi Glück zu feiern. Dort war ihr zwischen Fotos, Plakaten, Gemälden und Heiligenfiguren, unter dem Blick des riesigen Skeletts, das an der Decke hing, der Mann begegnet, dessen Schritte sie nun erkannte, als er die Holzstiege zu ihrer Wohnung im Zürcher Rotlichtviertel heraufkam. Julia war der festen Überzeugung, dass es das Schicksal gewesen war, das Menschen genau dann zusammenbrachte, wenn sie bereit dafür waren. Ihre Leidensgeschichte hatte sie zueinandergeführt, und gleichzeitig trennte sie die Angst davor, so etwas erneut durchmachen zu müssen. Es war, als ob das Zusammenleben die Grenze wäre, die ihre gebrochenen Herzen ihnen setzten. Eine Grenze, die sie nicht zu überschreiten wagten. Die Liebe war für beide ein Feuer, an dem sie sich verbrannt hatten und das ihnen eine tiefe Verletzung zugefügt hatte. Der Schmerz war noch zu tief, und sie hatten panische Angst, dass genau das noch einmal passieren könnte.

Dennoch war Julias Wohnung für Gottfried der Ort, der einem Zuhause am nächsten kam. Ein Ort, an dem er sich geliebt fühlte. Er zog die Sandale und den Schuh aus und stellte sie hinter die Eingangstür zu den Damenschuhen, die dort ohne erkennbare Ordnung herumstanden. Er konnte sich nicht mit Julias Angewohnheit anfreunden, Dinge anzusammeln: Schuhe in der Diele, Jacken an der Garderobe, antike Metalldöschen überall, Bücher in den Regalen – einige stapelten sich auch neben den hellen Samtsofas auf dem Fußboden –, Kissen auf dem Bett, Rezepte, die sie nie nachkochte.

Gottfried nutzte das Glück als Lager für all jene Dinge, von denen er sich nicht trennen wollte, aber in seiner Wohnung wollte er Platz haben. Nur die Küche, in der kein Gerät fehlte, machte eine Ausnahme. Kochen entspannte ihn.

»Ich habe Epsom-Salz für deine Gicht gekauft«, sagte Julia, während sie ins Wohnzimmer ging. »Lass dir ein Bad ein, füge zwei Tassen Salz dazu und bleib drin liegen, bis das Wasser kalt wird. Das wird deine Schmerzen lindern.«

Gehorsam ging Gottfried ins Bad, drehte den Hahn auf und ließ das Wasser laufen, bis es kochend heiß war. Dann setzte er den Stöpsel ein und ließ die Wanne vollaufen, während er zu seiner Freundin zurückging.

Julia lag auf dem Sofa und las. Sie trug ein altes graues T-Shirt der New York Yankees und hatte eine beige Wolldecke über ihre sehnigen Beine gebreitet. Gottfried trat hinter sie und strich ihr zärtlich übers Haar.

»Wie geht's deinen Kopfschmerzen?«, fragte er.

»Besser«, antwortete sie und sah kurz von ihrem Buch auf.

»Hast du was genommen?«

»Nein. Es war nur die Anspannung. Ich brauchte ein bisschen Ruhe, deshalb bin ich nach Hause gegangen.«

»Hast du zu Abend gegessen?«

»Karottensuppe. Es ist noch ein bisschen im Kühlschrank, falls du nach dem Baden Lust darauf hast.«

»Du hast gekocht?«, fragte Gottfried erstaunt.

»Sie ist aus dem Tetrapack«, gab Julia grinsend zu. »Aber sie schmeckt wirklich gut, versprochen.«

Er lachte, konnte sich aber eine kritische Bemerkung nicht verkneifen.

»Ich zweifle nicht daran, dass sie schmeckt, aber das ist kein echter Geschmack.«

»Ab in die Badewanne mit dir, du Besserwisser«, sagte sie und warf ein Sofakissen nach ihm. »Wir unterhalten uns später.«

Gottfried wusste, dass sie mit diesem »Wir unterhalten uns später« das Gespräch meinte, das sie vor Stunden auf der Empore des Glück begonnen hatten. Julia war zu klug, um sich mit der fadenscheinigen Erklärung abzufinden, die er ihr gegeben hatte. Er steckte den Fuß in das dampfende, mit Salz versetzte Wasser und glitt dann ganz hinein, während er darüber nachdachte, wie er seiner Partnerin erklären sollte, dass er Probleme wegen einer Erbschaft hatte, von der er ihr nichts erzählt hatte.

Als er eine halbe Stunde später mit einem Handtuch um die Hüften ins Wohnzimmer zurückkehrte, war Julia eingeschlafen. Das Buch, das sie immer noch in den Händen hielt, war auf ihre Brust gesunken, und ihr Gesicht strahlte einen Frieden aus, um den Gottfried sie beneidete. Er stand eine ganze Weile da und betrachtete sie. Dann breitete er die Wolldecke über sie, die auf ihren Beinen lag, knipste die Leselampe aus und legte sich auf das Sofa gegenüber. Für einige Minuten beobachtete er, wie sich die Decke im Rhythmus von Julias Atem hob und senkte.

Die Neonreklame eines Stundenhotels auf der anderen Straßenseite tauchte das Wohnzimmer alle neun Sekunden in rotes Licht und verwandelte die Dunkelheit in eine Art Höllenfeuer. Es war ein langer Tag gewesen, und das Erlebte ließ Gottfrieds Lider schwer werden. Sie würden das Gespräch auf den nächsten Morgen verschieben müssen, in einem dieser langweiligen Cafés, die sie liebte und er hasste. Bis dahin sollte er sich am besten die einzige Erklärung zurechtgelegt haben, die keine Beleidigung für die Intelligenz seiner Partnerin war. Er musste ihr alles erzählen.

Julia wurde wach, als das erste Morgenlicht auf ihr Gesicht fiel. Sie sprang auf und ging in die Küche, um sich einen Milchkaffee zu machen. Bei jedem Schritt streckte sie Arme und Rücken, die von der Nacht auf dem Sofa schmerzten. Gottfried lag auf der Couch und wartete mit geschlossenen Augen darauf, dass seine Freundin mit ihrem morgendlichen Ritual fertig war. Er wusste, dass er sie erst ansprechen durfte, nachdem sie mindestens eine halbe Tasse von diesem langweiligen, überzuckerten Gebräu getrunken hatte, das sie so liebte, ansonsten wurde er angefaucht. Er hatte sich daran gewöhnt, geduldig auf dieses Guten-Morgen-Lächeln zu warten, in dessen Genuss er nur kam, wenn sie die Nacht zusammen verbrachten. Für Gottfried wohnten diesen Morgenstunden in Julias Küche die Wärme einer anderen Zeit und eines anderen Orts inne, als Gloria und

Antonio noch lebten. Mit ihr aufzuwachen erfüllte ihn mit Glück und war gleichzeitig schmerzlich.

Sie setzten sich in der Küche auf die Hocker an der Kochinsel, einander gegenüber. Ihr bevorstehender Jahrestag diente als willkommene Ausrede, den Tag mit einem unverfänglichen Gespräch zu beginnen, auch wenn Julia sofort den Ton angab und Pläne für den Tag zu schmieden begann. Gottfried ließ sie gewähren, weil er wusste, dass seine Vorschläge immer schlechter waren als ihre. Er hatte das Gefühl, dass sie immer gleich Nägel mit Köpfen machen wollte, und verstand nicht, warum sie keine Ruhe gab, bis sie einen Plan fassten. Schließlich platzte Julia mit der Frage heraus, die ihr seit dem gestrigen Abend auf der Empore des Glück unter den Nägeln brannte.

»Okay, und jetzt, wo wir wissen, was wir an unserem Jahrestag machen, würdest du mir bitte erzählen, was es mit diesen Anrufen auf sich hat? Du erwartest ja wohl nicht, dass ich die Geschichte mit diesem Betrunkenen glaube. Wenn ich wirklich vorsichtig sein muss, findest du dann nicht, dass ich wissen sollte, warum?«

33 Das Geständnis

Natürlich hatte Julia recht. Sie musste wissen, worum es ging, und anders als gestern Abend war Gottfried bereit, es ihr zu erzählen. Er hatte einen Großteil der Nacht darüber nachgedacht, was er ihr sagen wollte. Das hatte ihm geholfen herauszufinden, wo er selbst stand und was der nächste Schritt war, den er gehen sollte. Jetzt war der Zeitpunkt gekommen, diesen Schritt zu gehen.

»Julia, eines vorab: Es hat eine Weile gedauert, aber du sollst wissen, dass du die erste Person bist, der ich davon erzähle.«

»Klar«, sagte sie und trommelte mit den Fingern auf die Tischplatte. »Schieß los.«

»Vor drei Monaten hat die Zürcher Bank bei mir angerufen, um mir mitzuteilen, dass ich der Erbe eines Schließfachs sei, das mein Vater vor fast fünfzig Jahren gemietet hatte.«

Julia hob ungläubig die Augenbrauen, ließ Gottfried aber weiterreden.

»Ich weiß, am Anfang kam es mir auch schräg vor. Aber es stimmte. In dem Schließfach lag ein Spazierstock, und damit hat alles begonnen.«

»Soll das heißen, dass du wegen eines Spazierstocks erpresst wirst?«, unterbrach sie ihn.

»Nein. Nicht wegen des Stocks. Wegen dem, was drin war. In dem Stock befindet sich ein Hohlraum, und darin war ein zusammengerolltes Bild versteckt. Es ist klein, ungefähr so groß wie deine Handfläche. Wie eine Postkarte, damit du dir eine Vorstellung machst. Nur die Leinwand.«

In seiner Nervosität schmückte Gottfried seinen Bericht mit überflüssigen Details aus. Julia sah sichtlich enttäuscht aus, und ihm wurde klar, dass er dem Vorwurf nicht entgehen würde, warum er ihr bis jetzt nichts davon erzählt hatte. Da konnten seine Erklärungen noch so langatmig sein. Er versuchte, sich genau an das Drehbuch zu halten, das er in der Nacht gedanklich verfasst hatte, um so schnell wie möglich zum Ende zu kommen, bevor Julia explodierte und ihn nicht ausreden ließ.

»Ich habe damit gemacht, was ich mit allem mache: Ich habe das Bild ins Glück gebracht, es gerahmt und neben dem Foto meiner Eltern auf der Empore aufgehängt. Ich fand, sie sollten beieinander sein. Es sind die einzigen beiden Gegenstände, die ich von ihnen besitze.«

Julia sah ihn wortlos an, während sie auf den Ausgang der Geschichte wartete, die ihr endlos vorkam.

»Das war mein großer Fehler. Nach ein paar Wochen rief nämlich ein Typ mit eigenartig verzerrter Stimme bei mir an, der behauptete, er habe das Bild im Glück gesehen. Er erkundigte sich nach dem Preis, und ich sagte ihm, dass ich nicht die Absicht hätte, es zu verkaufen. Er war schon der Zweite, der daran interessiert war, es zu kaufen. Deshalb wurde ich argwöhnisch und habe es abgehängt.«

»Warte«, unterbrach ihn Julia. »Wer war die erste Person?«

»Lucas. Max' Galerist. Er sagte mir, das Bild sehe gut aus, vielleicht sei es von einem bekannten Maler. Wenn ich es verkaufen wolle, könnte er einen Käufer für mich finden. Er sagte, es sei womöglich ein Vermögen wert.«

»Und, hatte er recht?«

»Keine Ahnung. Ich habe ihm gesagt, dass ich es nicht

verkaufen wolle, und seither habe ich nichts mehr von ihm gehört«, räumte Gottfried ein. »Ich erklärte ihm, das Bild sei nicht zu verkaufen, weil es mir gar nicht gehöre und ich den tatsächlichen Besitzer ausfindig machen müsse. Er erwiderte, dass sein Angebot weiterbestehe, falls ich den Besitzer nicht fände.«

»Moment. Ich glaube, ich verstehe da was nicht. Was heißt das, es gehört dir nicht? Hast du es nicht geerbt?«

»Nein. Mein Vater hatte nichts, Julia. Das weißt du doch. Ich bewahre den Stock und das Bild nur auf. Hermann hat einen Brief mit Instruktionen in dem Schließfach hinterlassen. Ich soll den Besitzer des Bildes oder seine Erben finden und es ihnen zurückgeben.«

Gottfried erinnerte sich an den Moment, als der Stock und das darin versteckte Bild in sein Leben getreten waren. Er hatte den Brief seines Vaters weder im Tresor der Zürcher Bank noch auf der Straße öffnen wollen, sondern gewartet, bis er zu Hause war. Markus Kielholz gefiel ihm nicht, und er war froh, dass die Übergabe abgeschlossen war und er ihn nicht wiedersehen musste. Er hoffte, dass dieser Brief die Sache wert war, denn ihn in Händen zu halten, hatte ihn ein kleines Vermögen gekostet.

Als er in seine Wohnung kam, holte er sich direkt ein Bier aus dem Kühlschrank. Nach ein paar Schlucken stellte er die Flasche auf dem Tischchen mit den Fotos ab und ließ sich mit dem Brief in der Hand aufs Sofa fallen. Er betrachtete ihn eine Weile, bevor er das Lacksiegel öffnete, das mit einem kurzen Knacken zerbrach. In dem Umschlag befanden sich mehrere Bögen Papier, die in Hermann Messmers sorgfältiger Handschrift mit schwarzer Tinte beschrieben waren. Gottfried rückte das Kissen in seinem Rücken zurecht, trank noch einen Schluck und begann dann den

Brief zu lesen, den sein Vater 1960 für ihn geschrieben hatte.

»Du bist ein aufgeweckter Junge«, las er, »und hast Deinen eigenen Kopf; ich bin sicher, dass Du Dich gut im Leben zurechtfinden wirst. Es ist ein beruhigender Gedanke für mich, dass Du einmal ein guter Mensch werden wirst. Das hoffe ich inständig.«

Er schaffte es kaum weiterzulesen. Mit einem Mal merkte er, wie sehr er seinen Vater vermisst hatte.

»Dieser Brief wird Dir dabei helfen, mehr über mich zu erfahren und auf diese Weise auch Dich selbst besser kennenzulernen. Denn nur, wenn Du Dich selbst kennst, wirst Du immun gegen den Schmerz sein, den andere Dir zufügen wollen.«

Seit damals hatte sich vieles verändert. Aus dem siebenjährigen Jungen, an den die Zeilen gerichtet waren, war ein erwachsener Mann geworden, der sich trotz der Bemühungen seines Vaters immer noch nicht selbst kannte. Ein Leben lang hatte er versucht, der Melancholie zu entfliehen, die ihn wie sein eigener Schatten verfolgte. Er hatte sich seine Traurigkeit nie anmerken lassen und seine Verletzlichkeit hinter einem Schutzschild versteckt. Während er verzweifelt versuchte, nicht zu leiden, hatte er vergessen zu leben. Deshalb fand er Julias Pläne immer besser als seine: Anders als er, hatte sie gelernt, dass Rückschläge nötig waren, um die guten Momente schätzen zu können. Vielleicht, weil sie mit Menschen arbeitete, die kurz vor dem Tod standen, genoss Julia das Leben umso mehr.

Sie, die sich selbst als den ausgleichenden Animus zu seiner Anima definierte, seit sie C.G. Jung gelesen hatte, saß ihm mit abweisendem Gesicht an der Kochinsel gegenüber. Gottfried fiel auf, dass er ihr auch nicht von dem Brief erzählt hatte. Er hatte ihr die Erbschaft verschwiegen, das Bild, den Brief und die Anrufe. Plötzlich wurde ihm die Distanz zwischen sich und Julia bewusst. Wollte er wirklich seine Partnerin schützen? Oder ganz egoistisch sich selbst? Er hatte Angst. Angst, sie zu verlieren.

34 Erpressung

Bevor er zu Ende erzählen konnte, ging Julia zur Spüle und begann, durch die Küche zu rotieren wie eine Billardkugel. Sie räumte Dinge beiseite, die eigentlich an ihrem Platz standen. Gottfried wusste, dass es dafür nur zwei Gründe gab: Entweder sie fand nicht, was sie suchte, oder sie war stinkwütend. In der Küche war alles an seinem Platz, mit Ausnahme der Tasse und des Löffels, die sie gerade in die Spüle gestellt hatte. Es stand ein Donnerwetter bevor, und Gottfried suchte den kürzesten Weg zur Versöhnung: Er musste seinen Fehler eingestehen.

»Julia, bitte sieh mich an«.

Sie ignorierte ihn.

»Ich wollte zuerst den Besitzer des Bildes finden, bevor ich dir davon erzähle. Ich wollte diesen Triumph für mich haben. Aber ich wusste nicht, wo ich mit der Suche anfangen sollte. Deshalb habe ich es im Glück aufgehängt. Ich dachte, wenn ich es jeden Tag sehe, würde mir vielleicht eine Idee kommen. Keine Ahnung, irgendwas, das mir die Richtung weist. Ich hänge alles Mögliche im Glück auf. Warum regst du dich wegen dieses Bildes so auf?«

Julia sah ihn wütend an und begann, die Tasse und den Löffel zu spülen, ohne seine Frage zu beantworten.

»Ich hab dir doch gesagt, dass es nicht mir gehört. Auch nicht meinem Vater. Ich muss herausfinden, von wem es stammt«, fuhr Gottfried fort. Julia explodierte.

»Es interessiert mich einen Dreck, wem dieses verdammte Bild gehört!«, schrie sie und warf den schaumtriefenden

Spüllappen nach ihm. Er wich dem Geschoss mit einer schnellen Kopfbewegung aus, und der feuchte Klumpen klatschte gegen die Wand, wo er einen seifigen Fleck hinterließ. »Es ist nicht das Bild, Gott. Es ist das, was du mir verschweigst! Ich bin immer die Letzte, die erfährt, was dich bewegt! Du hältst mich von dir fern. Verstehst du das nicht?«

Julia war total angespannt. Ihr feingliedriger Körper wippte nervös auf und ab, als wollte sie ihre Muskulatur aufwärmen, um mit einem Satz zu entkommen oder sich wie eine Furie auf ihn zu stürzen. Gottfried versuchte, ruhig zu bleiben.

»Julia, bitte. ›Immer‹ und ›nie‹ sind große Worte. Wie gesagt, du bist die Einzige, mit der ich darüber gesprochen habe. Nur du kennst die Bedeutung dieses Bildes.«

»Klar! Ich und Lucas und dieser Kerl, der dich am Telefon bedroht. Der uns bedroht!«

Touché, dachte Gottfried, und Julia holte zum nächsten Gegenschlag aus.

»Würdest du mir endlich erzählen, weshalb er dir droht? Was hat er gegen dich, Gott? Und warum zieht er mich da mit rein?«

Gottfried seufzte. Julia hatte allen Grund, wütend zu sein. Er hatte versucht, sie zu schützen, und sie genau damit in Schwierigkeiten gebracht. Er hatte die Sache allein klären wollen, wie immer, seit er zwanzig war. Aber er war nicht mehr allein. Er war mit Julia zusammen. Und er war weit davon entfernt, den letzten Willen seines Vaters zu erfüllen. Das Wort »jemanden brauchen« kam in Gottfrieds Vokabular eigentlich nicht vor, aber er wusste, dass er sie brauchte. Er brauchte sie, damit sie ihn aus seinem Selbstmitleid riss. Er brauchte ihre Energie, um aktiv zu werden.

»Warte, Julia. Ich verstehe deine Wut. Ich hab's verbockt,

ich gebe es zu. Richtig verbockt. Ich verspreche dir, dir alles zu erzählen, aber lass mich der Reihe nach vorgehen. Ich brauche dich in dieser Sache an meiner Seite.«

»In dieser Sache?«, gab sie ungerührt zurück.

»Ich brauche dich. An meiner Seite. Immer«, berichtigte Gottfried.

Julia merkte, dass sie diese Runde gewonnen hatte, aber sie wusste auch, dass sie nun auf Gottfried zugehen musste.

»Okay. Hier bin ich, Gott. Schieß los. Und wenn das alles vorbei ist, unterhalten wir beide uns über die wahre Bedeutung des Worts ›brauchen‹.«

Er lächelte aus tiefstem Herzen, auf eine Art und Weise, die er beinahe vergessen hatte. Er hatte das Gefühl, dass sie endlich ein Team waren, das Team, das er mit Gloria und Antonio verloren hatte. Das Boot, das er bislang alleine gerudert hatte, hatte jetzt einen Steuermann. Er fühlte sich stark, und die Worte sprudelten nur so aus ihm heraus.

»Mein Vater mietete 1960 ein Schließfach, das mit einem Konto bei der Zürcher Bank verbunden war. Da es seit Jahrzehnten keine Kontobewegungen mehr gab, wurde es zum schlafenden Konto deklariert. Die Bank wollte das Konto auflösen, weil es keine Erträge abwarf, und machte sich auf die Suche nach möglichen Erben. Sie nahmen Kontakt zu mir auf, ich zahlte für das Schließfach und erbte sozusagen den Inhalt. Das Schließfach enthielt einen Spazierstock und einen Brief. Als ich ihn las, erfuhr ich, dass sich in dem Stock ein Gemälde verbarg. Eine Waldszene.«

»Das ist ja eine unglaubliche Geschichte«, bemerkte Julia, die jetzt versöhnlicher wirkte. »Und deine Mutter hat dir nie etwas von diesem Schließfach erzählt?«

»Kein Wort. Im Brief steht, dass sie die Geschichte bis nach meinem zwanzigsten Geburtstag geheim halten sollte. Aber Ada hat meinen Geburtstag nicht mehr erlebt.«

»Stimmt, ich wusste, dass sie an deinem Geburtstag starb. Und was hast du jetzt vor?«

»In dem Brief bittet mich mein Vater, den Besitzer des Bildes zu suchen und es ihm zurückzugeben. Das Wahnsinnige daran ist, dass ich nicht weiß, warum er mir das antut. Zum einen deutet alles darauf hin, dass der Besitzer tot ist, und außerdem kenne ich nicht mal seinen Namen. Hermann bittet mich, ihn zu suchen, aber er gibt mir keinen einzigen Hinweis. Und das verdammte Bild ist nicht mal signiert.«

»Und da ist dir nichts Besseres eingefallen, als es im Glück aufzuhängen?«

»Ja. Wie gesagt, ich hatte gehofft, es würde mich auf eine Idee bringen, oder jemand, der es sieht, könnte mir einen Hinweis geben. Im Glück verkehren viele Leute.«

»Aber es hat nicht funktioniert. Schließlich hast du es wieder abgehängt.«

»Nicht so schnell, Julia.«

Gottfried hatte einen trockenen Hals. Er holte eine Karaffe mit Wasser und füllte zwei Gläser, die er auf den Tisch stellte.

»Stimmt, es hat nicht funktioniert. Zumindest nicht so, wie ich dachte. Aber tatsächlich haben sich drei Personen dafür interessiert, nachdem ich es auf die Empore gehängt hatte.«

»Waren es nicht zwei?«

»Zwei haben mir Geld dafür geboten, aber es gab eine dritte Person, die mich fragte, woher ich das Bild hätte: Max.«

»Max Müller? Unser Max?«

»Unser Max. Ich sagte ihm, dass ich es von meinem Vater geerbt hätte. Mehr nicht. Ich nehme mal an, es war reine Neugier.«

»Also dann haben wir einerseits Max und andererseits Lucas und den Kerl am Telefon.«

»Korrekt. Lucas' Angebot war der Grund, weshalb ich das Bild abgehängt habe. Er bezifferte den Wert auf 150 000 Franken! Kannst du dir das vorstellen?«

»Natürlich glaube ich das. Unbesehen. Man muss nichts von Kunst verstehen, um zu wissen, dass in der Kunstwelt Vermögen bewegt werden.«

»Jedenfalls habe ich Panik bekommen, es könnte gestohlen werden, und habe es ins Lager des Glück gebracht, wo ich alles aufbewahre, was irgendwie durch den Laden geht.«

»Logisch. 150 000 Franken sind viel Geld ... Sei mir nicht böse, wenn ich das frage, aber bist du nicht versucht gewesen, es zu verkaufen?«

Gottfried runzelte die Stirn und trank einen Schluck Wasser.

»Echt jetzt? Mag sein, dass ich arrogant bin, Julia, manchmal egoistisch. Aber ich weiß, dass man den Wunsch eines Toten respektiert.«

»Okay, tut mir leid«, sagte sie versöhnlich. »Vergiss meine Frage. Aber willst du es nicht mal taxieren lassen?«

»Klar. Aber hier kommt der Kerl vom Telefon ins Spiel.«

»Warum, versteht der was von Kunst?«

Gottfried antwortete nicht gleich. Nein, der Anrufer war kein Kunstsachverständiger. Er war einfach ein Arschloch. Ein Arschloch, das damit gedroht hatte, Julia etwas anzutun, wenn er ihm nicht das Gemälde überließ. Ein Spinner, der mit unterdrückter Nummer anrief und Hermann Messmer bezichtigte, während des Zweiten Weltkriegs Juden bestohlen und mit Raubkunst gehandelt zu haben.

»Ich weiß es nicht. Ich würde sagen, er versteht mehr von Geld als von Kunst. Aber das, was der Typ behauptet, hält mich davon ab, das Bild taxieren zu lassen. Ich könnte mich und nachträglich meinen Vater damit in Schwierigkeiten bringen.«

»Ich komme nicht mehr mit«, sagte Julia.

»Wart ab! Dieser Mistkerl hat zuerst 50 000 Franken für das Bild geboten. Als ich ihn auslachte und das Angebot zurückwies, meldete er sich ein paar Wochen später wieder und behauptete, es handle sich um ein gestohlenes Bild, das auf der Liste der NS-Raubkunst steht. Und wenn ich es nicht rausrücke, will er mich anzeigen.«

»Gott, du weißt schon, dass das, was du mir da erzählst, unglaublich klingt, oder?« Julia war fassungslos. »Und was hast du ihm gesagt?«

»Dass ich das Bild nicht mehr hätte. Dass ich es den Behörden übergeben hätte, um nicht in Schwierigkeiten zu kommen.«

Julia spielte nervös mit einem Ring an ihrem Finger. Sie stand auf und schaute kurz aus dem Fenster, ohne etwas wahrzunehmen.

»Du hast ihn angelogen?«

»Natürlich. Ich dachte, dass die Sache mit der Anzeige dann vom Tisch wäre. Aber er rief mich ein drittes Mal an und behauptete, das Bild sei auf der Liste der Raubkunst immer noch als verschollen gemeldet. Ich dachte schon, der Typ sei ein Detektiv oder ein Bulle, aber dann verdoppelte er sein ursprüngliches Angebot.«

»Ach, du Scheiße, Gott. Ich dreh durch. Ich muss was trinken«, sagte sie und sah kurz zu dem Wasserglas auf dem Tisch, das sie noch nicht angerührt hatte. »Irgendwas mit Alkohol.«

Julia ging zum Kühlschrank und kam mit zwei Flaschen Bier zurück. Es war ihr egal, dass es erst zehn Uhr vormittags war. Sie setzte sich wieder auf den Hocker, und sie stießen auf das Bild an.

»Wie ging's weiter?«

»Ich habe auch dieses Angebot abgelehnt.«

»Und dann?«

»Er sagte, das Gemälde sei einem Juden geraubt worden, mein Vater sei ein Krimineller und ich machte mich zum Komplizen, wenn ich das Bild nicht dem wahren Besitzer zurückgäbe. Er versuchte, mich bei meinem Gewissen zu packen.«

»Aber wenn es geraubt wurde, warum bietet er dir Geld dafür?«

»Du wirst es nicht glauben. Er sagte, er habe eine Mission. Er müsse dieses Bild an sich bringen, um es seinem rechtmäßigen Besitzer zurückzugeben.«

»Und hast du ihm nicht gesagt, dass du die gleiche Absicht hast?«

»Doch, klar. Ich fragte auch, wer mir garantiere, dass er auf die Anzeige verzichte, wenn ich ihm das Bild verkaufte. Daraufhin hat der Mistkerl aufgelegt.«

»Nein!«

»Doch, ich schwör's dir. Der Kerl hat einfach aufgelegt.«

»Und was jetzt? Was er über deinen Vater behauptet, stimmt doch nicht, oder?«

Gottfried ließ den Kopf hängen. Er wollte gerne glauben, dass es nicht stimmte, aber Gewissheit hatte er nicht. Julia bemerkte, wie bedrückt er war, aber sie wollte noch etwas anmerken, das ihr wichtig erschien.

»Du sagst, der Kerl weiß, dass du das Bild von deinem Vater geerbt hast. Wenn ich richtig verstanden habe, wussten bisher nur Max und Lucas davon. Könnte es nicht sein, dass der Kerl am Telefon einer von den beiden ist?«

An diese Möglichkeit hatte Gottfried noch nicht gedacht. Julia hatte mehr Distanz zu dieser ganzen Sache. Mit ihrem analytischen Verstand kam sie zu Schlüssen, auf die er niemals gekommen wäre. Aber er hatte ihr noch nicht von dem letzten Anruf erzählt. Dem vierten.

35 Schwermut

»Was du da sagst, ist nicht ganz aus der Luft gegriffen, Julia. Es könnte natürlich einer von den beiden sein. Aber der vierte Anruf lässt mich daran zweifeln. Beide kennen dich, und ich bezweifle, dass sie in der Lage wären, dir ein Haar zu krümmen.«

»War der vierte Anruf der, von dem du mir auf der Empore im Glück erzählt hast?«

»Genau. Der Kerl behauptete, er würde einen Weg finden, mich weichzukochen. Er würde meinen schwachen Punkt finden. Und dann hat er dich erwähnt. Ich bin total ausgeflippt und habe ihm damit ungewollt recht gegeben. Jetzt weiß er, dass du mein schwacher Punkt bist.«

Gottfrieds Verletzlichkeit war Julia nicht neu, wohl aber die Verzweiflung in seinem Blick. Mitfühlend strich sie ihm übers Haar. Er umarmte sie, als könnte sie das vor allem bewahren. Dann flüsterte er ihr ins Ohr:

»Ich würde es mir nie verzeihen, wenn dir etwas zustieße. Deshalb habe ich beschlossen, ihm das Bild zu geben.«

Julias Reaktion auf Gottfrieds Kapitulation ließ nicht auf sich warten.

»Bist du wahnsinnig?«, widersprach sie energisch und löste sich aus seiner Umarmung. »Kommt gar nicht in Frage, Gott! Wir werden den Besitzer dieses Bildes suchen und es ihm zurückgeben. So wollte es dein Vater, und du hattest fest vor, seinen Wunsch zu erfüllen. Dinge passieren nicht einfach so. Dieses Bild ist aus einem bestimmten

Grund zu dir gekommen. Das Leben ist eine Abfolge von Ereignissen, die sich wie eine Kette aneinanderreihen. Sie bilden seine Geschichte. Es gibt keine Aktion ohne Reaktion und umgekehrt. Hast du dich nie gefragt, warum du nach Zürich zurückgekehrt bist? Oder besser gesagt: wozu?«

Gottfried antwortete nicht. Er wusste, dass Julia noch nicht fertig war und die Antwort auf ihre Frage schon kannte.

»Vielleicht musstest du nach Zürich zurückkehren, um den letzten Willen deines Vaters zu erfüllen«, fuhr Julia fort. »Vielleicht gibt Hermanns Vermächtnis deinem Leben den Sinn, der ihm fehlte. Vielleicht liegt dieser Sinn darin, den Kreis zu schließen, der mit Hermann begann. Nenn es universelle Gerechtigkeit. Nenn es Schicksal.«

Gottfried kannte seinen Vater kaum. Er hatte immer geglaubt, dass er ein guter Mensch mit einem schwierigen Leben gewesen war, aber Gewissheit hatte er nicht.

»Wir haben keine einzige Spur, Julia. Ich sehe da kein einziges dieser Zeichen, von denen du sprichst. Ich glaube nur an das, was man mit Händen greifen kann: ein Name. Ein Hinweis. Irgendetwas, wo man ansetzen kann. Aber da ist nichts. Und stell dir vor, der Kerl könnte recht haben, was meinen Vater betrifft«, sagte er in einem zaghaften Ton, den Julia nicht von ihm kannte. »Es waren schwere Zeiten, es herrschte große Not. Alles ist möglich. Ich frage mich, wie das Bild tatsächlich in seine Hände gekommen ist. Findest du es nicht auch höchst unglaubwürdig, dass er es zufällig in dem Stock entdeckt hat, wie er in seinem Brief behauptet?«

Julia umarmte ihn. Es tat ihr leid, ihren Partner so frustriert zu sehen. Er ließ sich eine Weile liebkosen, bevor er fortfuhr.

»Und wenn es nicht stimmt, wie ist es dann zu ihm gelangt? Hat er es gestohlen? Hatte er Kontakt zu den Nazis? Hat er es als Bezahlung genommen?«

»Bezahlung wofür?«, fragte Julia.

Gottfrieds Blick ruhte auf einem unbestimmten Punkt irgendwo in der Küche. »Ich habe nie etwas dafür verlangt, dass ich einem Juden half, in die Schweiz zu gelangen«, schrieb Hermann im seinem Brief. Warum diese Rechtfertigung? Gottfried war mit seinen Gedanken weit weg von der Küche, irgendwo tief in seiner Erinnerung. Das Bier auf dem Tisch wurde warm.

Er erzählte Julia, wie sein Vater, selbst Emigrantenkind, sich einer illegalen Gruppe angeschlossen hatte, die ab 1942, als die Schweizer Grenze für jüdische Einwanderer dicht war, Schutzsuchende ins Land schleuste. Sie nannten sich selbst Kuriere, und Hermann Messmer war einer von ihnen gewesen. Als Forstwärter kannte er die Wälder wie seine Westentasche und war dazu prädestiniert, Flüchtlinge über die grüne Grenze in den Bergen zu führen.

In Gottfrieds Erinnerung an die Gespräche mit Ada kamen die Wörter Bezahlung und Lohn nicht vor, wohl aber die Begriffe Solidarität und Mitgefühl.

»Ich habe nicht viele Erinnerungen an meinen Vater, Julia. Wie du weißt, litt er an Depressionen. Aber er hatte auch helle Phasen, in denen er mir das Lesen beibrachte. Oder wir gingen in die Berge, an Orte, die er gut kannte, um die Natur zu beobachten. Er liebte die Berge.«

Julia hörte aufmerksam zu, erstaunt über Hermanns bislang unbekannte Biographie. Schweigend saß sie neben ihrem Partner und hielt liebevoll seine Hände. Sie wusste, dass er sich öffnete wie nie zuvor. Gottfried rang mit seiner Verletzlichkeit. Er hatte nie gelernt, andere Menschen als Verbündete zu sehen, die man brauchte, um mit Dingen zurechtzukommen, die den sensibelsten Teil des Menschen betrafen: seine Gefühle.

»Aber dieses scheinbar glückliche Bild«, fuhr er fort, »passte nicht zu dem, was ich als Kind in den Augen meines Vaters sah. In seinem Blick lag etwas, das ich erst viele Jahre später identifizieren konnte, weil es eine Krankheit für Erwachsene ist.«

»Was meinst du damit, eine Krankheit für Erwachsene? Krankheit ist Krankheit.«

»Vielleicht hast du recht, aber diese Krankheit betrifft vor allem Erwachsene. Nur wer lange genug gelebt hat, kann Sehnsucht nach etwas empfinden, das er zurückgelassen hat. Erst als Erwachsener wurde mir klar, dass die Krankheit, an der mein Vater litt, Schwermut genannt wird. Das war es, was ich in seinen Augen sah, wenn wir in den Wäldern unterwegs waren: Melancholie und Traurigkeit. Er sehnte sich nach den Zeiten zurück, in denen er für seine Familie sorgen konnte. Den Zeiten, in denen er sich nützlich gefühlt und geglaubt hatte, er könne die Welt verändern.«

36 Der Besuch

Lucas Steiner verabschiedete sich an der Ateliertür von Max und ging zurück zur Galerie, um abzuschließen. Er blieb noch eine Stunde, um Vorbereitungen für den nächsten Tag zu treffen, danach löschte er alle Lichter und ging nach Hause. Er hatte seine Haushälterin Marta gebeten, ihm ein leichtes Abendessen vorzubereiten, weil er früh schlafen gehen wolle.

Normalerweise fiel er wie ein Stein ins Bett und schlief rasch ein, nur unterbrochen von seinem eigenen Schnarchen und gelegentlichen Atemaussetzern. Doch in dieser Nacht fand Lucas keinen Schlaf. Es war noch nicht hell, als er genug davon hatte, sich unter der Bettdecke herumzuwälzen. Also beschloss er, aufzustehen und zu duschen, um seine Gedanken zu sortieren. Unter dem dampfenden Wasserstrahl kamen ihm oft die besten Ideen; er hatte sogar einen wasserfesten Stift neben der Seife liegen, um Notizen an die Wandfliesen zu schreiben. Sein Gehirn kam schnell in Gang, und die unzusammenhängenden Gedanken, die ihm durch den Kopf gingen, begannen sich zu ordnen.

In der Küche kochte er sich einen starken Kaffee. Die Tasse in der Hand, ging er in die Bibliothek, den größten Raum in seiner Wohnung an der Lindenstraße gleich am Zürichsee, einem der reichsten Viertel der Stadt.

Marta hatte striktes Verbot, irgendetwas in diesem Zimmer zu berühren; nicht einmal staubwischen durfte sie. Die Bibliothek war der einzige Raum, den Lucas abschloss, wenn er die Wohnung verließ. Auf einem Louis-Seize-Tisch stand sein Computer. Kunst- und Fotobände, Geschichtsbücher, Biographien und Texte aus den unterschiedlichsten Fachrichtungen standen und lagen kreuz und quer in den Nussbaumregalen, die an den drei fensterlosen Wänden standen. Ein Chaos, das nur sein Besitzer beherrschte.

Lucas' Blick wanderte eines der Regale entlang, bis er das Buch fand, das er suchte. Der Titel war mit silberner Schrift auf den schwarzen Leinenumschlag geprägt: *Die Behandlung des Lichts im mitteleuropäischen Naturalismus.* Er stellte die Tasse auf einem Regalbrett ab, wo der Kaffee kalt wurde, und las im Stehen.

Die Haushälterin steckte den Kopf ins Zimmer. Sie trug ihre Uniform, war aber ungekämmt.

»Guten Morgen, Herr Steiner. Sie sind früh dran heute.«

Lucas sah kaum auf.

»Legen Sie sich wieder hin, Marta. Sie können noch zwei Stunden schlafen. Mir geht es gut, machen Sie sich keine Sorgen.«

Marta arbeitete seit fast acht Jahren für ihn. Sie war früh verwitwet und hatte keine Kinder. Er hatte sie mit Hilfe seiner Exfrau Myriam angestellt, als ihre Ehe schon längst gescheitert war. Lucas hatte Myriams Schweizer Nachnamen behalten und im Gegenzug ihre Begeisterung für die Kunst geweckt. Er lud sie regelmäßig zu den Vernissagen seiner Galerie ein, und sie kam immer, und sei es nur, um ihn zu kritisieren. Sie hatten sich in gegenseitigem Einvernehmen getrennt und verstanden sich nach einer Zeit der Funkstille gut. Myriam war wahrscheinlich der Mensch in der Schweiz, der ihn am besten kannte.

Nachdem die Haushälterin sich zurückgezogen hatte, legte Lucas das Buch auf das Fensterbrett des einzigen Fensters mit Seeblick, holte einen weiteren, wesentlich größeren und schwereren Band und schlug das Register auf.

Er fuhr mit dem Finger die einzelnen Titel entlang, bis er fand, was ihn interessierte. Er setzte sich an den Computer und suchte in der Favoritenleiste nach der Adresse des Archivs für Raubkunst des FBI.

Art des Objekts: Ölgemälde
Titel: Waldinneres
Epoche: 19. Jh.
Datierung: 1881/1884
Suchresultat: Verbleib unbekannt

Der letzte Titel auf Jakob Sandlers Liste war für die größte Ermittlungsbehörde der Welt nach wie vor eine Unbekannte. Er versuchte es mit anderen Datenbanken, auch diesmal ohne Erfolg. Lucas wusste seit 1999 von der Existenz dieses Gemäldes. Damals hatte er noch in New York gelebt, wo er eine Kunstgalerie in Chelsea führte. Dort war eines Tages Gabriel Baron erschienen, um ihn davon zu überzeugen, ihm bei der Suche zu helfen.

Damals war Lucas siebenundvierzig und besaß wesentlich mehr Ehrgeiz und viele Kilos weniger. Er stammte aus New Jersey und war in der Überzeugung aufgewachsen, dass Manhattan das Zentrum der Kunstwelt war, und er ruhte nicht eher, bis er mit mehr Ideen als Kapital im Gepäck den Hudson überquert hatte. Er hatte das Geschäft von seinem Vater gelernt, einem angesehenen Kunsthändler. Mit fünfunddreißig hatte Lucas beschlossen, das Risiko einzugehen und sein bequemes Haus auf dem Land aufzugeben, um in ein winziges Apartment im Südosten von Manhattan zu ziehen, gleich gegenüber vom Tompkins Square Park. Kurz darauf hatte er ganz in der Nähe seine erste Galerie eröffnet.

Nach einiger Zeit war Lucas mit seinem Geschäft in wesentlich größere, hellere Räumlichkeiten ins pulsierende

Viertel von Chelsea umgezogen. Es war nicht leicht gewesen, sich in der New Yorker Kunstszene einen Namen zu machen. Die Konkurrenz war hart, aber als Lucas feststellte, dass einzig und allein seine Skrupel dem Erfolg im Weg standen, beschloss er, diese über Bord zu werfen, und von da an ging es mit seinem Geschäft bergauf. Wenig später, gegen Ende des heißen Sommers 1999, war Jakob Sandlers Liste in seine Hände gelangt.

37 Gabriel Baron

Im August 1999 meldete der Wetterbericht eine Hitzewelle, die, obwohl noch früh am Tag, in New York bereits spürbar war. Lucas hatte gerade die Galerie geöffnet. Er saß unter dem Ventilator, der die stickige Luft lediglich umwälzte, und las die Zeitung. Die Stromleitungen in seinem Ladenlokal in Chelsea waren uralt und hielten der Leistung einer Klimaanlage nicht stand. Das Radio dudelte zum wievielten Mal *Bailamos*, den Erfolgshit von Enrique Iglesias, der gerade die Billboard Charts anführte. Die Türglocke unterbrach Lucas' Summen.

Ein Mann um die Siebzig betrat die Galerie und wanderte mit schlurfenden Schritten zwischen den ausgestellten Bildern umher. Sein Gang war leicht vornübergebeugt. Er gab vor, sich für das eine oder andere Werk zu interessieren, aber so schnell, wie er von einem Bild zum nächsten ging, vermutete Lucas, dass er keines davon kaufen würde, und blieb vor seiner *New York Times* sitzen.

Der Mann betrachtete die ganze Ausstellung und versuchte dann, Blickkontakt mit Lucas herzustellen. Der war ein bisschen genervt, dass er die Zeitung beiseitelegen musste. Er war fast sicher, dass sich die Zeit, die er dem Besucher widmen würde, nicht in barer Münze auszahlen würde. Aus reiner Höflichkeit erkundigte er sich, ob er sich für eines der Werke interessiere. Die Offenheit des Mannes überraschte ihn:

»Ehrlich gesagt, nein. Eigentlich suche ich den Besitzer der Galerie. Lucas Guest.«

»Der steht vor Ihnen. Ich bin Lucas Guest«, sagte der Galerist und streckte ihm die Hand entgegen, die sein Gegenüber nicht ergriff.

Der Besucher wirkte irritiert. Lucas wusste genau, warum. Er kannte diese Reaktion, wenn er sich als Geschäftseigentümer vorstellte. Mit einem feinen Lächeln und großem Selbstvertrauen sagte er:

»Ich bin nicht so jung, wie ich aussehe.«

Der Mann errötete ein wenig und entschuldigte sich.

»Tut mir leid. Man sagte mir, Sie seien Experte auf einem Gebiet, bei dem ich normalerweise eher mit Leuten meines Alters zu tun habe.«

»Kein Problem. Das passiert mir öfter«, gab Lucas zu. »Die Menschen verbinden Erfahrung mit Alter. Die meisten wissen nicht, dass ich nicht der Erste in meiner Familie bin, der von der Kunst lebt. Der Apfel ...«

»... fällt nicht weit vom Stamm«, ergänzte der Mann.

»Genau. Und Sie sind?«

»Gabriel Baron. Aber das hängt von der Windstärke ab.«

»Ihr Name?«

»Der Apfel«, sagte er und brach in ein Gelächter aus, das auch Lucas ansteckte.

»Bitte entschuldigen Sie den billigen Witz, aber Sie haben mir eine Steilvorlage geliefert.«

Baron reichte dem Galeristen die Hand, die dieser ohne Zögern ergriff. Das Lachen hatte das Eis gebrochen, und der Besucher brachte das Gespräch ohne Umschweife auf die naturalistische und impressionistische Malerei des späten 19. und frühen 20. Jahrhunderts. Lucas merkte, dass der Mann seine Kenntnisse auf diesem Gebiet auf die Probe stellte, und scheute sich nicht, ein wenig Eindruck zu schinden.

Nach einem langen Gespräch verkaufte der Galerist schließlich ein kleineres Werk. Der Mann kündigte an, es am Abend abzuholen, und ging. Lucas wusste nicht recht, was er von der Begegnung halten sollte. Warum interessierte dieser Mann sich für ihn, Lucas Guest? Er verpackte das Bild, das Baron gekauft hatte, und stellte das Besitzzertifikat aus. Dann deponierte er es hinter dem Schreibtisch, bis sein neuer Besitzer es abholen kam.

Den Rest des Tages kamen keine weiteren Kunden. Lucas dachte schon darüber nach zu schließen, als Gabriel Baron erneut die Galerie betrat. Er kam ihm plötzlich sehr alt vor. Seine müden Schritte standen im Kontrast zu der Entschlossenheit, mit der er eine Aktentasche aus dunklem Leder gegen seine Brust drückte. Diesmal gab es kein Händeschütteln und keine Scherze. Baron schenkte ihm ein kurzes Lächeln, kam durch den Raum zum Schreibtisch und setzte sich Lucas gegenüber auf einen der beiden Besucherstühle. Dann ergriff er das Wort.

»Ich habe vorhin ein Bild von Ihnen erworben, Mr. Guest, aber Sie wissen genauso gut wie ich, dass es nichts Besonderes ist. Zugegeben, Sie sind ein ausgezeichneter Verkäufer. Aber wenn ich mich heute Morgen so lange mit Ihnen unterhalten habe, dann um herauszufinden, ob Sie tatsächlich derjenige sind, von dem man mir erzählt hat.«

»Nun ja«, antwortete Lucas überrascht. »Soweit ich weiß, bin ich Lucas Guest. Aber ich wüsste zu gerne, wer Ihnen gesagt hat, wer ich bin.«

Der alte Mann sah ihn fest an.

»Angeblich verdienen Sie Ihr Geld nicht mit dieser Galerie.«

Unbeeindruckt entgegnete Lucas:

»Mr. Baron, wenn ich mein Geld nicht mit dieser Galerie verdienen würde, würde ich nicht stundenlang hier herumsitzen. Wie Sie sehen, habe ich keine weiteren Angestellten. Die Galerie ist mein Leben.«

»Sie sind sehr jung für eine solche Behauptung, Mr. Guest. Das Leben kann sehr lang sein.«

Es bereitete Lucas Unbehagen, dass dieser Kerl ihn plötzlich so herablassend behandelte.

»Ich meine damit, dass ich eine Beschäftigung gefunden habe, die mir gefällt. Und Sie? Haben Sie etwas gefunden, das Ihnen gefällt, Mr. Baron?«

Der Mann ging nicht weiter auf Lucas' Ironie ein.

»Das hier ist nicht das, was Ihnen gefällt, Mr. Guest. Ich weiß, wer Sie sind. Sie sind nicht nur Galerist. Sie sind ein Schwarzhändler. Sie machen Business mit Raubkunst.« Er ließ seinen Blick durch den Raum wandern und setzte dann hinzu: »Das würde erklären, wie Sie sich bei dem Mist, den Sie hier ausstellen, eine Galerie in Chelsea leisten können.«

38 Die Liste

Lucas wurde Gabriel Barons Besuch zusehends unangenehm. Es hatte ihn viel Mühe gekostet, den Status zu erlangen, den er inzwischen genoss, und dieser Alte schien alles über ihn zu wissen. Er hingegen wusste nicht einmal, ob der Name, den der Mann ihm genannt hatte, echt war. Im Radio malträtierte Ricky Martin seine Ohren mit dem wummernden Rhythmus von *Livin' la vida loca*. Lucas stand auf, um das Gerät auszustellen. Er witterte Gefahr und wollte nicht länger ein Gespräch führen, über das er keine Kontrolle hatte. Also beschloss er, es zu beenden.

»Mr. Baron, Ihr Bild steht bereit, aber wenn es Ihnen nicht gefällt, brauchen Sie es nicht zu nehmen. Ich zerreiße das Besitzzertifikat und fertig. Wenn Sie mich jetzt entschuldigen würden. Es ist Zeit zu schließen, und ich bin in fünfzehn Minuten zum Abendessen verabredet«, log Lucas.

Sein Gegenüber schob den Stuhl zurück und legte die lederne Aktentasche auf den Schreibtisch. Seine Hände zitterten leicht, als er die Schnalle öffnete und einen vergilbten Bogen Papier herausholte, der mit der Schreibmaschine beschrieben war. Die Farbe der letzten Zeile war leicht verlaufen. Er hielt Lucas das Blatt hin und wartete auf eine Reaktion, ohne ihn aus den Augen zu lassen.

Der Galerist überflog das Dokument.

»Was ist das?«, fragte er.

»Lesen Sie in Ruhe«, ermunterte ihn Baron. »Sie können doch Deutsch lesen, oder?«

Lucas sah sich das Blatt genauer an. Er war nervös. Woher

wusste dieser ältere Herr, dass er Deutsch sprach? Was wusste er sonst noch über ihn? Als er zu Ende gelesen hatte, sah er auf und fragte, mit einem neuen Glanz in den Augen:

»Gehören diese Kunstwerke Ihnen?«

»Nein«, antwortete der Alte. »Sie gehören einem Freund.«

»Warum zeigen Sie mir das dann?«

Baron erklärte mit ruhiger, fester Stimme:

»Ich möchte, dass Sie die Bilder von dieser Liste suchen und sie für mich erwerben, Mr. Guest. Machen Sie sich eine Fotokopie. Ich werde Sie gut bezahlen. Aber wie Sie sich vermutlich denken können, werde ich abstreiten, Sie zu kennen, wenn Sie in Schwierigkeiten geraten.«

»Moment mal. Wenn die Bilder Ihrem Freund gehören, warum kaufen Sie sie ihm nicht ab?«

»Er ist tot.«

»Und weshalb wollen Sie die Bilder Ihres Freundes kaufen?«

»Der Grund muss nicht Ihre Sorge sein, Mr. Guest. Jedenfalls kann er keinen Anspruch mehr auf sie erheben.«

»Anspruch bei wem?«

»Bei demjenigen, der sie besitzt. Mein Freund musste sie in seinem Haus zurücklassen, als er nach dem Anschluss Österreichs an Nazi-Deutschland gezwungen war, aus Linz zu fliehen. Seitdem sind sie spurlos verschwunden.«

»Also ist das hier eine Liste mit Raubkunst«, schloss Lucas und lehnte sich auf seinem Stuhl zurück. »Tut mir leid, Mr. Baron, aber ich habe keine Interesse. Ich will keinen Ärger mit dem FBI.«

Der Alte begann, schallend zu lachen.

»Verstehe. Wie viel verlangen Sie?«

»Nein, Sie verstehen nicht. Ich will keinen Ärger.«

»Mr. Guest, sehen Sie es mal so: Ich zahle Ihnen zehntausend Dollar für jedes Gemälde auf dieser Liste, das Sie ausfindig machen. Wenn Sie es außerdem kaufen können, erhalten Sie eine Provision von fünfundzwanzig Prozent des Kaufpreises, ganz gleich, wie hoch dieser ist. Natürlich müssen Sie den Ankauf nicht aus Ihrer Tasche bezahlen«, setzte er mit einem feinen Lächeln hinzu. »Ich werde für die Werke zahlen. Die Liste umfasst einundzwanzig Kunstwerke. Wenn Sie zehn davon ausfindig machen, zahle ich Ihnen einen Bonus von einer Million Dollar. Wenn Sie alle Gemälde finden, bekommen Sie einen noch großzügigeren Bonus.«

Lucas musste sich zusammenreißen, um seine Überraschung zu verbergen und die Ruhe zu bewahren. Ihm fiel ein, dass dieser Baron womöglich ein Undercoveragent des FBI war, der ihm eine Falle stellte. Bei seiner Antwort auf den Vorschlag lächelte er in sich hinein.

»Raubkunst zu kaufen ist nicht gut angesehen, Mr. Baron.«

»Doch, wenn es in der Absicht geschieht, sie ihrem rechtmäßigen Besitzer zurückzugeben. Wie Sie sicherlich wissen, wurde letztes Jahr die Washingtoner Erklärung unterzeichnet. Darin sichern vierundvierzig Länder zu, bei der Wiederbeschaffung von Raubkunst aus der NS-Zeit zusammenzuarbeiten. Es gibt aber noch wesentlich mehr Länder auf der Welt. Außerdem ist das Abkommen nicht bindend; bis entsprechende Gesetze zur Rückgabe verabschiedet werden, bleibt nur, nach den Regeln des Schwarzmarkts zu spielen, um Raubkunst zurückzuerhalten.«

Der Galerist wusste, dass das, was der Mann sagte, stimmte. Baron war nicht der Einzige, der zu diesem Schluss gekommen war, und dank Leuten wie ihm lohnte es sich für erfahrene Kenner wie Lucas, in den trüben Gewässern der Kunstwelt zu fischen.

»Ich weiß, wovon Sie sprechen, Mr. Baron«, erwiderte Lucas. »Aber wenn ich mich nicht täusche, erwähnten Sie vorhin, dass der Besitzer dieser Kunstwerke tot sei. Was haben Sie also vor? Die Bilder auf den Friedhof bringen? Den Grabstein damit dekorieren?«

Baron verlor die Haltung.

»Ich bitte Sie, die Toten zu respektieren, Mr. Guest!«

Lucas wusste, dass er zu weit gegangen war und ihm nichts anderes übrigblieb, als sich zu entschuldigen. Dieser ältere Herr wirkte auch nicht wie ein Agent, sondern eher wie jemand mit einer Lebensaufgabe. Er verlor nichts, wenn er ihn anhörte. Außer Zeit. Nach der Entschuldigung sprach Baron in ruhigem Ton weiter.

»Im Grunde haben Sie recht, Mr. Guest. Ich sagte gerade, der Besitzer sei tot, aber tatsächlich kann ich das nicht mit Gewissheit behaupten. Er hieß Jakob Sandler. Als ich ihn kennenlernte, war er ein junger Mann, und wir waren beide auf der Flucht vor einem nahezu sicheren Tod. Ich hatte Familie in New York und kam hierher. Er wollte in die Schweiz, und dort verliert sich seine Spur. Ich weiß nicht, ob er tatsächlich tot ist, aber er war zehn Jahre älter als ich, und die Wahrscheinlichkeit, dass er noch lebt, wird mit der Zeit immer geringer. Selbst wenn er gestorben sein sollte, gibt es möglicherweise Erben. Und ich werde nicht aufgeben, bis ich sie gefunden habe.«

Während Baron das sagte, hatte er den Blick fest auf die geöffnete Aktentasche gerichtet, die er auf dem Tisch abgelegt hatte. Jetzt sah er Lucas in die Augen.

»Aber das ist meine Sache. Ihre Sache ist es, auf mein Angebot zu reagieren. Sie haben mir noch nicht gesagt, was Sie davon halten.«

»Nun, wenn ich ehrlich sein darf, finde ich, dass Sie ein Don Quijote sind, Mr. Baron. Was wollen Sie mit diesen Gemälden? Warum so viel Geld für Kunstwerke ausgeben, die Ihnen keinerlei Gewinn bringen?«

Baron fand zu der Selbstsicherheit zurück, mit der er das Gespräch begonnen hatte, und antwortete:

»Das geht Sie nichts an, Mr. Guest. Sie sollen lediglich sagen, ob Sie mein Angebot annehmen oder nicht.«

Lucas stand noch immer in der Bibliothek seines Hauses mit Blick auf den Zürichsee. Er erinnerte sich, dass der alte Gabriel Baron weniger gebeugt und förmlich erleichtert gewirkt hatte, als er seine Galerie in New York verließ. Seit damals waren zehneinhalb Jahre vergangen, und genauso lange suchte Lucas nun nach den Gemälden von einer maschinengeschriebenen Liste, die verfasst wurde, bevor Europa von den Bomben des Zweiten Weltkriegs verwüstet wurde.

Seither hatte er neun der Werke ausfindig gemacht und für Baron zurückerworben. Den Gewinn hatte er in die Galerie investiert und dieses schöne Haus mit Garten in der Lindenstraße gekauft. Er besaß auch eine eigene Kunstsammlung, die nicht zum Verkauf stand. Dennoch war er nicht flüssig und hatte hohe Schulden. Max' Ausstellung würde erst in einigen Monaten etwas einbringen, und so lange konnte er nicht warten. An dem Holzbalken im Glück hatte er einen Bonus von einer Million Dollar in Reichweite gehabt, doch dann hatte er sich vor seinen Augen in Luft aufgelöst. Er musste *Waldinneres* finden, egal wie.

39 Objekt der Begierde

Lucas bewahrte die Kopie der Liste in einem Safe auf, der in den Fußboden der Bibliothek eingelassen war. Er nahm das Schriftstück aus seinem Versteck, um es noch einmal durchzugehen, obwohl er es auswendig kannte. Einige der Werke hatten die Zeitprobe nicht bestanden, die aus einem Maler einen Meister und aus einem Meister einen Klassiker macht. Ihr Marktwert rechtfertigte kaum den Aufwand, der nötig war, um sie ausfindig zu machen. Andere hingegen hatten ihren Wert exponentiell vervielfacht. Das kleine Ölgemälde, das Lucas im Glück entdeckt hatte, war eines davon. *Waldinneres* war der letzte Titel auf Jakob Sandlers Liste und das zehnte Bild, das er zurückholen könnte. Wenn er es im Glück hätte mitgehen lassen, wäre es nur Gottfried aufgefallen. Er hatte zu langsam reagiert.

Wegen der Zeitverschiebung zu New York konnte Lucas noch nicht bei Baron anrufen. Aber er wusste, dass der alte Herr toben würde, wenn er erfuhr, dass das Bild verschwunden war. Lucas wusste nicht, wie er es ihm sagen sollte. Er wusste auch nicht, wie er ihm beibringen sollte, dass er nicht der Einzige war, der hinter dem Klimt her war. Auch Max Müller suchte danach. Der Maler behauptete, es habe seinem Vater gehört. Falls das stimmte, stand es Lucas' Interessen entgegen.

Der Galerist hatte die spärlichen Informationen, die er über die winzige Waldszene gefunden hatte, in einem Ordner abgeheftet. Von allen Werken auf Jakob Sandlers Liste war *Waldinneres* das unbekannteste. Es waren wesentlich wertvollere Werke darunter, aber die spärlichen Informationen über dieses nur handspannengroße Bild hatten es zu einer kleinen Obsession werden lassen, zu seinem ganz persönlichen Objekt der Begierde.

Er blieb den ganzen Vormittag in der Bibliothek und suchte im Netz nach Neuigkeiten. Erst als Marta um zwölf Uhr das Mittagessen im Esszimmer servierte, machte er eine Pause, und als er fertig war, ging er in die Galerie. Er musste sich eine Strategie zurechtlegen, bevor er dem alten Baron mitteilte, dass er nicht nur das Bild nicht bekommen, sondern auch das Geld ausgegeben hatte, das dieser ihm für den Kauf überwiesen hatte. In den mehr als zehn Jahren seit ihrer ersten Begegnung war es ihnen nicht gelungen, das Echo des Satzes, der diesen alten Mann an sein Leben kettete, zum Verstummen zu bringen: »Sie sind ein Schwarzhändler«.

Tatsächlich war Lucas ein Schwarzhändler, so wie zuvor schon sein Vater. Als Lucas' erste Galerie an der Lower East Side kurz vor der Schließung stand, hatte ihm sein Vater das Geheimnis seines Erfolgs offenbart: »Du hast die Wahl, Lucas«, hatte er gesagt. »Es gibt zwei Arten, das Leben anzugehen. Man kann versuchen, sich durchzuschlagen, oder man kann das Leben führen, das man möchte. Was ich dir nun sage, macht den Unterschied aus. Vergiss deine Skrupel. Wenn du das Spiel nicht mitspielst, macht es ein anderer. Wenn es viel Geld zu verdienen gibt, finden sich immer Mitspieler.«

Lucas hatte sich für die zweite Option entschieden, auch wenn es nicht immer gut gelaufen war. Irgendwann war es richtig schiefgelaufen, so schief, dass er Hals über Kopf aus New York verschwinden musste. Ein dunkles Geschäft mit den ambitionierten Erben einer angesehenen Familie aus Connecticut hatte die Fassade des angesehenen Galeristen beschädigt und ihn in den Fokus der Ermittlungsbehörden gerückt.

Gabriel Baron hatte seine Flucht finanziert. Seine Deutschkenntnisse mütterlicherseits hatten die Suche nach einem Ziel leichter gemacht, und Myriam Steiner hatte seinem neuen Leben in Europa den Nachnamen gegeben. Die letzten zehn Jahre waren ohne größere Zwischenfälle verlaufen, aber jetzt musste er *Waldinneres* finden, um nicht Barons Vertrauen zu verlieren. Er konnte es sich nicht leisten, den Alten gegen sich zu haben.

40 Loyalität

New York erwachte gerade, als das Telefon in Gabriel Barons Residenz an der Upper East Side klingelte. Der Butler teilte Lucas mit, dass der alte Herr noch schlafe, doch als der Galerist darauf beharrte, dass der Grund seines Anrufs wichtig sei, gab er nach. Ein unterbrochener Piepton verriet Lucas, dass sein Anruf durchgestellt wurde. Als Baron schließlich abhob, hielt er sich nicht mit einer Begrüßung auf. Die Spannung war stärker als die Höflichkeit.

»Hast du *Waldinneres*?«

Die direkte Frage traf Lucas unvorbereitet. Der Alte interpretierte sein Zögern als Verneinung.

»Warum hast du es nicht?«, fragte er wütend. »Du hast das Geld bekommen.«

»Ich weiß«, sagte Lucas. »Aber Messmer will nicht verkaufen.«

»Was heißt das, er will nicht verkaufen? Hast du ihm gesagt, dass es sich um Raubkunst handelt?«

»Ja, natürlich. Ich hab's im Guten und im Schlechten versucht.«

»Du Idiot! Ich hab dir gesagt, du sollst es nicht im Schlechten versuchen! Bete, dass er nicht zur Polizei rennt!«

»Das wird er nicht«, sagte Lucas überzeugt.

»Ach, nein? Und woher weißt du das?«

»Weil er sonst schon dort gewesen wäre. Er hätte jederzeit zur Polizei gehen können. Aber er hat es nicht getan.«

»Warum habe ich dann das Bild noch nicht?«

»Weil ich nicht weiß, wo es ist. Es hängt nicht mehr im Kafi Glück.«

»Aber Messmer hat es noch?«

»Ich denke schon. Aber Sie sind nicht der Einzige, der nach dem Bild sucht. Deshalb rufe ich an.«

Auf der anderen Seite des Atlantiks wurde es still. Lucas nutzte das Schweigen des Alten, um hinzuzufügen:

»Einer der Künstler, die ich vertrete, schnüffelt hier herum und stellt Nachforschungen an.«

Baron hielt mit seinem Ärger nicht hinterm Berg.

»Wen interessieren deine Künstler? Deine Künstler interessieren mich einen Scheißdreck, Lucas!«, erklärte er. »Lass die Ausreden und treib das Bild auf. Du hast das Geld. Treib es auf, egal wie!«

Lucas traute sich nicht, ihm zu sagen, dass er das Geld nicht mehr hatte. Er musste Zeit gewinnen.

»Ich werde tun, was ich kann, Mr. Baron. Versprochen. Sie wissen ja, dass ich das immer tue. Tatsächlich bin ich schon dabei. Ich habe nämlich Gottfried Messmers wunden Punkt gefunden. Ich glaube, diesmal wird er auf mein Angebot eingehen.«

»Ruf mich erst wieder an, wenn du es hast.« Damit wollte der Alte das Gespräch beenden, aber Lucas war noch nicht fertig.

»Eine Sekunde, Mr. Baron. Ich habe noch eine Frage.«

Baron legte nicht auf, was Lucas als Erlaubnis interpretierte weiterzusprechen.

»Ich stellte sie Ihnen schon, als wir uns kennenlernten, aber damals erhielt ich keine Antwort: Wozu dieser ganze Aufwand? Warum suchen Sie Ihr Leben lang nach Kunstwerken, die Ihnen nicht gehören?«

Der alte Mann antwortete nicht sofort. Lucas hörte seinen schweren Atem und wartete geduldig. In Barons Kopf reihten sich stumm die Erinnerungen aneinander wie eine perfekt formierte Armee, die auf ihren Einsatzbefehl wartete.

»Weil ihr rechtmäßiger Besitzer mir das Leben gerettet hat. Und diese Bilder waren sein Leben. Bevor ich in deine langweilige Galerie in Chelsea gekommen bin, hatte ich bereits auf allen möglichen Wegen versucht, seine Frau und seine Tochter zu finden, die kurz vor dem Anschluss Österreichs aus Linz geflohen waren. Ihr Ziel war Zürich. Jakob Sandler schickte sie vor und gab ihnen genügend Geld mit, um dort ein neues Leben zu beginnen und auf ihn zu warten, bis er die Bilder in Sicherheit gebracht hätte und ihnen folgen konnte. Aber sie erreichten ihr Ziel nie; wahrscheinlich hat er sie nie wiedergesehen. Er hatte die Bilder seiner Familie vorgezogen. Ich weiß nicht, was aus ihm wurde. Wer weiß, vielleicht hat er mich nie gesucht. Falls er damals überlebte, wollte er wahrscheinlich vergessen. Ein neues Kapitel aufschlagen. Das haben viele gemacht, Lucas. Viele Enkel kennen die Vergangenheit ihrer Großeltern nicht, weil diese es vorzogen, nach vorne zu schauen. Tatsächlich streichen wir alles aus unserer Erinnerung, was nicht unbedingt zum Überleben notwendig ist. Der Rest verschwindet mit dem Alter oder mit der Zeit. Wir alle sind Überlebende. Darum geht es doch, oder? Um das Überleben der menschlichen Spezies. Wir sind darauf programmiert zu überleben. Ich hatte Glück und habe es in die Vereinigten Staaten geschafft. Ich war ein Teenager. Vollwaise. Ich hatte Familie hier, und sie gab mir alles, was ich brauchte.

Jakob Sandlers Bilder wiederzufinden mag dir wie eine fixe Idee erscheinen, aber wie gesagt, ich verdanke ihm mein Leben. Das Leben, Lucas, ist eine Abfolge sich kreuzender Wege. Wir müssen ständig Entscheidungen treffen, und am Ende sind wir nicht mehr als das Ergebnis all dieser

Entscheidungen. Als Jakob und ich uns begegneten, war ich ein verängstigter dreizehnjähriger Junge. Er beschloss, mir zu helfen. Eines Nachts versteckten wir uns in einem verfallenen Haus und hatten das Pech, dass uns ein Nazi-Soldat aufspürte. Er kam mit vorgehaltener Waffe rein, ich hatte keine Zeit mehr, mich zu verstecken. Ich hob die Hände und wartete auf den Schuss. Doch dann tauchte plötzlich von irgendwoher Jakob auf, hob seinen Spazierstock und rammte dem Soldaten die Spitze in den Hals. Ich fiel in Ohnmacht.

Als ich wieder zu mir kam, ging alles ganz schnell. Wir versteckten die Leiche und bedeckten das Blut mit Schutt. Als wir damit fertig waren, sagte ich Jakob, dass ich hoffte, mich irgendwann revanchieren zu können. Er wusste, dass ich auf dem Weg zum Meer war. Ich wollte versuchen, in die Vereinigten Staaten zu meinen Verwandten zu gelangen.«

Gabriel schluckte. Das war alles, was Lucas außer dem schweren Atem des alten Mannes hörte. Die Fortsetzung ließ auf sich warten, aber er wusste, dass Baron diesmal nicht ausweichen würde. Deshalb hielt er das Schweigen aus. Der Alte grub weiter in seinen Erinnerungen, ohne sich darum zu kümmern, dass Lucas wartete.

»Jakob konnte nicht sicher sein, dass ich mein Ziel erreichen würde, aber wenn man verzweifelt ist, ist eine Möglichkeit Garantie genug. Er wollte, dass neben ihm noch jemand wusste, dass es seine Bilder gegeben hatte. Er wollte einen Zeugen, falls er selbst nicht überleben sollte. Er schraubte den Knauf seines Spazierstocks ab und nahm ein mit der Maschine beschriebenes Blatt heraus. Es war die Liste, die ich dir an jenem Morgen 1999 in deiner Galerie in Chelsea zeigte, Lucas. Du siehst, Jakob Sandler und ich haben uns unter extremen Bedingungen kennengelernt, und das ist der Grund, warum unsere Verbindung so außergewöhnlich ist.

Wir trennten uns noch in jener Nacht. Er nahm mir das Versprechen ab, an das ich mich mein Leben lang gehalten habe: die einundzwanzig Gemälde zu suchen, aus denen Jakob Sandlers Kunstsammlung bestand.«

Aufgewühlt von seinen Erinnerungen, fasste der alte Gabriel Baron die Antwort auf Lucas' Frage in zwei Worten zusammen:

»Aus Loyalität«, flüsterte er. »Ich suche aus Loyalität nach Jakob Sandlers Bildern. Aus Loyalität zu dem Mann, der mir das Leben gerettet hat.«

41 Der Kampf

Julia war immer davon ausgegangen, dass Gottfrieds Schwermut von Glorias und Antonios furchtbarem Tod herrührte, dem jähen Ende eines Lebens, in dem er glücklich gewesen war. Dass seine Schwermut auch vererbt sein könnte, war neu für sie. Das Gespräch in der Küche hatte ihr unbekannte Seiten an ihrem Partner offenbart, die dieser sorgfältig vor ihr verborgen hatte. Die Figur des depressiven Vaters, dessen Gegenwart im Leben seines Sohnes sich auf einen jährlichen Friedhofsbesuch in Fluntern beschränkte, war von den Toten zurückgekehrt, um sich dauerhaft in seinem Leben einzurichten. Gottfried musste den letzten Wunsch seines Vaters erfüllen und geriet dadurch in Bedrängnis. Julia konnte nicht untätig bleiben.

Die blasse Wintersonne kroch in die Küche, als Julia und Gottfried beschlossen, einen Spaziergang zu machen, um etwas zur Ruhe zu kommen. Gotts Fuß war viel besser. Die Gichtschmerzen waren weg. Er fühlte sich ein bisschen lächerlich dabei, mit der Sandale an einem Fuß und dem Schuh am anderen nach draußen zu gehen. Die Langstraße erwachte aus einer weiteren Nacht voller Alkohol, Prostitution und Drogen. Bevor sie wieder nach Hause zurückkehrten, gingen sie bei der Happy Bäckerei vorbei, um ein paar Croissants und zwei Kaffee zum Mitnehmen zu kaufen. Seiner ohne, ihrer mit Sojamilch und viel Zucker. Gottfried grinste, und Julia wusste sofort, warum.

»Besser als meine Kapseln, richtig?«, fragte sie, und er fühlte sich rundum glücklich, zum ersten Mal seit langem.

Den Rest des Tages verbrachten Julia und Gottfried damit, Gemeinsamkeiten in ihrer beider Vergangenheit zu finden: der Verlust der Vaterfigur in der Kindheit, das frühe Fehlen der Mutter, die Schwierigkeit, sich alleine in der Welt zurechtfinden zu müssen. Sie stellten fest, dass sie beide beim jeweils anderen diese bedingungslose Liebe suchten, die ihnen fehlte. Gleichzeitig scheuten sie davor zurück, aus Angst, sie wieder zu verlieren. Zu entdecken, welche Spuren diese Tragödien im Leben des anderen hinterlassen hatten, ermöglichte es ihnen, ihre Beziehung aus einer neuen Perspektive zu sehen.

Julia gestand ihm, dass sie das Gefühl hatte, in Konkurrenz zu Gloria zu stehen. Es erschien ihr unmöglich, mit einem Phantom zu leben.

»Gloria ist meine Vergangenheit, Julia. Du bist meine Gegenwart und meine Zukunft. Ihr seid an unterschiedlichen Orten. Manchmal denke ich, dass ich sie verlieren musste, um dich zu finden.«

Gottfried gab zu, dass er Angst hatte, Julia könne vor ihm sterben.

»Das kann natürlich passieren«, sagte sie. »Aber ständig mit der Angst zu leben ist kein Leben.«

Sie vergaßen das Mittagessen, doch von den Früchten dieser Unterhaltung würden sie ihr Leben lang zehren.

Gegen Abend verabschiedete sich Julia, um ihre Schicht anzutreten. Beschwingt von diesem Tag voller Geständnisse, ging Gottfried gut gelaunt denselben Weg wie am Vortag, nur in die entgegengesetzte Richtung. Im Kafi Glück begrüßte er Valeria und verschwand dann auf die Empore. Die Kneipe war leer. Er betrachtete die Fotografie seiner Eltern und den leeren Nagel daneben, wo das Waldgemälde gehangen hatte. Er sah Max nicht kommen, als dieser sich von hinten näherte.

»Du hast mich angelogen!«, schleuderte er Gottfried in einer Mischung aus Überzeugung und Verachtung entgegen. Der Maler hatte seit gestern Nacht auf diesen Moment gewartet.

Überrascht fuhr Gottfried herum. In Max' Blick spiegelte sich kein Ärger, sondern etwas viel Intensiveres; Empfindungen, die aus seinem tiefsten Inneren kamen und aus seinen Augen sprühten. Etwas, das Gottfried nicht bestimmen und noch weniger abstreiten konnte, weil er nicht wusste, was seinen Freund zu dieser Anschuldigung gebracht hatte.

Aber der Maler erwartete gar keine Antwort. Mit einer brüsken Geste hob er den Arm und fuchtelte mit Jakobs Stock vor Gottfrieds überraschtem Gesicht herum. Mit fester Stimme forderte er:

»Sag mir, woher du diesen Stock hast!«

Aber Gottfried blieb keine Zeit zu antworten. Der erste Schlag schleuderte ihn gegen einen Tisch und warf ihn fast zu Boden. Der Lärm alarmierte Valeria, die von der Theke heraufrief und wissen wollte, was da oben los war.

»Alles in Ordnung, Val«, rief Max schnell, während Gottfried sich aufrappelte. »Wir räumen auf.«

Dann ging er erneut auf Gottfried los, doch der reagierte diesmal rechtzeitig und duckte sich in letzter Sekunde weg. Max' Faust krachte gegen einen Holzpfeiler, und der Maler stieß einen Schmerzensschrei aus.

»Gott? Was macht ihr da?«, fragte Valeria erneut.

»Wir verschieben Möbel«, log Gottfried.

Dann wandte er sich an Max und zischte leise, jedoch ohne seine Wut zu verhehlen:

»Darf man erfahren, was verdammt nochmal mit dir los ist? Woher hast du den Stock?«

»Aus deiner Wohnung!«, schrie Max, während er sich die schmerzende Hand hielt.

»Wann warst du in meiner Wohnung?« In Gottfrieds Kopf herrschte heilloses Durcheinander.

»Heute Nacht.«

Gottfried wusste nicht, wie er auf Max' Geständnis reagieren sollte.

»Willst du damit sagen, du warst in meiner Wohnung, als ich nicht da war?«

»Du hast mich angelogen!«, wiederholte der Maler noch einmal.

»Max, darf man wissen, wovon zum Teufel du redest? Was hast du geraucht? Und was wolltest du in meiner Wohnung? Wie bist Du da überhaupt reingekommen?«

»Verkauf mich nicht für dumm, Gott! Das Bild! *Waldinneres*!« Max deutete auf den leeren Nagel an dem Holzbalken. »Es hat nicht deinem Vater gehört, sondern meinem!«

42 Das Siegel

Gottfried hatte eben erst erfahren, dass das winzige Bild einen Titel hatte. *Waldinneres.* Ihm kam der Gedanke, dass der Schöpfer sich nicht lange den Kopf zerbrochen hatte, als er sich einen Titel überlegte, und dass der einfache Name gut zu dem offensichtlichen Ende seiner Suche nach dem Besitzer passte. »Synchronizität«, dachte er. »Begegnungspunkte zwischen innerer und äußerer Realität. Wege, die sich unvorhersehbar in Zeit und Raum kreuzen. Viel mehr als reine Zufälle.« Er stellte sich vor, wie Julia vor Begeisterung in die Hände klatschen würde.

»Jetzt beruhige dich mal, Max«, sagte er in versöhnlichem Ton. »Lass uns versuchen, das Ganze weniger handgreiflich zu klären, okay? Wenn du mich umbringst, bist du damit nicht mehr im Recht. Du hast nur mehr Probleme. Ich nehme an, du hast einen Beweis für das, was du da behauptest.«

»Natürlich habe ich einen Beweis. Diesen Stock!«, sagte Max und fuchtelte erneut mit dem Spazierstock vor Gottfried herum. »Er hat meinem Vater gehört. Seine Initialen stehen drauf.«

Max schraubte den Griff ab und zeigte auf die beiden Buchstaben, die ungelenk in die geschwärzte Bronze graviert waren. Unmöglich zu erkennen für jemanden, der nicht wusste, dass sie dort waren, gut sichtbar für jeden, der sie sehen wollte, auch wenn die Buchstaben kaum zu lesen waren.

»15?«, fragte Gottfried, ohne Max anzusehen.

»J. S. Jakob Sandler. So hieß mein Vater, bevor er sich in Müller umbenannte, als er in die Schweiz kam.«

Gottfried blieb ungläubig.

»Also gut, nehmen wir an, der Stock gehörte deinem Vater. Das bedeutet nicht, dass auch das Bild ihm gehörte.«

»Ich hatte damit gerechnet, dass du das sagst«, entgegnete Max mit verächtlicher Miene. »Ich habe noch einen weiteren Beweis. Aber dafür muss ich das Bild sehen. Es muss einen Stempel auf der Rückseite haben. Einen Stempel mit diesem Siegel.« Er zeigte den Siegelring an seinem kleinen Finger vor. »Das ist das Familienwappen der Sandlers. Du kannst dich erkundigen, wenn du willst. Mit Sicherheit findest du es im Internet.«

Gottfried konnte sich nicht an einen Stempel erinnern, aber er fand, dass er nichts verlor, wenn er dem Maler das Bild zeigte. Im Gegenteil: Wenn Max tatsächlich der Sohn des Eigentümers war, stand er gerade vor dem rechtmäßigen Erben dieses verdammten Bildes. Hermanns Wunsch wäre erfüllt, praktisch ohne dass er einen Finger gerührt hatte.

»Hör zu, Max, ehrlich gesagt geht es in meinem Kopf gerade drunter und drüber. Das alles erscheint mir zu einfach, um wahr zu sein. Aber ich werde tun, worum du mich bittest. Ich zeige dir das Bild und erkläre dir, wie es in meine Hände gelangt ist. Komm mit in den Keller.«

Gottfried und Max verließen die Empore und gingen durch den Schankraum in den Keller, misstrauisch beäugt von Valeria, die gerade ein Paar bediente, das eben hereingekommen war und sich an die Theke gesetzt hatte. Der metallische Geruch des Flusses drang bis in den Keller, der vom schwachen Licht einer Notleuchte erhellt wurde. Sie blieben vor einer Stahltür stehen, die mit einem zusätzlichen Code gesichert war. Gottfried tippte eine Ziffernfolge ein, und sie gingen hinein. Seit den Zeiten des Kalten Krieges besaßen fast alle Häuser in der Schweiz einen Schutzraum im Keller, um die Bevölkerung im Fall eines Atomschlags in Sicherheit zu bringen. Aber da sich das Glück in einem ehemaligen Militärgebäude befand, hatte dieser Raum ursprünglich einem anderen Zweck gedient. Es war kein Schutzraum, sondern ein Kontrollraum, um die beiden Brücken über die Sihl zu verteidigen. Alles war noch intakt: die manuell zu bedienende Luftfilteranlage, das Gestell für das Maschinengewehr, die Stahlplatte mit den Stadtplänen und Zonen. Nur die Schießscharten waren zugemauert worden. Gottfried hatte einen Luftentfeuchter und eine Klimaanlage installieren lassen, damit die Temperatur das ganze Jahr hindurch konstant blieb, und aus dem Schutzraum ein Lager für alle jene Kunstwerke gemacht, für die sich an den Wänden des Kafi Glück kein Platz fand. Hier warteten sie auf ihren Moment des Ruhms oder wurden dort deponiert, wenn Gottfried sich an ihnen sattgesehen hatte.

Max stöberte zwischen den Bildern herum und entdeckte eines seiner eigenen Werke. Er hatte es Gottfried kurz nach der Eröffnung des Cafés geschenkt und nicht mal gemerkt, dass es nicht mehr im Glück hing. »Wir schenken dem Gewohnten keine Beachtung. Deshalb werden die Bilder in einer Wohnung mit der Zeit für die Bewohner unsichtbar«, dachte er. Er erinnerte sich noch genau, wie verärgert Lucas über seine Großzügigkeit gewesen war. »Deine Werke sind eine Menge wert, Max. Wenn du sie verschenkst, entwertest du sie. Ich finde es ja gut, dass du dir nichts aus Geld machst, aber vergiss nicht, dass das hier ein Geschäft ist. Wenn du nichts dafür verlangst, bekomme ich keine Provision.«

Gottfried hatte sich ein paar Schritte entfernt und kehrte nun mit einem in dunklen Samt gehüllten Gegenstand zu dem Maler zurück. Wortlos reichte er ihn Max, der vorsichtig den Stoff zurückschlug, hinter dem die Ocker- und Grüntöne der Wiener Wälder zum Vorschein kamen. Der von Gustav Klimt festgehaltene Moment, in den sich sein Vater und dessen erste Ehefrau während ihrer Hochzeitsreise durch Österreich verliebt hatten. Dieses Bild war der Beweis, dass Jakob Sandlers erstes Leben, das Leben, das Max nicht gekannt hatte, real gewesen war. Die Gefühle übermannten ihn, aber er wollte nicht vor Gottfried weinen. Es war noch vieles zu klären, bevor er sich ihm gegenüber so verletzlich zeigte.

Max drehte die winzige Leinwand um und suchte Jakobs Siegel. Den Beweis, dass das Bild, das er in Händen hielt, ihm gehörte. Dann befeuchtete er mit der Zunge seinen kleinen Finger, um den Ring abzunehmen, und zeigte ihn Gottfried.

»Siehst du? Sie sind identisch.« Er deutete auf die Siegelfläche des Rings und die Prägung auf der Rückseite des Bildes. Dann sagte er: »Drück den Ring auf das Siegel auf der Leinwand. Ich bin sicher, dass sie übereinstimmen.«

Gottfried tat wie geheißen. Die beiden Wappen passten perfekt aufeinander. Max lächelte mit einem inneren Frieden, der ihm neu war. *Waldinneres* gehörte ihm. Es gab ihm eine Vergangenheit zurück, an die er nie geglaubt hatte.

»Mein Vater erzählte mir, dass er ein vermögender Mann gewesen sei. Er habe alles verloren, als er aus Linz fliehen musste. Zuerst schickte er seine Frau und seine Tochter nach Zürich; er selbst blieb zurück, um seine Kunstsammlung in Sicherheit zu bringen, bis der Krieg vorbei war. Doch es gelang ihm nicht. Ihm blieb nichts anderes übrig, als die Bilder in seinem Haus zurückzulassen, wohlwissend, was die Nazis mit jüdischem Besitz machten. Doch dann hatte er eine verzweifelte Idee, die es ihm erlaubte, die Hoffnung zu bewahren, dass die Bilder irgendwann in seine

Hände zurückkehren würden. Er fasste sie alle auf einer Liste zusammen und siegelte sie mit dem Familienwappen als Beweis, dass sie ihm gehörten. Wahrscheinlich denkst du, dass er ein Idiot war, weil er sich von Frau und Tochter getrennt und sein Leben für ein paar Bilder riskiert hatte. Aber er war kein Idiot, er war einfach jung und naiv. Ein armer reicher Junge. Er dachte, nach dem Krieg würde alles weitergehen wie vorher. Deshalb verlor er alles. Bis auf dieses Bild. Das nahm er mit, weil es ihn mit seiner ersten Frau verband. Deshalb war es ihm so wichtig. Und deshalb ist es mir so wichtig. Es beweist, dass mein Vater wirklich noch ein anderes Leben hatte. Dass er nicht gelogen hat.«

»Warum sollte dich dein Vater über seine Vergangenheit anlügen?«, wagte Gottfried zu fragen, als Max schließlich eine Pause machte.

»Mein Vater war Senner, Gottfried. Ich habe ihm die Geschichte mit dem reichen Mann nie abgenommen«, gestand Max mit hängendem Kopf. »Nicht mal, als er im Sterben lag und mir seinen Ring gab. Ich fragte ihn, ob er ihn auf dem Trödelmarkt gekauft hätte. Du kannst dir vorstellen, was für ein schlechter Sohn ich war.«

43 Die Frage

Obwohl die Gefühle fast seine Brust sprengten, war Max sicher, dass dies nicht der Moment war, um sie herauszulassen. Das würde er tun, wenn er alleine war, zu Hause oder im Atelier, bei einem Bourbon. Aber nicht jetzt. Er hatte seinen Teil der Geschichte erzählt, aber er wusste immer noch nicht, wie der Spazierstock und das Bild in Gottfrieds Hände gelangt waren. In seinem Kopf malte er sich eine Menge möglicher Erklärungen aus, und alle endeten in derselben Wut. Der Stock war seinem schwer verletzten Vater entwendet worden, und derjenige, der ihn gestohlen hatte, hatte ihn im Stich gelassen. Er brauchte eine Antwort.

»Na ja, wenn es dazu beiträgt, dass du dich mit der Erinnerung an deinen Vater versöhnst, wäre es die Sache wert gewesen, mich tot zu sehen«, sagte Gottfried sarkastisch, um das unangenehme Schweigen zu brechen. »Als ich dich mit wutverzerrtem Gesicht mit dem Stock vor mir herumfuchteln sah, dachte ich, du würdest mich mit der Metallspitze durchbohren.«

»Du wärst nicht das erste Opfer dieses Stocks«, erklärte Max. »Mein Vater hat einen Mann damit getötet. Einen Nazi. Er tat es, um einen Jungen zu retten, den er auf der Flucht kennengelernt hatte. Ich glaube, er hieß Baron. Sein Vorname hatte was mit einem Erzengel zu tun, Michael, Rafael oder Gabriel, keine Ahnung. Aber das tut jetzt auch nichts zur Sache. Jetzt will ich, dass du mir sagst, wie du an den Stock und das Bild gekommen bist. Ich muss es wissen.«

Gottfried sah eine Verletzlichkeit bei dem Maler, die er von ihm nicht kannte. Er wusste nicht, wie Max auf seine Antwort reagieren würde. Der Brief seines Vaters ließ keinen Platz für Zweifel: Hermann war derjenige gewesen, der Jakob zurückgelassen hatte. Nur dass der seinen Namen nicht kannte.

»Ich kann dir nur erzählen, was ich weiß, und das ist nicht viel«, begann Gottfried vorsichtig. »Vor allem solltest du wissen, dass ich dich nicht angelogen habe. Ich habe den Stock und das Bild von meinem Vater geerbt.«

Dann erzählte er die Geschichte, die er aus dem Brief kannte: sein Vater als Schleuser, der den Juden mit dem gebrochenen Bein zurücklassen musste.

Max merkte, wie sein Blut zu kochen begann.

»Er musste ihn zurücklassen? Er hat ihn im Stich gelassen, Gottfried! Dein Vater hat meinen Vater mit gebrochenem Bein in den Bergen liegen lassen! Er hat ihm den Stock und das Bild gestohlen und ihn seinem Schicksal überlassen!«, schrie er, völlig außer sich.

»Max!«, entgegnete Gottfried. »Lass mich verdammt nochmal ausreden! Er hat ihn nicht im Stich gelassen! Er hat ihn zurückgelassen, ja, aber nur, um Hilfe zu holen. Als er zurückkam, war der Mann verschwunden. Mein Vater kannte seinen Namen nicht. Er wusste nichts über ihn. Er hat den Stock und das Bild die ganze Zeit aufbewahrt in der Hoffnung, eine Spur zu finden. Und nun hat er sie mir anvertraut, damit ich seine Suche fortsetze.«

»Und? Hast du weitergesucht?«, fragte Max.

»Wie soll man jemanden finden, wenn man nicht weiß, nach wem man sucht?«

»Du bist echt ein Mistkerl, Gottfried. Komm mir nicht mit so einem Schwachsinn. Du hättest zuerst mal versuchen können, das Bild zu identifizieren. Das hätte dir eine Menge

Informationen gebracht. Und du hattest die Initialen in dem Stock. Das war nicht schwer, oder?«

Gottfried holte tief Luft. Er kämpfte gegen Dämonen, von deren Existenz er nichts gewusst hatte. Dämonen aus Max' Vergangenheit, aber auch aus seiner.

»Die Initialen habe ich erst gesehen, als du sie mir gezeigt hast. Und natürlich habe ich daran gedacht, das Bild taxieren zu lassen, um mehr darüber zu erfahren. Aber es gibt da einen Typ, der behauptet, dass es sich um NS-Raubkunst handelt und dass ich Schwierigkeiten bekomme, wenn die Identität des Bildes bekannt wird. Dieser Kerl erpresst mich, damit ich ihm das Bild gebe, ob du's glaubst oder nicht.«

»Weißt du, was ich glaube, Gott? Ich glaube, dass du es verkaufen wolltest.«

»Ach, hör doch auf, Max. Du solltest mich besser kennen. Es war der letzte Wille meines Vaters, den Besitzer zu finden. Deshalb hätte ich es nicht verkauft. Ich habe seinen Brief zu Hause; wenn du willst, zeige ich ihn dir. Du kannst dir nicht vorstellen, wie erleichtert ich bin, dass die Geschichte mit dem jüdischen Flüchtling stimmt. Ich dachte, mein Vater hätte sich das nur ausgedacht. Ich wollte es wirklich nicht verkaufen. Sogar Julia wollte mir helfen, seinen Besitzer zu finden. Sie wird ausflippen, wenn ich ihr erzähle, dass ich ihn gefunden habe.«

»Ich habe auch nicht vor, es zu verkaufen«, räumte Max ein. »Ich habe dir ja erzählt, was es mir bedeutet. Für kein Geld der Welt würde ich es verkaufen.«

Allmählich übertönte die Musik aus dem Glück ihr Gespräch. George Thorogood and The Destroyers – »Bad to the bone, bad to the bone, b-b-b-b-b-b-bad«, brachten sie Rhythmus in einen Abend, der schlecht begonnen hatte und so gut enden würde wie nur möglich: mit einem eiskalten Bier.

»Geh schon rauf, wenn du willst«, sagte Gottfried zu Max. »Ich komme gleich nach.«

Max wickelte *Waldinneres* in den schützenden Samt und verließ nachdenklich den Schutzraum, das Päckchen unter dem Arm. Er stieg die Stufen zur Kneipe hinauf, als ob sein Leben plötzlich an Fahrt verloren hätte. Valeria kam hinter dem Tresen hervorgeschossen und stellte sich ihm in den Weg.

»Was war da unten los?«

Max wich ihrem Blick aus und murmelte:

»Frag Gottfried, wenn er raufkommt.«

»Ich habe dich gefragt«, entgegnete sie schneidend.

Valeria hatte das Kinn nach oben gereckt und stemmte die Arme in ihre mächtigen Hüften. Die lockigen Haare hatte sie zu einem Knoten geschlungen, der ihr zusammen mit der Pose das Aussehen einer Lehrerin verlieh. Max fand sie wunderschön. Sie sah ihn aus ihren großen kastanienbraunen Augen an, während sie auf eine Erklärung wartete. Der Maler erwiderte ihren Blick in einer Mischung aus Zärtlichkeit und Schuldbewusstsein. Er stellte sich vor, wie es wäre, sie wieder zu streicheln und zu küssen. Die Barfrau des Glück ahnte, was im Kopf des Malers vorging, fragte aber trotzdem nach.

»Denkst du an ...?«

Max antwortete nicht gleich. Er wusste, dass Valeria nie wieder was mit ihm anfangen würde.

»Ja, Val. Ich denke daran, was letzte Nacht passiert ist. Wir waren so betrunken ...«

»Tony weiß nichts davon, Max«, entgegnete sie schnell.

»Von mir wird er nichts erfahren. Ich bin nicht stolz auf das, was passiert ist. Es hätte nicht passieren dürfen. Nicht so. Nicht betrunken.«

Nun ließ Valeria den Kopf hängen. Er legte den Zeigefinger unter ihr Kinn und hob es vorsichtig an.

»Mach das nicht, Val. Du brauchst dich nicht zu schämen. Wenn sich jemand schämen muss, dann ich. Außerdem waren wir viel zu betrunken, um die Sache als Betrug zu betrachten. Auch wenn es Tony nicht gefallen würde, wenn er davon erführe, da bin ich sicher. Aber er muss es ja auch nicht erfahren, oder?«

Valeria gab ihm recht. Sie hatte nicht vor, Tony davon zu erzählen.

»Hier im Glück ist nichts vorgefallen, Val. Ich glaube nicht, dass jemand was mitbekommen hat, außer dass wir ein paar Schnäpse getrunken haben«, setzte Max hinzu.

Aber das war nicht Valerias größte Sorge. Was sie umtrieb, war die Frage, die jetzt aus ihr herausplatzte:

»Bist du in mir gekommen?«

44 Die Überraschung

Gottfried blieb noch ein paar Minuten im Kellerraum und versuchte, seine Gedanken zu ordnen, als das Handy in seiner Hosentasche vibrierte. Wieder eine unterdrückte Nummer.

»Ah! Genau im richtigen Moment«, sagte Gottfried laut.

Die belegte, inzwischen wohlbekannte verfremdete Stimme am anderen Ende der Leitung kam direkt zur Sache.

»Haben Sie über unser letztes Gespräch nachgedacht, Herr Messmer? Ich bin gespannt, zu welchem Entschluss Sie gekommen sind.«

Die letzten Anrufe hatten Gottfried in Angst versetzt. Diesmal fühlte er sich stark.

»Ja, habe ich. Sie können sich Ihre Geschichten von geraubter Kunst und Ihre Drohungen sonst wohin stecken«, sagte er ganz ruhig. »Mein Vater hat das Bild nicht gestohlen. Es handelt sich auch nicht um Raubkunst. Und was Sie freuen wird: Ich habe das Bild seinem rechtmäßigen Besitzer zurückgegeben. War es nicht das, was Sie wollten? Und jetzt lassen Sie mich in Ruhe, ein für alle Mal!« Damit beendete Gottfried das Gespräch.

Er schloss den Schutzraum zu und ging nach oben in die Bar. Er war nicht sicher, ob er nicht gerade einen großen Fehler begangen hatte. Letztendlich wusste er nicht, ob der Fremde nur ein Wichtigtuer war oder ob er tatsächlich eine Gefahr darstellte. »Scheiß drauf. Es ist, wie es ist.«

Am Tresen richtete Valeria ihm aus, dass Max nach Hause gegangen war. Gottfried trank sein Bier allein, mit langen

Pausen zwischen den einzelnen Schlucken. Zum ersten Mal im Leben fand er es schade, dass niemand da war, mit dem er anstoßen konnte. Er bezog seinen Beobachtungsposten auf der Empore und betrachtete das Foto seiner Eltern. Plötzlich kam es ihm so vor, als gelte Hermanns und Adas Lächeln nicht dem Fotografen. Sie lächelten ihm zu.

Unten füllte sich die Bar zu den Klängen des Rhythm and Blues. Gottfried war stolz auf diesen Ort. Das Leben war doch gar nicht so beschissen. Er wechselte die Musik und legte etwas Beschwingteres auf; er hatte Lust zu feiern. Dann sah er Lucas hereinkommen.

Der Galerist steuerte den Tresen an, stellte sich zwischen die Christusfigur und die Madonna und bestellte ein Bier bei Valeria. Das Glas in der Hand, blickte er suchend nach oben. Gottfried winkte ihm von oben zu, und Lucas ging zur Treppe. Seit er ihm das Angebot für *Waldinneres* gemacht hatte, war er nicht mehr da gewesen. Der Besitzer des Glück war neugierig, was ihn herführte. Er ging zum Kühlschrank auf der Empore, um sich ein Bier zu holen. Als Lucas vor ihm stand, stießen sie zur Begrüßung an.

»Sieh an, der Herr Steiner«, sagte Gottfried. »Ich dachte schon, du hättest uns verlassen. Hast du das Glück vermisst?«, fragte er ironisch.

»Natürlich«, ging Lucas auf das Wortgeplänkel ein. »Nirgendwo in Zürich kriegst du ein so kaltes Bier.«

»Unsere Gäste sind anspruchsvoll. Sie mögen gute Musik und eiskaltes Bier.«

»Das mit der guten Musik ist so eine Sache. Seit wann läuft *La Bamba* unter gute Musik?«, sagte Lucas und deutete auf einen der Lautsprecher.

»Das ist Partymusik«, gab Gottfried zurück. Er war ein bisschen verärgert über Lucas' Bemerkung. Los Lobos waren eine großartige Band und *La Bamba* ein Meilenstein seines

Genres. Lucky mochte viel von Kunst verstehen, aber von Musik hatte er keine Ahnung.

»Partymusik? Und was wird gefeiert?«, fragte er scheinheilig.

Gottfried grinste. Jetzt hatte er jemanden, mit dem er anstoßen konnte. Er deutete auf den leeren Nagel im Holzbalken.

»Siehst du diesen Nagel?«

»Natürlich! Mein Angebot steht noch. Ich setze fünfhundert Scheine, dass du den Besitzer nicht gefunden hast.«

»Die Wette gilt«, sagte Gottfried und streckte die Hand aus. »Du schuldest mir fünfhundert.«

Lucas machte ein überraschtes Gesicht. Das war ein hoher Einsatz für seine Glaubwürdigkeit.

»Und das ohne deine Hilfe«, setzte der Besitzer des Glück hinzu.

»Du hast nicht wirklich erwartet, dass ich dir dabei helfe, eine Nadel im Heuhaufen zu finden«, entgegnete Lucas spöttisch. »Die Wahrscheinlichkeit, ihn zu finden, lag bei eins zu einer Million. Woher willst du wissen, dass du nicht verarscht wurdest?«

»Weil sich herausgestellt hat, dass ich den Besitzer kenne.«

»Ja, klar. Erzähl mir keine Geschichten, Gottfried«, sagte Lucas und trank einen Schluck Bier.

»Und du kennst ihn auch.«

Lucas verschluckte sich. Ein neuer Besitzer bedeutete neue Verhandlungen, aber er hatte keine Zeit, um noch einmal von vorne anzufangen. Wenn er seine Schulden nicht beglich, würde er die Galerie verlieren. Und wenn er den Besitzer des Bildes auch noch kannte, erhöhte sich die Gefahr. Er brauchte nicht nur dringend das Geld, er befürchtete auch, dass man ihm irgendwann auf die Spur käme, wenn er weiter in den Listen des FBI herumschnüffelte. Die

Technologie entwickelte sich viel schneller als seine Fähigkeit, in der digitalen Welt unerkannt zu bleiben. Er war siebenundfünfzig Jahre alt und hatte keine Lust mehr, Räuber und Gendarm zu spielen. Widerwillig widmete er sich wieder dem Gespräch mit Gottfried.

»Aha. Ich kenne ihn also. Dann überrasch mich mal«, sagte Lucas.

Der Besitzer des Glück sah ihn eindringlich an und ließ dann mit einem stolzen Grinsen die Katze aus dem Sack.

»Es ist Max.«

45 Die Wende

Es war der kälteste Februar seit vierzig Jahren. Vor den doppelt verglasten Scheiben der Galerie Steiner fiel der Schnee in münzgroßen Flocken. Den ganzen Tag war niemand im Laden gewesen. Lucas las die Schlagzeilen der Nachrichten und fragte sich, wie es sein mochte, ein Erdbeben zu erleben. In Chile hatte es ein Beben mit einer Stärke von 8,8 auf der Richterskala gegeben. Er war noch nie in Chile gewesen.

Das Telefon holte ihn aus Südamerika nach Zürich zurück. Auf dem Display erschien eine unbekannte Nummer mit New Yorker Vorwahl. Er erwartete keinen Anruf von Baron, hob aber trotzdem sofort ab. Eine Stimme, die korrekt, aber gleichzeitig unfreundlich klang, behauptete, im Auftrag des Alten anzurufen, und teilte ihm mit, was Lucas seit einem Monat befürchtete. Gabriel Baron war es leid, noch länger zu warten. Es war immer die gleiche Geschichte: Wenn die Geschäfte gut liefen, sprachen die Kunden direkt mit ihm. Wenn es schlecht lief, schickten sie ihre Anwälte vor. Der einzige Unterschied war der Name der Kanzlei: Je mehr Geld ein Mandant hatte, desto mehr Anwälte waren mit seiner Vertretung befasst. Baron war Multimillionär, und die Kanzlei, die seine Interessen vertrat, bestand aus vier Namen. Lucas konnte sich keinen davon merken.

»Mein Mandant versichert, dass Sie die Vertragsvereinbarungen nicht eingehalten haben, Herr Steiner«, sagte sein Gesprächspartner mit einer Kälte, die Lucas mit den Zähnen klappern ließ. »Ich mache Sie darauf aufmerksam, dass eine mündliche Vereinbarung auch nach Schweizer Recht dieselbe Gültigkeit besitzt wie ein schriftlicher Vertrag.«

»Ich glaube, mit rechtlichen Bestimmungen kommen wir in diesem Fall nicht weiter, Herr ...«

»Hammer«, antwortete die Stimme.

»Herr Hammer, ich nehme an, Herr Baron hat Ihnen die Umstände bezüglich dieses Kunstwerks erläutert«, sagte Lucas.

»Dass es sich um Raubkunst handelt, entbindet Sie nicht von der Pflicht, Ihren Teil des Vertrags zu erfüllen«, antwortete der Anwalt ohne Umschweife. »Wenn Sie das Bild nicht haben, können Sie das Geld zurückerstatten, das mein Mandant Ihnen für die Beschaffung gegeben hat, und damit ist die Sache erledigt.«

»Ich habe das Geld nicht«, gab Lucas zu. Die Wahrheit kam immer besser an als eine schlechte Ausrede. Hammer schwieg. »Ich habe einen Fehlkauf getätigt. Ich dachte, ich bekäme das Geld schnell wieder, aber ich habe mich geirrt.«

Sein Gesprächspartner kannte keine Gnade.

»In diesem Fall möchte ich Ihnen empfehlen, sich das Geld irgendwie zu beschaffen. Ich kann meinen Klienten bitten, noch ein paar Tage abzuwarten, aber nicht länger. Bedenken Sie, dass Herr Baron ein alter Mann ist.« Die Stimme des Anwalts wurde mit jedem Satz ernster. »Sie werden verstehen, dass ich ihm nicht einfach sagen kann, dass Sie sein Geld ausgegeben haben. Das würde Herrn Baron sehr missfallen, und außerdem würde es Ihnen ziemliche Probleme einhandeln.«

Lucas verstand die Drohung. Der alte Gabriel Baron und er kannten sich ziemlich gut. »Sie sind ein Schwarzhändler, Mr. Guest.« Er musste irgendwie Zeit schinden.

»Verstanden, Herr Hammer. Kein Problem. Ich werde das Geld auftreiben. Bitte teilen Sie Mr. Baron mit, dass ich es zutiefst bedaure, dass er das Vertrauen in mich verloren hat. Bitte richten Sie ihm auch aus, dass ich weiß, wer den Klimt hat. Mr. Baron soll mir noch ein wenig Zeit geben, um die Sache zu Ende zu bringen. Dann erhält er entweder das Bild oder bekommt sein Geld zurück. Versprochen.«

»Ihre Versprechungen sind leere Worte, Herr Steiner. Ich gebe Ihnen eine Woche, bevor ich Ihren Namen an das FBI weitergebe.«

Lucas nahm seinen Mantel und schloss die Galerie so überstürzt, dass er vergaß, das Licht auszumachen. Er war froh um die nächtliche Kälte, die seinen von der Heizungsluft benebelten Kopf durchpustete. Er musste nachdenken, und das schnell.

Ihm blieb eine Woche, um das Gemälde zu beschaffen. Er hatte Hammer nicht belogen. Er wusste, wo der Klimt war. Allerdings verschwieg er, dass der neue Besitzer des Bildes auch der rechtmäßige Erbe war und dass dieser Erbe, Max Müller, nichts mehr von ihm wissen wollte, seit *Waldinneres* in seinem Besitz war. Und Lucas wusste genau, warum.

Der Galerist hatte behauptet, das Gemälde nicht zu kennen, obwohl er genau wusste, dass es sich um einen Klimt handelte. Er hatte ihn hinsichtlich des Werts belogen. Im Grunde hatte er unwissentlich versucht, dem rechtmäßigen Besitzer das Bild vorzuenthalten, und das alles hatte sich nun gegen ihn gewendet. Um Max' Vertrauen wiederzuerlangen, hatte Lucas behauptet, dass sein Angebot an Gottfried nur ein Bluff gewesen sei, ohne den wahren Wert des Gemäldes zu kennen. Außerdem müsste die Urheberschaft bestätigt werden, und ohne Eigentumszertifikat sei das Bild ohnehin unverkäuflich. Zumindest auf legalem Wege. Aber Max hatte jegliches Vertrauen in Lucas verloren und wollte den Ausstellungsvertrag für seine neue Serie in der Galerie Steiner zerreißen. Das konnte Lucas nicht zulassen. Max war der einträglichste Künstler in seinem Portfolio. Fünf lange Jahre hatte er auf diese neue Ausstellung gewartet.

Aber was schwerer wog: Lucas würde seine Haupteinnahmequelle verlieren, wenn Baron erfuhr, dass er den Erben von Jakob Sandler gefunden hatte. Baron hatte seine Flucht aus New York unter der Bedingung finanziert, dass er für ihn nach Raubkunst suchte. In Europa zu sein war da von Vorteil, und der Alte zahlte ihm eine Provision für jedes Werk, das er fand. Wenn Baron erfuhr, dass Max Jakobs Sohn war, würde er ihn kennenlernen wollen, um seine Lebensaufgabe zu vollenden. Und wenn Max von seinem Bruch mit dem Galeristen erzählte, wäre Lucas geliefert. Baron war ein alter Mann, aber bei klarem Verstand. Er saß zwar im Rollstuhl, aber er war nach wie vor Aufsichtsratsvorsitzender seiner Reederei und unternahm Geschäftsreisen, wenn es nötig war.

Lucas wusste, dass er Max' Vertrauen wiedergewinnen musste, egal wie. Sonst war er verloren. Und nicht nur das. Er musste das Bild beschaffen, wenn nicht sein ganzes Leben zusammenbrechen sollte.

Lucas fand das Atelier des Malers verlassen vor. Er machte sich auf den Weg in Richtung Sihl. Wenn Max um diese Uhrzeit nicht arbeitete, gab es nur einen anderen Ort, an dem er sein konnte: im Kafi Glück.

46 Die Folge

Während Lucas auf dem Weg ins Glück war, um Max zu suchen, saß Valeria in ihrer Wohnung auf dem Badezimmerfußboden und hielt die Bestätigung ihrer Befürchtungen in der Hand. Ihre Periode kam normalerweise alle achtundzwanzig Tage, ihr Zyklus funktionierte mit der Präzision eines Schweizer Uhrwerks. Aber inzwischen war sie bei Tag 35 angelangt, und es hatte sich nichts getan. Sie hatte versucht, sich keine allzu großen Sorgen zu machen, obwohl sie ein ungewöhnliches Ziehen in den Brüsten bemerkte. Einen BH zu tragen war kaum auszuhalten. Dann war die Übelkeit gekommen und schließlich dieser Schwangerschaftstest, den sie am Morgen in aller Eile gekauft hatte, während sie den ersten Morgenurin so lange zurückhielt. Als sie endlich wieder zu Hause war und zur Toilette ging, hatte der Test nach Sekunden ein positives Ergebnis angezeigt.

Beim Abendessen erzählte sie es Tony, der die Nachricht entspannt aufnahm. Er liebte Valeria, und auch wenn keiner von ihnen beiden in naher Zukunft ein Kind geplant hatte, fühlte er sich bereit, die Verantwortung der Vaterrolle zu übernehmen. Für sie war die Sache nicht so klar.

»Tony, ich muss dir noch was erzählen.«

Die Geschichte der feuchtfröhlichen Nacht mit Max traf den Koch mit der zerstörerischen Kraft eines Tsunamis. Er hörte die Welle heranrollen – »Wir hatten viel getrunken« – und sah, wie eine unüberwindliche Wasserwand – »Als ich aufwachte, war ich nackt« – alles zu zerstören drohte, was

Valeria und er sich aufgebaut hatten. Verwirrt und tief verletzt, musste er sich der Brandung der vernichtenden Welle stellen – »Ich kann mich an nichts erinnern«. Als die Ruhe nach dem Sturm eintrat, war die paradiesische Insel, die er und Valeria in den letzten Jahren bewohnt hatten, dem Erdboden gleichgemacht. Tony wusste, dass er sie verlassen musste, wenn er überleben wollte. Vielleicht würde er zurückkommen. Vielleicht nicht.

»Ich liebe dich«, sagte sie, bevor sie ihn gehen ließ, auch wenn sie wusste, dass Liebe nicht genügte.

»Ich liebe dich auch, Valeria«, murmelte er mit leerem Blick. »Aber jetzt muss ich hier raus.«

Tony hastete mit großen Schritten die Treppe hinunter und trat auf die Straße, während Valeria am Fenster stand und zusah, wie der Mann, den sie liebte, aus der Haustür kam und ohne Jacke in Richtung Sihl davonging. Sie wusste genau, wo er hinwollte, und hoffte nur, dass er nicht noch mehr verletzt wurde, als er es ohnehin schon war.

Sie blieb eine ganze Weile am Fenster stehen und schaute hinaus, ohne etwas zu sehen.

»Ich werde ein bisschen Ordnung in mein Leben bringen müssen«, sagte sie sich, während sie die Hand auf ihren Bauch legte. Sie war sechsunddreißig Jahre alt und wusste nicht, wer der Vater ihres Kindes war, aber dass sie dieses Kind austragen würde, stand außerhalb jedes Zweifels. Durch seine Augen würde sie die Möglichkeit haben, eine Kindheit zu erleben, die sie nicht zu schätzen gewusst hatte. Sie wollte immer schon erwachsen sein.

Valeria war nie gerne zur Schule gegangen. Nicht, dass sie nicht lernbegierig gewesen wäre, aber in der Schule war sie gezwungen, sich mit Leuten abzugeben, die sie nicht interessierten, und mit ihnen über Themen zu sprechen, die sie langweilten. Freundschaften zu schließen fiel ihr schwer, die wenigen Einladungen, am Wochenende zusammen auszugehen, lehnte sie in der Regel ab. Sie fand nichts an diesen Teenagerpartys, und sich fürs Ausgehen zurechtzumachen war eine Qual. Die Kleider, die ihr gefallen hätten, spannten an Taille und Oberschenkeln. Deshalb entwickelte sie einen eigenen Stil und trug immer Schwarz. Ihre Wahl machte sie zur Zielscheibe, zum Inbegriff eines Mobbingopfers.

Gleich nach dem Schulabschluss hatte sie zu arbeiten begonnen. Zuerst nachmittags und nach Erreichen der Volljährigkeit auch abends, servierte sie Fremden Getränke. Hinter einer Bartheke fühlte sie sich sicher. Auf der anderen Seite zu stehen als die Gäste verlieh ihr Autorität und war eine gute Möglichkeit, Leute kennenzulernen, ohne sich näher auf den anderen einzulassen.

Aber als Tony im Kafi Glück anfing, war es mit ihrem Hang zum Außenseitertum vorbei. Sie erinnerte sich noch genau an die Szene: Gottfried hatte ihr den neuen Koch vorgestellt und Valeria gebeten, Geduld mit ihm zu haben, weil er neu im Geschäft war. Sie hatte sich auf der Stelle in seine schneeweißen Zähne verliebt, die das Glück zum Leuchten brachten. Tony hatte ihr seine riesige schwarze Hand entgegengestreckt, und Valeria spürte, wie sie förmlich dahinschmolz, als seine Finger sanft ihre Hand umschlossen. Die gemeinsame Arbeit Seite an Seite hatte ihr in die Karten gespielt. Und jetzt hatte sie ihn verloren.

Obwohl er gerannt war, hatte Tony bei der Ankunft am Glück noch genug Atem, um die Tür mit solcher Wucht aufzustoßen, dass die Gäste, die am Tresen saßen, sich umdrehten, um zu sehen, wer da hereinkam. Mit funkelnden Augen suchte er nach Max und entdeckte ihn auf einem der Hocker. Neben ihm saß Lucas. Der Maler hatte gerade noch Zeit, sein Bier abzustellen und die Hand schützend vors Gesicht zu halten, bevor Tony ihm mit der Faust einen heftigen

Kinnhaken versetzte. Die Brille des Malers flog durch die Luft und landete in den Händen eines Gastes, der sie im Flug auffing. Max ging widerstandslos zu Boden. Das hier war ein Duell unter Männern, und er hatte es herausgefordert. Außerdem konnte kein Fausthieb von Tony so sehr schmerzen wie die Tatsache, dass er Valerias Freundschaft verspielt hatte.

Gottfried kam von der Empore heruntergeschossen, packte Tony und drehte ihm den Arm auf den Rücken, um zu verhindern, dass er weiter auf Max einprügelte. Lucas, der die Szene bislang beobachtet hatte, ohne sich einzumischen, half dem Maler auf die Beine und bestellte bei einer der Bedienungen Eis. Max blutete heftig, seine Unterlippe war aufgesprungen. Während Gottfried Tony mit seinen kräftigen Armen festhielt, wandte der Koch sich in drohendem Ton an seinen Rivalen.

»Wir sind noch nicht fertig miteinander!«

»Und ob ihr fertig seid!«, brüllte Gottfried Tony an. »Du wirst dich jetzt auf der Stelle beruhigen und mir erklären, was das alles soll! Und du, Max, kümmere dich um deine Lippe! Dann zisch ab und warte im Atelier auf uns. Ich weiß nicht, was zwischen euch vorgefallen ist, aber es lässt sich mit Sicherheit auf friedliche Weise lösen.«

Lucas ging mit Max zum Verbandskasten und half ihm, seine Lippe zu versorgen. Dann verließen sie das Glück und gingen gemeinsam in Richtung Atelier. Plötzlich fiel Lucas ein, dass das Licht in der Galerie noch brannte. Ein Lächeln huschte über sein Gesicht.

Dritter Teil

Zukunft

Oktober 2010

47 Die Vernissage

Fünfundzwanzig Minuten vor der offiziellen Eröffnung trafen die ersten Gäste ein. Kunstkenner, Freunde, Bekannte und Schaulustige strömten herbei und stellten sich geduldig vor dem Eingang der Galerie Steiner an. Schon bald reichte die Schlange bis zur nächsten Straßenecke. Der Grund für den Erfolg war kein anderer als morbide Neugier auf einen Künstler, der seine Ausstellung WUT genannt hatte und der nun auf der Intensivstation des Triemli-Spitals im Koma lag. Die Hoffnung, dass er wieder aufwachte, wurde mit jedem Tag geringer. Inzwischen war es acht Monate her, seit jemand mit einer Nagelpistole auf ihn geschossen hatte.

Der einzige Verdächtige des Angriffs stand weit hinten in der Schlange, seine hochgewachsene, von einem dichten Haarschopf bekrönte Gestalt stach wie eine Lanze aus der Menge heraus. Mit seiner Teilnahme an der Vernissage wollte er unterstreichen, was er seit der Nacht beteuerte, als er Max auf dem Fußboden seines Ateliers entdeckt hatte: dass er nichts mit der Sache zu tun hatte. Obwohl er den einen oder anderen anklagenden Blick aushalten musste, behielt Tony stoisch seinen Platz in der Schlange bei. Er genoss seine Freiheit, von der er nicht wusste, wie lange sie noch währen würde.

Es war nicht leicht, seine Unschuld zu beweisen. Alle hatten ihn gesehen, als er wie eine Furie ins Glück gestürzt war und Max verprügelt hatte. Er hatte dem Maler die Lippe blutig geschlagen, bevor Gottfried von der Empore gekommen war, um die Streithähne zu trennen. Tony bereute es nicht, dem Maler eine runtergehauen zu haben, aber er bereute, es vor Zeugen getan zu haben.

Nur der Maler kannte den Grund für Tonys plötzliche Angriffslust. Er hatte nicht einmal versucht, vom Boden aufzustehen, sondern sich darauf beschränkt, ihn aus kurzsichtigen Augen bittend anzusehen. Der Koch hätte weiter auf ihn einprügeln können, ohne dass Max Widerstand geleistet hätte. Wenn die Schläge gegen seine Wut geholfen hätten, wäre es bei einem Hahnenkampf in einer Kneipe geblieben. Aber in der Hitze des Moments ließ Tony sich zu einer Äußerung hinreißen: »Wir sind noch nicht fertig miteinander!« Diese Worte und die Aussagen der anwesenden Gäste waren alles, was die Staatsanwaltschaft brauchte, um ihn zu verdächtigen, obwohl Lucas als Letzter mit Max zusammen gewesen war. Der Galerist behauptete, Max habe nicht gewollt, dass er ihn zu seinem Atelier begleitete, als sie das Kafi Glück verließen. Lucas sagte aus, er habe gearbeitet. Das Licht in seiner Galerie hatte bis spätabends gebrannt; Nachbarn hatten ihn gegen Mitternacht aus dem Geschäft kommen sehen und bestätigten sein Alibi. Es tat auch nichts zur Sache, dass überall in Max' Atelier Lucas' Fingerabdrücke zu finden waren: Er war schließlich sein Galerist.

In der Galerie Steiner lief Lucas hin und her und legte letzte Hand an die Ausstellung, die das gar nicht mehr brauchte. Er hatte das Catering einer neuen Firma anvertraut und ließ es sich nicht nehmen, jedes der Canapés zu probieren, während eigens für die Vernissage engagierte Kellner die Häppchen ordentlich auf Tabletts arrangierten. Der Tisch mit den Getränken stand gleich am Eingang; Bodenstrahler leuchteten von unten durch die Glasplatte, auf der die Gläser mit dem Prosecco standen, und warfen goldene Lichtkleckse an die Decke. Ihm ging durch den Kopf, dass die Reflexe über den Teilnehmenden blutrot gewesen wären, hätte er statt Sekt Rotwein gewählt. Ohne Zweifel ein starker Effekt; vielleicht zu dramatisch. Es hätte auf jeden Fall von Max' WUT abgelenkt.

Das Bild, das der Künstler als Letztes vollendet hatte, hing in der Mitte des Raums. Es war mit einem einzelnen Drahtseil am oberen Rand der Leinwand befestigt. Punktstrahler im Boden und an der Decke beleuchteten es von oben und unten, während sich die Leinwand wie ein Erhängter um sich selbst drehte. Das Bild war nicht gerahmt, damit man das Wort lesen konnte, das Max mit den Fingern seitlich an den Rand geschrieben hatte und das der Ausstellung ihren Titel gab. Die Stahlnägel, die im Holz und in der Leinwand steckten, waren von jedem Blickwinkel aus zu sehen.

Der Rest der Serie war genauso präsentiert, allerdings waren die Bilder mit Drahtseilen an der Decke und am Boden befestigt, so dass die Werke reglos im Raum zu schweben schienen. Die ganze Installation war ein bedrückendes Labyrinth aus Drähten und Leinwänden. Lucas wollte, dass sich die Besucher in dem Dschungel kleinformatiger Werke gefangen fühlten und sich Mühe geben mussten, um zum zentralen Werk zu gelangen, das von jedem Punkt der Galerie aus zu sehen war. Er wollte, dass sie ungehalten waren, wenn sie die Mitte des Raums erreichten. Dass sie Max' WUT spürten.

Lucas ging noch einmal durch die ganze Ausstellung. Die letzten Minuten vor der Eröffnung verbrachte er damit zu beobachten, wie sich die Leinwand gleichmäßig um sich selbst drehte. Dann zog er die schwarzen Samtvorhänge zurück, die den Raum vor neugierigen Blicken schützten, setzte sein Verkäuferlächeln auf und öffnete die Tür der

Galerie Steiner für den ersten Besucher. Als er den Eindruck hatte, dass der Raum sich genügend gefüllt hatte, nahm er ein Glas Prosecco und stellte sich an den Rand, um die Reaktionen der Anwesenden zu beobachten.

48 Myriam

Tony hätte ihren blonden Bob unter einer Million anderen erkannt, obwohl sie sich nicht mehr oft gesehen hatten, seit er die Sicherheit der Zürcher Bank gegen die Küche des Kafi Glück eingetauscht hatte. Er kannte nur eine Frau, die mit so viel Stil den Kopf zurückwarf, um eine Haarsträhne aus dem Gesicht zu schütteln, die ihre eisblauen Augen zu verdecken drohte. Sie war attraktiv wie eh und je. Der Koch trat hinter sie und rief leise ihren Namen, während er übers ganze Gesicht strahlte. Seine Freude darüber, in der überfüllten Galerie eine liebe Freundin zu treffen, war nicht zu übersehen.

»Myriam Steiner ...«

Sie drehte sich zu der vertrauten Stimme um und stand ihrem früheren Kollegen von der Zürcher Bank gegenüber. Sie umarmten sich herzlich.

»Du bist die letzte Person, die ich auf dieser Vernissage erwartet hätte, mein Lieber. Ich freue mich sehr, dich zu sehen, ehrlich.«

Tony wusste, dass Myriam es genauso meinte. Auch nachdem sie sich umarmt hatten, ließ er ihre Schultern nicht los, genauso wenig wie sie seine Hüften. Jegliche Diplomatie außer Acht lassend, sprach die Bankangestellte direkt das Thema an, das sich nicht umgehen ließ.

»Lucas hat's mir erzählt. Aber ich weiß, dass du es nicht warst. Ich glaube nicht, dass du zu so etwas fähig bist.«

Tony war dankbar für ihre ermutigenden Worte. Es gab keine schlüssigen Beweise, trotzdem war der Prozess nicht leicht für ihn. Als sie noch Kollegen waren, hatten Myriam und er eine sehr herzliche Beziehung gehabt, obwohl sie in unterschiedlichen Abteilungen gearbeitet hatten. Später war es wegen der unterschiedlichen Arbeitszeiten schwer gewesen, sich zu sehen.

»Natürlich war ich es nicht.« Tony ließ Myriams Schultern los. »Ich bin zuversichtlich, dass sich das Ganze bald aufklärt. Auch meine Anwältin macht mir Hoffnung. Sie haben nichts in der Hand außer einer Auseinandersetzung in der Kneipe und einem an den Haaren herbeigezogenen Motiv. Aber in letzter Zeit dreht sich alles nur um diese Sache.« Er ließ den Kopf hängen. »Mein ganzes Leben steht still. Wenigstens kann ich jeden Tag zur Arbeit gehen. Aber ganz ehrlich, Myriam, ich würde lieber das Thema wechseln. Erzähl mir von dir. Was machst du hier?«

»Lucas Steiner, der Galerist, ist mein Exmann, und Max ist sein rentabelster Künstler. Lucky lädt mich immer zu seinen großen Events ein.«

Tony war die Überraschung anzumerken.

»Lucky? Lucas Steiner ist dein Exmann?«

»Wie du siehst ... Aber das ist schon lange her. Und es hat nicht lange gehalten. Es war keine große Sache. Er hat meinen Nachnamen behalten, und ich habe mein altes Leben wieder aufgenommen. Die Ehe bringt Frauen nur Nachteile, Tony. Und wir hatten nicht mal Kinder. Ich bin nicht für dieses Leben gemacht. Es ging alles rasend schnell: Verlobung, Hochzeit, Trennung. Ich hatte keine Zeit, lange nachzudenken. Ich beschäftige mich beruflich damit, Licht in fremde Vergangenheiten zu bringen, und seine war mir immer ein Rätsel.«

»Lass uns lieber nicht über Rätsel sprechen«, sagte Tony. »Ich glaube, da habe ich eindeutig die Nase vorn: Ich werde eines Verbrechens beschuldigt, das ich nicht begangen habe, und meine Freundin bekommt ein Kind, von dem ich nicht weiß, ob ich der Vater bin oder der Künstler dieser Ausstellung. Ich nehme an, dass Lucas dir auch davon erzählt hat. Dieses Kind wird gegen mich verwendet. Es ist mein Damoklesschwert.«

Es gelang dem Koch nicht, seine abgrundtiefe Traurigkeit hinter Sarkasmus zu verstecken. Er wollte der Vater dieses Kindes sein. Er hätte gerne dieses Kind mit Valeria gehabt. Myriam versuchte, ihn zu trösten.

»Auf die Liebe kommt es an, Tony, nicht auf die Gene. Die Biologie ist nur die Basis; was danach kommt, ist viel entscheidender. Ob dieses Kind nun von dir ist oder nicht, es könnte sich glücklich schätzen, dich zum Vater zu haben. Ehrlich gesagt, bezweifle ich, dass Max das besser hinbekäme als du. Er war immer ein Egoist und hat mit dem Leben gehadert. Außerdem hatte er eine Menge Laster, und keines davon tat ihm gut.«

»Hat«, korrigierte Tony.

»Stimmt. Hat. Auch wenn von dem armen Kerl nicht mehr viel übrig ist.«

Tony verzog angesichts von Myriams Bemerkung missbilligend das Gesicht. Max war ein Arschloch, aber ein wehrloses Arschloch.

»Sag nicht so was, Myriam. Das ist nicht nötig.«

»Was sollst du nicht sagen, Myriam?«, schaltete sich Lucky ein, ein Glas Prosecco in jeder Hand. Eines davon reichte er seiner Exfrau. »Ich wusste gar nicht, dass du Tony kennst. Ehrlich gesagt, bin ich sehr überrascht, ihn hier zu sehen«, bemerkte er, ohne den Koch anzusehen.

Tony war anzumerken, dass ihm Lucas' Einmischung nicht passte, aber er ließ sich die Gelegenheit nicht entgehen, ihm Kontra zu geben.

»Ich habe nichts zu verbergen, falls du das meinst. Ich

denke nicht, dass ich jemanden störe. Ich bin nicht die Hauptperson des heutigen Abends.«

»Die Hauptperson kann leider nicht hier sein«, entgegnete Lucas sarkastisch. »Hast du eine Ahnung, warum?«

Tony ging nicht auf die Provokation ein. Er wusste, dass eine Antwort ihm nur Probleme einbringen würde. Stattdessen zog er es vor, sich von Myriam zu verabschieden, ohne den Galeristen eines Blickes zu würdigen.

»Es hat mich sehr gefreut, dich mal wiederzusehen, Myriam. Bitte geh nicht, bevor wir unsere Unterhaltung fortgesetzt haben, okay?«

Sie nickte und sah zu, wie Tony davonging. Dann wandte sie sich an ihren Exmann und fragte giftig:

»Darf man wissen, was hier gespielt wird, Lucky? Bist du plötzlich ein Moralist geworden?«

49 Neugier

Lucas wollte auf der Vernissage nicht mit seiner Exfrau streiten. Er hatte hart gearbeitet und viel aufs Spiel gesetzt, und heute war sein Tag. Er wollte seinen Erfolg genießen. Er hatte eine beträchtliche Summe investiert und war darauf angewiesen, dass sich die Mühe in Verkäufen auszahlte. Es war ihm völlig egal, ob er ein Moralist war oder nicht. Was er wollte, war, dass sich sein Einsatz rentierte. Er überhörte die Stichelei seiner Exfrau und antwortete:

»Tony ist dafür verantwortlich, dass Max heute nicht hier sein kann, Myriam. Ich weiß nicht, was er hier will, aber du wirst doch nicht erwarten, dass ich ihn willkommen heiße, oder?«

Der Raum war brechend voll. Die Besucher schienen nicht nur von Max' Werk begeistert zu sein, sondern auch von der Präsentation der Bilder. »Spektakulär. Sehr arty«, schnappte Lucas auf. Der Kommentar kam von einem Kritiker mit manieriertem Gehabe, etwas, das er mit dem Grüppchen von Blendern gemeinsam hatte, das ihn umringte. Neben ihm stand die Chefredakteurin eines bekannten Kunstmagazins. Sie nickte zustimmend und setzte hinzu: »Absolut! Hochexplosiv. Der Titel der Ausstellung ist so was von passend.« Unter den Gästen waren viele solcher Schwätzer, die Lucas eigentlich nicht interessierten. Potentielle Käufer waren nicht manieriert. Leute, die bereit waren, Geld für Kunst auszugeben, waren wesentlich diskreter. Kritiker waren ein notwendiges Übel, damit in den Medien über die Galerie und Max' WUT berichtet wurde. Er musste mit ihnen sprechen, auch wenn es ihm so viel Spaß machte wie ein Besuch beim Zahnarzt. Lucas wollte sich gerade zu der Gruppe gesellen, um sich mit Lob überschütten zu lassen, als er sah, dass Gottfried und Julia auf ihn zukamen. Der Galerist war froh über die Rettung und empfing sie mit überschwänglicher Begeisterung.

»Gottfried! Julia! Wie schön, dass ihr kommen konntet! Max wäre überglücklich. Die Vernissage ist ein voller Erfolg! Wie findet ihr die Präsentation?«

Gottfried war erstaunt über Lucas' Wortschwall, schob ihn jedoch auf den übermäßigen Konsum von Prosecco. Julia übernahm es, auf die Frage zu antworten, während Gottfried die Frau in Augenschein nahm, die mit genervter Miene neben dem Galeristen stand, der ihr halb den Rücken zukehrte. Er hatte das Gefühl, sie schon einmal gesehen zu haben, aber vielleicht erinnerte sie ihn nur an seine Mutter.

Er nahm zwei Gläser vom Getränketisch und reichte Julia eines davon. Sie bedankte sich mit einem flüchtigen Kuss auf die Lippen.

Als Myriam bemerkte, dass Gottfried sie ansah, drückte sie sich an der Schulter ihres Exmanns vorbei und mischte sich in die Unterhaltung ein.

»Sagen Sie bitte, dass Sie alles ganz phantastisch finden. Mein Mann kommt schlecht mit Kritik zurecht«, sagte sie spöttisch. »Sind Sie Freunde von Max?«

Lucas sah sich genötigt, sie einander vorzustellen.

»Ihr habt soeben meine Exfrau kennengelernt. Myriam Steiner.«

Und dann, an sie gewandt:

»Myri, das sind Gottfried Messmer und Julia Vogel. Gottfried ist der Eigentümer des Kafi Glück und besitzt eine der kuriosesten Kunstsammlungen, die ich kenne. Julia arbeitet als Krankenschwester im Triemli-Spital. Manchmal kümmert sie sich dort auch um Max.«

Als Gottfried den Namen der Frau hörte, wusste er, warum sie ihm bekannt vorgekommen war. Er reichte ihr die Hand.

»Erfreut, Sie kennenzulernen, Myriam. Aber ich glaube, wir hatten bereits das Vergnügen. Sie arbeiten bei der Zürcher Bank, nicht wahr? Ich glaube, Sie waren dabei, als ich das Schließfach meines Vaters geöffnet habe.«

Myriam nickte.

»So ein Zufall!«, rief Julia und lächelte die Frau an. »Diese Stadt ist kleiner, als man denkt.«

»Klein? Ich würde sagen, sie ist winzig«, setzte Myriam hinzu. »Man kann sich mit keinem anlegen, weil man alle früher oder später wiedersieht.«

»Da sagen Sie was«, seufzte Julia. »Als Krankenschwester habe ich Patienten aller Art. Zum Glück arbeite ich auf der Palliativstation; da sehe ich die Leute nicht wieder, wenn sie das Spital verlassen«. Niemand lachte. Julia merkte, dass ihr Scherz auch Max betraf. Sie war ins Fettnäpfchen getreten. Gottfried kam ihr zu Hilfe.

»Sie hingegen werden überall viele bekannte Gesichter treffen, wenn Sie bei der Bank arbeiten«, lenkte er die Unterhaltung in ruhigere Gewässer.

»Nun, Sie werden es nicht glauben, aber eigentlich sind es gar nicht so viele«, erklärte Myriam Steiner. »Ich habe nicht viel Publikumsverkehr. Ich bin in der Abteilung für Rechtsnachfolge; das ist eine andere Welt. Ich kümmere mich um schlafende Konten – Konten, auf denen es viele Jahre keine Bewegungen gab und deren Inhaber für tot erklärt wurden oder verschollen sind. Unsere Aufgabe ist es, Erben zu finden. So bin ich Herrn Messmer begegnet. Es war eine Überraschung, dass er in Zürich wohnt. Das ist eher die Ausnahme.«

»Gottfried ist ein Ausnahmefall, ja«, scherzte Julia. »Aber Ihre Arbeit klingt sehr interessant. Ich bin sicher, dass sich hinter jedem Fall eine komplizierte Geschichte verbirgt, oder? Ich wüsste nicht, warum jemand sonst sein Geld bei einer Bank deponieren sollte, ohne ein Lebenszeichen zu geben …«

Gottfried betrachtete Julia mit einem stillen Lächeln. Sie übernahm die Gesprächsführung, ohne es auch nur zu merken. Er bewunderte die Leichtigkeit, mit der sie Menschen für sich gewann, einfach, indem sie sich für sie interessierte. Aber noch bewundernswerter fand er, dass ihr Interesse immer echt war.

Julia ahnte nichts von den Gedanken ihres Freundes und setzte ihr Gespräch mit Myriam fort:

»Ich muss gestehen, dass ich furchtbar neugierig bin. Ich an Ihrer Stelle könnte es kaum erwarten, diese Geschichten zu erfahren. Nicht zu reden vom Inhalt der Schließfächer!«

Julias Geständnis brachte Myriam zum Lächeln.

»Nun, hinter jedem Fall stecken intensive Nachforschungen. Die Geschichten finden wir immer heraus, Frau Vogel, aber Sie werden verstehen, dass sie vertraulich sind. Und nicht alle Konten sind mit einem Schließfach verbunden wie im Fall von Herrn Messmer. Ehrlich gesagt, sind das die wenigsten. Meistens geht es um Geld auf Nummernkonten, auf die seit Jahrzehnten niemand mehr zugegriffen hat.«

»Und warum Nummernkonten?«, hakte Julia nach.

»Um ihre Inhaber zu schützen. Nur zwei oder drei Bankangestellte kennen ihre wahre Identität.«

»Wovor zu schützen? Vor der Steuerbehörde?«

Myriam brach in ein herzhaftes Lachen aus, das die Aufmerksamkeit des Kritikergrüppchens neben Lucas erregte. Der Galerist war neben seiner Exfrau stehen geblieben und begrüßte einige Gäste, die auf ihn zukamen, während er nicht aufhörte, das Gespräch zwischen ihr, Gottfried und Julia zu verfolgen.

Julias Frage wäre Myriam Steiner unverschämt erschienen, hätte diese sie nicht mit absoluter Offenheit gestellt. Sie antwortete ohne Umschweife.

»Steuerflucht ist eine moderne Erfindung. Tatsächlich gibt es die unterschiedlichsten Gründe, Kunden zu schützen. Die Konten wurden ab 1934 mit Nummern versehen, um die Anonymität jüdischer Kunden zu wahren und ihr Vermögen vor dem Zugriff des NS-Regimes zu schützen.«

Gottfried merkte, worauf seine Partnerin hinauswollte, und versuchte, sie zu stoppen.

»Julia, Frau Steiner ist gekommen, um sich die Ausstellung anzusehen, und nicht, um ...«

Julia ließ ihn nicht ausreden. Gottfrieds Bevormundung ärgerte sie.

»Warte, Gott. Man hat nicht jeden Tag Gelegenheit, etwas über diese Dinge zu erfahren.« Dann stellte sie Myriam eine weitere Frage: »Dann hat jeder Kunde ein Recht auf Anonymität?«

Die Bankangestellte lächelte. Diese zweite Frage erschien ihr schon nicht mehr so unbedarft, aber Julia gefiel ihr, und sie war argwöhnische Fragen gewöhnt.

»Natürlich. Jeder. Die Vermögensverhältnisse und Kontobewegungen der Kunden sind bei jeder Bank durch das Bankkundengeheimnis geschützt. Nummernkonten sind noch eine Stufe vertraulicher. Aber wenn es Ihnen um illegales Geld geht, das wird heutzutage streng überwacht.«

Julia ließ nicht locker.

»Überwacht in welchem Sinne?«

»In dem Sinne, dass es sich für die Bank nicht lohnt, dafür einen schlechten Ruf zu riskieren. Geld zweifelhafter Herkunft macht weniger als vier Prozent des gesamten Geschäftsvolumens aus und bringt weltweit so viel negative Presse, dass es sich nicht lohnt, es anzunehmen. Heutzutage nicht mehr.«

Gottfried hatte Angst davor, was Julias als Nächstes fragen würde, und versuchte, das Gespräch zum Ausgangspunkt zurückzubringen.

»Nun, Geld ist Geld. Aber was ist mit den Schließfächern?«, fragte er.

Julia fing den Ball auf, den Gottfried ihr zugeworfen hatte.

»Genau! Sind Sie nicht neugierig, was da drin ist?«

Es war nicht das erste Mal, dass Myriam diese Frage gestellt wurde. Die Bankangestellte beantwortete sie genauso wie schon viele andere Male zuvor.

»Natürlich bin ich neugierig. Manchmal, je nachdem, wie sich die Kunden beim Verlassen des Tresors benehmen, muss ich mir auf die Zunge beißen, um nicht zu fragen. Ich nehme an, Neugier liegt in der Natur des Menschen. Aber wenn ich von der Arbeit komme, denke ich ehrlich gesagt nicht länger darüber nach.«

Gottfried entdeckte Tonys Afro am anderen Ende des Raums und versuchte vergeblich, ihn auf sich aufmerksam zu machen. Dann bemerkte er Julias absichtsvolles Lächeln und wusste sofort, dass es ihm diesmal nicht gelingen würde, sie an der Frage zu hindern, die ihr auf der Zunge lag.

»Wüssten Sie nicht gerne, was in Gottfrieds Schließfach war?«

50 Die Obsession

Angesichts von Julias Frage schüttelte Gottfried missbilligend den Kopf, aber er konnte ihr auch nicht böse sein. Er wusste, dass seine Partnerin großen Spaß daran hatte, Geheimnisse zu enthüllen, Zeichen zu erkennen und Zufälle zu entdecken, und es gefiel ihm, ihr dabei zuzusehen. Aber er hatte keine Lust, an diesem Abend über seinen Vater zu sprechen. Auch nicht über *Waldinneres.* Er wollte sich Max' Arbeiten ansehen. Alle außer ihnen schienen die Party zu genießen, und er wollte nicht über ein Gemälde sprechen, das gar nicht ausgestellt war.

Myriam bemerkte Gottfrieds Gesichtsausdruck und wollte es ihm ersparen, über Dinge reden zu müssen, die er ganz offensichtlich lieber für sich behielt. Sie versuchte, das Thema liebenswürdig zu umgehen.

»Natürlich wüsste ich gerne, was in dem Schließfach war. Aber Herr Messmer hat Anspruch auf absolute Vertraulichkeit. Und als Angestellte der Bank habe ich das zu respektieren. Ich werde keine jahrhundertalte Tradition brechen.«

Julia fühlte sich ein wenig beschämt von der ausweichenden Antwort ihrer Gesprächspartnerin und fasste sanft Gottfrieds Arm. Er wusste, dass es keinen anderen Ausweg gab, als den Inhalt des Schließfachs zu offenbaren, wollte er die Situation retten. Er wandte sich an Myriam, fest entschlossen, Julia den Gefallen zu tun.

»Ich will es Ihnen gerne erzählen, Frau Steiner, aber nur, wenn ich Sie duzen darf. Das ›Sie‹ ist mir immer ein bisschen unangenehm, vor allem, wenn es sich um jemanden in meinem Alter handelt.«

»Aber sicher«, willigte sie ein. »Nur zu.«

»Danke, Myriam. Offen gestanden, macht es mir nichts aus, dir zu sagen, was in dem Schließfach war. Außerdem bin ich sicher, dass meine Frau es dir sowieso verraten wird, wenn ich es nicht tue.«

Julia war überrascht. Es war das erste Mal, dass Gott sie »seine Frau« nannte. Es war ihr nicht unangenehm, aber sie war befremdet von der plötzlichen Ernsthaftigkeit, die dieses Wort ihrer Beziehung verlieh. Sie fand die Idee nicht verlockend, die »Frau von…« zu sein. Sie bevorzugte eine Beziehung auf Augenhöhe.

»Seit wann bin ich deine Frau?«, neckte sie ihn.

Gottfried erklärte Myriam die Situation:

»Wir sind nicht verheiratet. Wir wohnen nicht mal zusammen. Aber sie entscheidet für mich, als ob sie meine Frau wäre«, sagte er und sah Julia mit einem belustigten Lächeln an. Sie fand die Bemerkung nicht besonders witzig, aber als er weitersprach, verstand sie, warum er es getan hatte.

»Sie möchte, dass ich dir sage, was in dem Schließfach war, also muss ich es tun. So oder so.«

Julia und Gottfried sahen sich liebevoll an. Myriam war ein bisschen neidisch. Wortloses Einverständnis war nicht die Stärke ihrer Ehe mit Lucas gewesen. Genauso wenig wie die Fähigkeit, sich gegenseitig zu necken, ohne den anderen zu verletzen. Sie hatte diesem New Yorker vollkommen vertraut, um dann festzustellen, dass er sie nie geliebt hatte. Myriam merkte bald, dass sie einen Fehler gemacht hatte, aber sie hatte weiter die perfekte Ehefrau gespielt und keine Fragen gestellt, als ihr Mann seine Probleme mit der Justiz auf der anderen Seite des Atlantiks und seine dunklen Geschäfte auf dieser Seite verschwieg. Ihre katholische Erziehung war daran schuld, dass sie die Situation länger ertrug, als es ihrer Würde als Frau guttat. Lucas liebte nur seine Kunden und seine Geschäfte. Er liebte nur das Geld.

Als sie sich schließlich doch dazu durchrang, sich von ihrem Mann zu trennen, machte ihm das nicht das Geringste aus. Es gab keinen Liebeskummer, weil es auch ihr längst nichts mehr ausmachte. Beide gewannen bei der Sache: Er erhielt den Schweizer Nachnamen, den er brauchte, und sie bekam ihre Freiheit und ihr Selbstwertgefühl zurück. Danach hatte es andere Männer gegeben, aber immer nur vorübergehend. Myriam erlaubte ihnen nicht zu bleiben.

»Dann mal raus damit, mein lieber Mann«, drängte Julia. Ihre weibliche List entlockte Gottfried ein Lächeln.

»In dem Schließfach meines Vaters befand sich ein Gemälde. Ein sehr kleines Gemälde. Es war in einem Spazierstock versteckt. Ich habe mich auf ihn gestützt, als ich den Tresorraum verließ; ich fand es die würdevollste Art, ihn aus seinem Versteck zu bringen.«

»Das ist mir aufgefallen«, gab Myriam zu. »Ich erinnere mich, dass ich mich fragte, welchen Wert dieser Spazierstock wohl haben mochte, wenn er das Einzige war, was sich in dem Schließfach befand.«

»Nun, der Stock ist einfach nur ein Stock«, sagte Gottfried. »Er hatte einen emotionalen Wert für seinen Besitzer, aber mehr nicht. Das Gemälde hingegen ist wertvoll.«

»Das mit dem Gemälde ist typisch für Schließfächer aus der Zeit des Zweiten Weltkriegs. Manche wurden auch erst Jahre später gemietet, wie das Ihres Vaters«, sagte Myriam. »Kunst und Gold sind sichere Wertanlagen. Meist verkaufen die Erben die Werke später. Aber manchmal ist das nicht möglich, weil sie sich als Raubkunst herausstellen. Die Nazis haben über sechshunderttausend Kunstwerke konfisziert. In diesen Fällen ist es schwierig, vor allem weil die Erben so die wahre Geschichte ihrer Verwandten erfahren.«

Myriam machte eine Pause und stieß Lucas an, damit er sich an der Unterhaltung beteiligte, anstatt die anderen Gäste zu beobachten. Dann wandte sie sich wieder an Julia.

»Wenn du dich für das Thema interessierst, kann dir mein Exmann viel über Raubkunst erzählen. Stimmt's, mein Lieber?«, fragte sie mit einem gemeinen Lächeln.

Der Galerist war auf der Hut und gab eine ausweichende Antwort.

»Mit der wahren Geschichte von Verwandten meinst du aber sicherlich nicht Gottfrieds Vater, oder? Ich bin davon überzeugt, dass der Vater dieses Herrn kein Dieb und erst recht kein Nazi war, Myriam.«

Der Bankangestellten war die Überraschung anzumerken, als sie feststellte, dass ihr Exmann die ganze Zeit zugehört hatte.

»Ich glaube nicht, dass Myriam das meinte, Lucas«, schaltete Gottfried sich ein. Und wieder an sie gerichtet: »So oder so tut die Vergangenheit meines Vaters hier nicht viel zur Sache, denn der Spazierstock und das Bild waren nicht für mich bestimmt. Das wahre Vermächtnis meines Vaters bestand in einem Wunsch: dem Wunsch, den Besitzer der beiden Gegenstände ausfindig zu machen.«

»Oh, das ist ja interessant! Also hast du für das Schließfach gezahlt, obwohl der Inhalt gar nicht dir gehört?«, fragte Myriam Steiner.

»Genau. Hätte ich das vorher gewusst, hätte mir das womöglich eine Menge Geld gespart«, gab Gottfried zu.

»Und? Hast du den Besitzer gefunden?«

»Nun ja, wie Julia eben sagte: Zürich ist klein, Myriam.«

»Ernsthaft? Du hast ihn gefunden? Das ist ja eine Geschichte!«, rief sie begeistert. »Und du wolltest das Gemälde nicht behalten? Ich meine nur, weil du vorhin sagtest, es sei wertvoll …«

Myriams Begeisterung amüsierte Gottfried.

»Ziemlich wertvoll«, bestätigte er. »Dein Ex hat den Nagel auf den Kopf getroffen: Es ist ein früher Klimt. Als er mir das sagte, dachte ich, er würde mich auf den Arm nehmen. Ich kannte nur die üblichen Sachen von Klimt: *Der Kuss, Tod und Leben*, und sonst nicht viel. Ich hatte keine Ahnung, dass er mit Landschaftsmalerei begonnen hatte.«

»Ach so, es handelt es sich um eine Landschaftsansicht?«, fragte Myriam.

»Genau. Eine naturalistische Darstellung der Wälder um Wien.«

51 Die Enthüllung

Ein Paar im Rentenalter kam auf Lucas zu. Eine beeindruckende Perlenkette schmückte den Hals der Frau, obwohl sie ansonsten schlicht gekleidet war. Das Aussehen des Mannes, bei dem sie sich untergehakt hatte, schrie beinahe nach Almosen. Lucas erkannte sofort die Tarnung der Millionäre, die ihr Geld lieber in Kunst investierten statt in ihr Äußeres. Er nutzte die Gelegenheit, um sich zu entschuldigen und die Gruppe stehen zu lassen. Ihm gefiel nicht, welche Richtung die Unterhaltung nahm.

Myriam bemerkte seine Flucht und konzentrierte sich auf die Geschichte des Bildes.

»Warte mal, Gottfried. Du sagtest gerade, das Bild sei von Klimt, zeige einen Wald und sei sehr klein. Wie klein?«

»Ungefähr so groß wie eine Handspanne. Oder wie eine Postkarte. Warum fragst du?«

»Das erzähle ich dir gleich. Sag mir vorher noch: Du kennst nicht zufällig den Titel, oder?«

»Doch, klar. Max zufolge heißt es *Waldinneres.*«

Myriam war wie vom Donner gerührt.

»Das glaube ich einfach nicht. Lucas ist hinter diesem Bild her, seit ich ihn kenne!«

Nicht weit entfernt kümmerte sich Lucas Steiner um das potentielle Käuferpaar, ohne die Gruppe um seine Exfrau aus den Augen zu lassen. Er mochte es nicht, die Kontrolle über die Situation zu verlieren. Bis er sie dann vollständig verlor.

Am Eingang traten die Leute zur Seite, um einen alten

Mann im Rollstuhl durchzulassen, der von einem jüngeren Mann geschoben wurde.

»Scheiße«, rutschte es Lucas heraus. Das Paar, mit dem er zusammenstand, sah ihn missbilligend an, aber er merkte es nicht einmal. Als er die Einladungen für die Vernissage verschickt hatte, hatte er vergessen, die Adresse des Alten von der Mailingliste zu löschen. Schweißperlen erschienen auf seiner Glatze.

Lucas versuchte, im Hintergrund zu bleiben und zu sehen, wie der neue Gast auf die Ausstellung reagierte, die er unwissentlich finanziert hatte.

Als der Alte die Mitte der Galerie erreichte, hielt er inne und betrachtete das imposante Acrylgemälde, das sich um die eigene Achse drehte, wobei die Nägel aufblitzten, von denen die Leinwand durchsiebt war. Seine Hände ruhten auf einer weichen blauen Kaschmirdecke, in die seine Beine gehüllt waren.

»Zugegeben, dieser Max Müller ist nicht schlecht, Albert«, sagte er zu seinem Assistenten. »Er hat Kraft. Seine Wut erreicht mich. Wir sollten ihn im Auge behalten, und nicht nur aus Dankbarkeit. Bedauerlich nur, wie er präsentiert wird. Die Drahtseile drängen die Arbeiten in den Hintergrund, findest du nicht?«

Lucas war gewarnt, als er die Kritik hörte. Trotz seiner körperlichen Hinfälligkeit war der Alte geistig voll auf der Höhe. Der Galerist nahm seinen ganzen Mut zusammen, breitete mit gespielter Überraschung die Arme aus und rief mit geheuchelter Begeisterung den Namen seines Mäzens. Die Menge richtete ihre Aufmerksamkeit auf die Mitte des Raums.

»Gabriel Baron! Welche Überraschung! Welche Ehre! Willkommen in meiner Galerie! Ich freue mich, dass Sie gekommen sind.«

Der Name des Erzengels erregte sofort Gottfrieds Aufmerksamkeit. Er versuchte, so nah wie möglich an die drei Männer heranzukommen. Mit einer Handbewegung bat er Julia und Myriam, ihm zu folgen.

Der alte Herr nahm Lucas' überschwängliche Begrüßung mit regloser Miene entgegen. Seit ihrem letzten Telefonat war noch nicht viel Zeit vergangen, aber es war lange her, seit sie sich persönlich gesehen hatten. Damals hatten seine Beine ihn noch getragen; inzwischen wurden die Zeiträume, in denen das möglich war, immer kürzer. Er hatte sich an die Bequemlichkeit des Rollstuhls gewöhnt und wollte nicht mehr auf ihn verzichten, vor allem auf Reisen. Was ihn am Leben im Rollstuhl am meisten ärgerte, war die Tatsache, dass er sich nicht auf Augenhöhe mit seinen Gesprächspartnern befand. Nachdem er ein Leben lang sein Reedereiimperium geleitet hatte, konnte er sich nicht damit abfinden, zu den Leuten aufzuschauen, und er hasste die Herablassung, mit der die anderen auf ihn herunterblickten. Wie Lucas Steiner.

»Danke, Lucas«, sagte Gabriel Baron ungerührt. »Ich freue mich ebenfalls, dass ich es bis hierher geschafft habe. Ist nicht einfach mit dem Ding.« Er deutete auf den Rollstuhl. »Aber ehrlich gesagt bin ich nicht nur hier, um dich zu sehen. Albert und ich hatten in Wien zu tun und haben beschlossen, deine Einladung anzunehmen. Die Gelegenheit konnte ich mir nicht entgehen lassen. Du kennst ja das Sprichwort: Dankbarkeit ist ein Zeichen guter Erziehung. Ich bin gekommen, um mich bei diesem Max Müller dafür zu bedanken, dass er mir den Klimt verkauft hat. Und dir, Lucas, danke ich dafür, dass du den Handel in die Wege geleitet hast. Es bedeutet mir viel, dieses Bild wiedergefunden zu haben. Es war Sandlers Lieblingswerk.«

Als Myriam Steiner diese Worte hörte, schlug sie die Hände vor den Mund.

»Max?«, fragte sie und schaute völlig verwirrt zu Gottfried. »Der Klimt gehört Max?«

Gottfried sah Baron und Lucas an, während er hastig versuchte, die einzelnen Puzzleteile zusammenzufügen. Er konnte nicht glauben, was er da hörte. Er suchte nach Tony und gab ihm ein Zeichen, näher zu kommen. Dann wandte er sich leise, aber mit Bestimmtheit an Julia und Myriam:

»Ruft die Polizei. Es war Lucky, der Max in seinem Atelier überfallen hat.«

Gottfried ging auf den alten Mann zu und schaltete sich in das Gespräch ein.

»Mr. Baron, wenn Lucky Ihnen das Bild beschafft hat, dann sicher nicht gegen Geld. Max hätte dieses Bild für kein Geld der Welt verkauft.«

Dem Alten war die Überraschung über die Einmischung dieses Unbekannten anzusehen, der ein Geschäft in Zweifel zog, dessen Abschluss Lucas Monate gekostet hatte. Mit seinen knöchernen Händen umklammerte er die Armlehnen des Rollstuhls und stand mit Hilfe seines Assistenten auf. Die blaue Decke fiel wie in Zeitlupe auf den Boden, aber niemand wagte es, sie aufzuheben. Gebannt starrten die Anwesenden auf den alten Mann, der sich angestrengt auf seinen wackligen Beinen hielt, und verfolgten die Szene mit angehaltenem Atem. Als er sprach, klang seine Stimme erstaunlich fest.

»Darf ich erfahren, wer Sie sind?«, fragte er Gottfried unumwunden.

Der Besitzer des Glück war zu aufgebracht, um Mitleid mit dem gebrechlichen Gabriel Baron zu haben. Die herrische Stimme des Alten ließ vermuten, dass die Rückschläge, die er im Laufe seines Lebens erlitten haben mochte, ihn nicht gebrochen, sondern nur noch stärker gemacht hatten. Er hatte keine Zeit für lange Erklärungen, aber er konnte die

Gelegenheit nicht ungenutzt lassen, um die Dinge klarzustellen, damit jeder seine gerechte Strafe bekam.

»Sie kennen mich nicht, Mr. Baron. Aber ich weiß, wer Sie sind. Ich glaube, wir haben alle gehört, wie Lucas Ihren Namen sagte. Gabriel Baron. Aber nur ich weiß, dass Jakob Sandler Ihnen das Leben gerettet hat. Ist es nicht so?«

Baron blieb noch ein, zwei Sekunden stehen, dann ließ er sich mit der ganzen Last seines Alters in den Rollstuhl fallen. In seiner Verwirrung schien er unfähig, das Gehörte zu sortieren, das wie ein Meteoritenregen auf ihn einprasselte.

»Woher kennen Sie ihn?«, stammelte der alte Mann.

»Ich bin Jakob Sandler nie begegnet«, erklärte Gottfried. »Er ist vor vielen Jahren gestorben. Aber mein Vater kannte ihn, auch wenn er nie seinen Namen erfahren hat. Seinen Sohn allerdings kenne ich sehr gut. Jakobs Sohn.«

52 Der Orkan

Angesichts der Erklärungen dieses Unbekannten erschien ein beinahe kindliches Leuchten in Gabriel Barons trüben Augen. Gottfried hatte einen Kloß im Hals, als er sah, wie sie sich mit Tränen füllten. Er musste an seinen Vater denken. Gottfrieds Worte hatten in Baron einen Strom von Gefühlen ausgelöst, die er sein Leben lang unterdrückt hatte. Es war ihm egal, dass er von Dutzenden Menschen beobachtet wurde. Jakob konnte er nicht mehr finden, aber er konnte seinen Sohn kennenlernen. Nachdem er sich ein wenig gefasst hatte, wandte er sich an Gottfried.

»Bitte, Herr …«

»Messmer.«

Als er den Namen hörte, sah der Alte ihn forschend an. Offensichtlich hatte der Name irgendetwas in ihm ausgelöst, auch wenn Gottfried keine Ahnung hatte, warum.

»Herr Messmer, Sie können sich nicht vorstellen, was Ihre Worte für mich bedeuten«, erklärte er, den Blick fest auf die Leinwand vor ihm gerichtet. »Jakob hatte einen Sohn …«, sagte er stockend, während Tränen sein zerfurchtes Gesicht hinabrannen.

Gottfried hob die blaue Decke vom Boden auf und legte sie dem betagten Mann wieder über die Knie. Dieser packte so fest nach seinem Arm, wie seine arthritischen Finger es zuließen. Als er sprach, spiegelte sich abgrundtiefe Traurigkeit in seinem Gesicht.

»Wissen Sie, ich habe mein Leben lang nach Jakob Sandler gesucht und nie die geringste Spur gefunden. Und ich versichere Ihnen, dass ich viel Geld in die Suche investiert habe. Und jetzt sagen Sie mir, dass Jakob einen Sohn hatte …«

Gottfried ergriff bewegt Barons Hand, um ihm die Erklärung zu geben, nach der der Mann suchte.

»Der Sohn hat nie den richtigen Namen seines Vaters getragen, deshalb haben Sie nie von seiner Existenz erfahren. Als Jakob Sandler in die Schweiz kam, nahm er einen neuen Namen an. Einen Namen, der so gewöhnlich ist, dass er ihn unsichtbar machte: Müller. Jakob Müller.«

Lucas versuchte, sich unauffällig hinter der mit Nägeln versehenen Leinwand zu verstecken, die sich immer noch um die eigene Achse drehte, ohne ihren Rhythmus zu verändern. Es kam Gottfried vor, als wäre WUT das Auge eines Orkans, um das herum der Sturm losbrach.

»Und Müller heißt auch sein Sohn Max«, fuhr Gottfried fort. »Max Müller. Deshalb hätte Max *Waldinneres* niemals verkauft. Dieses Gemälde verband ihn mit seinen Wurzeln. Es war der Beweis, dass es die Vergangenheit seines Vaters wirklich gegeben hatte. Eine Vergangenheit, die Max für erfunden hielt, bis ich ihm vor neun Monaten das Bild gab.« Gottfried sah Lucas an, und die Wut der Leinwand, die dort vor ihm hing, schien sich in seinen Augen zu spiegeln. »Und dann bricht einige Wochen später *jemand* in sein Atelier ein und greift ihn an. War es nicht so, Lucky?«, brüllte er den Galeristen an, der versuchte, sich in der Menge zu verstecken.

Tony hatte fassungslos das Gespräch zwischen Gottfried und dem alten Baron verfolgt. Neben ihm stand Myriam und umklammerte seinen Arm. Die Spannung im Raum war mit Händen zu greifen. Gottfried wandte sich an den Koch.

»Tony, es tut mir leid, dass mir die Zusammenhänge erst klarwurden, als du bereits die Zeche gezahlt hattest. Lucky ließ es zu, dass man dir den Überfall zur Last legte, und er hätte dich auch in den Knast gehen lassen. Aber ich bin so gut wie sicher, dass er es war.«

Gottfried machte eine kurze Pause. Die ganze Galerie hing wie gebannt an seinen Lippen, als ob das Ganze nur eine Vorstellung und Gottfried der große Star wäre. Er sah sich außerstande, das Chaos zu ordnen, das in seinem Kopf herrschte, also beschränkte er sich darauf, seine Version darzulegen.

»Ich glaube, dass Lucky an jenem Abend mit Max zu dessen Atelier ging. Es kam vermutlich zu einer gewalttätigen Auseinandersetzung, jedenfalls denke ich, dass er das Bild gestohlen und Max nie einen Cent von Barons Geld gesehen hat. Das ist meine Vermutung.«

Der Orkan der WUT erfasste Tony. Er sah sich nach Lucas um und entdeckte ihn an der Tür zu seinem Büro. Ohne Rücksicht schob er die Leute beiseite und ging hinterher. Unterdessen wandte sich Baron an Gottfried:

»Herr Messmer, Sie werden verstehen, dass ich unbedingt Max sehen möchte. Wann können Sie mich zu ihm bringen?«

Eigentlich fand Julia immer die besten Worte, um schlechte Nachrichten zu überbringen. Es gehörte zu ihrer Arbeit. Aber Gottfried wusste, dass die Wahrheit den alten Mann so schwer treffen würde, dass er sie gleich offen und schonungslos aussprach:

»Mr. Baron, Max wurde vor acht Monaten in seinem Atelier überfallen. Der Angreifer schoss mit einer Nagelpistole auf ihn, und einer der Nägel drang ins Gehirn. Der Schuss war nicht tödlich, aber seitdem liegt Max im Koma.«

Der ernste Ton, in dem Gottfried diese Worte aussprach, ließ keinen Platz für Optimismus.

»Es tut mir sehr leid«, setzte Gottfried hinzu, und er meinte das so ehrlich wie noch nie etwas zuvor.

Langsam, aber unaufhaltsam wie Lava breitete sich empörtes Gemurmel unter den Gästen der Vernissage aus. Gabriel Baron legte den Zeigefinger auf die Lippen und schloss die Augen. In der Galerie wurde es mucksmäuschenstill. Als er die Augen wieder öffnete, sagte er nur einen Satz:

»Ich will ihn sehen.«

»Natürlich, Mr. Baron. Gleich morgen ...«, setzte Gottfried an, doch der alte Mann ließ ihn nicht aussprechen.

»Nicht morgen. Ich will ihn jetzt sehen.«

»Mr. Baron, die Besuchszeit im Triemli-Spital endet um acht. Sie können Max jetzt nicht sehen.«

»Herr Messmer, Sie glauben doch nicht, dass mich eine verdammte Besuchszeit nach siebzig Jahren Suche davon abhält, Jakob Sandlers Sohn zu sehen, oder?«

Gottfried antwortete nicht.

»Ich bin ihm zu nahe, um auch nur eine Sekunde länger zu warten«, erklärte Baron. »Ich will Max Müller sehen, Herr Messmer. Jetzt.«

»Er hat recht, Gott«, pflichtete Julia bei, die inzwischen zu Gottfried zurückgekehrt war. »Außerdem bin ich sicher, dass auch Max sich freuen wird, ihn kennenzulernen.«

Für die Krankenschwester waren ihre Patienten so lange lebendig, bis ein Arzt sie für tot erklärte. Aber Gottfried konnte nicht still sein.

»Max liegt im Koma. Er freut sich über nichts.«

Julia warf ihrem Partner einen vernichtenden Blick zu und wandte sich dann sanft an den Alten.

»Mr. Baron, ich arbeite im Triemli-Spital. Ich kann einen Besuch außerhalb der Zeiten arrangieren, seien Sie unbesorgt.«

Baron, sein Assistent und Julia bahnten sich einen Weg nach draußen. Ein livrierter Chauffeur wartete geduldig in dem dunklen Mercedes, mit dem der Alte gekommen war. Als sie einstiegen, hörten sie in der Ferne die Polizeisirenen.

Nachdem Tony in der Galerie Lucas' Büro betreten hatte, fand er das Fenster offen. Im Licht einer Straßenlaterne war zwei Straßenecken weiter die beleibte Gestalt des Galeristen zu erkennen, der wie von Sinnen davonrannte. Der Koch verzog angewidert das Gesicht, sprang aus dem Fenster und ging ihm langsam hinterher. Er war sicher, dass der Galerist bald außer Atem sein würde.

53 Koma

Gabriel Baron beobachtete schweigend, wie sich Max' Brust, unterstützt von einer Maschine, regelmäßig hob und senkte. Am Abend hatte man ihn gewaschen. Er hatte die Haare am Hinterkopf verloren und man sah deutlich eine Narbe, die sich vom Nacken bis zur Stirn zog. Seine Arme und Hände waren nach Monaten der Unbeweglichkeit verkrampft, trotz der Bemühungen der Physiotherapeuten, Muskeln und Sehnen zu dehnen. Seine Haut war extrem blass und dünn und glänzte von der Feuchtigkeitscreme, die mehrmals am Tag aufgetragen wurde, damit er sich nicht wund lag.

Den alten Mann rührte dieser leblose Mensch, für dessen Zustand er sich verantwortlich fühlte. Er hätte ihm gerne so viele Dinge gesagt, aber er konnte lediglich eine kaum hörbare Entschuldigung schluchzen. Während er sein Leben in Worte fasste, wurde Gabriel Baron mehr und mehr bewusst, wie gewaltig diese Aufgabe gewesen war. Ein Kreuzzug, auf den er sich nach dem Zwischenfall mit dem Nazi-Soldaten und Jakob Sandler in einem verfallenen Haus in einem österreichischen Dorf gemacht hatte. Ausführlich schilderte er, weshalb er Jakob sein Leben verdankte und warum dieses winzige, in einem Spazierstock versteckte Bild so viel bedeutete und noch viel mehr symbolisierte.

»So war das damals, als dein Vater mir erzählte, dass er seine Kunstsammlung in seinem Linzer Haus zurücklassen musste, Max. Nur *Waldinneres* nahm er mit, das Bild, das er gemeinsam mit seiner Frau kurz nach der Heirat gekauft hatte. Ich fand heraus, dass die Villa, die er bewohnt hatte, von einem NS-Offizier bezogen wurde und die Bilder bis ein Jahr vor Kriegsende dort blieben. Dann verschwanden sie, wie so viele andere. Es wird geschätzt, dass die Nazis mehr als sechshunderttausend Kunstwerke raubten, wusstest du das? Ein Großteil davon befindet sich in Privatbesitz. Kunsthändler wie Bruno Lohse kooperierten mit den Nazis, indem sie Raubkunst erwarben. Auch nach dem Krieg blieben sie in diesem Geschäft und handelten mit gestohlenen Werken, die auf dem Schwarzmarkt von Hand zu Hand gingen. Lohse erhielt eine kaum erwähnenswerte Haftstrafe und starb mit fünfundneunzig Jahren. Du siehst, Max, bei diesem Thema ist Gerechtigkeit eine Utopie. Wer dieses Spiel gewinnen will, muss mit denselben Karten spielen. So lernte ich Lucas kennen. Er ist ein Gauner, ein schlauer Fuchs. Deshalb schickte ich ihn hierher, als das FBI ihm auf die Schliche kam. Viele geraubte Kunstwerke haben Deutschland und Österreich nie verlassen, andere wurden in der Schweiz und Liechtenstein versteckt. Deshalb war mir Lucas auf dieser Seite des Atlantiks nützlicher. Er machte Kunstwerke für mich ausfindig, die ich dann kaufte, um sie vom Schwarzmarkt zu nehmen und ihrem rechtmäßigen Besitzer zurückzugeben. Er fand neun Bilder von der Liste, die mir dein Vater gab. Jakob brauchte die Liste nicht mehr, er kannte sie auswendig. *Waldinneres* war das zehnte Werk, das Lucas ausfindig machte. Ich sagte ihm, er solle es kaufen, um jeden Preis. Wie hätte ich wissen können …«

Der alte Baron ließ den Kopf auf die Brust sinken, wie eine Marionette, die nicht länger gehalten wird. Er war kaum in der Lage weiterzusprechen, doch schließlich war sein Hass auf Lucas stärker.

»Verflucht sei der Tag, an dem ich diesen Bastard kennenlernte. Verflucht seist du, Lucas Steiner!«

Dann brach er in bittere Tränen aus.

Julia hatte geduldig vor der Tür gewartet. Erst als sie das Schluchzen des alten Mannes hörte, öffnete sie die Tür einen Spaltbreit. So konnte sie hören, wie der alte Herr ein Geständnis gegenüber dem Mann ablegte, dessen Existenz seinem eigenen Leben einen Sinn gab.

»Es tut mir leid, Max. Es tut mir so leid, dass ich dich in diesem Zustand vorgefunden habe. Aber ich hole dich hier raus. Ich werde mich persönlich darum kümmern, dass du an einen Ort gebracht wirst, wo es dir an nichts fehlt. Du wirst alles haben, was du brauchst, und du wirst in den besten Händen sein. Und wenn du irgendwann zu dir kommst, dann wird *Waldinneres* auf dich warten. Das und alles andere auch.«

Gabriel Baron ergriff vorsichtig Max' verkrampfte Hand und führte sie zum Abschied an seine Lippen. Albert, sein Assistent, hatte die ganze Zeit etwas abseits gewartet. Nun rief der Alte ihn zu sich, damit er ihn aus dem Zimmer schob, denn seine Arme hatten nicht die nötige Kraft, um die Räder des Rollstuhls zu bewegen.

In der Nacht flog eine Falcon 900 über den Atlantik, zurück nach New York. An Bord waren zwei Piloten, eine Stewardess, ein betagter Millionär und sein Assistent. Baron schlief. Ein lebenslanger Wunsch war in Erfüllung gegangen. Doch das Schicksal wollte es, dass sein Glück nicht lange anhielt. Als er seine Wohnung an der Upper East Side in Manhattan erreichte, erwartete ihn eine Nachricht von Julia. Sein Assistent begann, sie vorzulesen »Max hat uns heute Nacht verlassen. Es tut mir sehr leid …«

54 Oliver

Max war im Morgengrauen für immer eingeschlafen. Eine Stunde später brachte Valeria im Kreißsaal des Triemli-Spitals einen gesunden Jungen zur Welt. Sie beschloss, ihn Oliver zu nennen.

Als die Hebamme das Baby hochhob und es ihr sanft auf die Brust legte, war sie froh, dass sie die Schwangerschaft durchgestanden hatte. Sie würde nie mehr allein sein. Es war eine schnelle, leichte Geburt gewesen, vielleicht, weil sie sich darum keine Gedanken gemacht hatte. In den Monaten der Schwangerschaft war die Identität des Vaters ihre größte Sorge gewesen. Jetzt wusste sie es.

Eine ganze Weile lag sie mit dem Baby in den Armen da und betrachtete es ungläubig, während sie mit einer soeben entdeckten mütterlichen Stimme mit ihm sprach. Sie fragte sich, wie ihr Leben von nun an sein würde, ihr Leben mit diesem Wesen, das jede Stunde des Tages, jeden Tag der Woche, jede Woche des Jahres auf sie angewiesen war. So stellte sie sich das Muttersein vor: lebensverändernd, ein radikaler Freiheitsverlust. Nicht länger an sich selbst denken, sondern sich um ein Kind sorgen. Valeria hatte irgendwo gelesen, dass man als Mutter mit allen Kindern dieser Welt mitlitt. Sie fragte sich, ob es auch ihr so gehen würde. Ob man für ein ungewolltes Kind genauso empfand wie für ein gewolltes.

Das Baby öffnete die Augen, und obwohl Valeria wusste, dass es noch nicht scharf sehen konnte, hätte sie schwören können, dass diese winzigen Augen von undefinierbarer

Farbe, die einen Hauch von Blau verrieten und sich hinter noch wimperlosen Augenlidern verbargen, ihren gewaltigen Zweifel spürten. Sie musste es auf der Welt willkommen heißen. Alles andere wäre ungerecht gegenüber diesem kleinen Wesen, das nicht darum gebeten hatte, geboren zu werden. Als Kind hatte sie nie verstanden, warum die Erwachsenen sich so benahmen, wie sie sich benahmen. Und wie sollte sie ihrem Sohn die Welt erklären, wenn sie nicht einmal in der Lage gewesen war, in neun Monaten Schwangerschaft dieses Wort auszusprechen? Sie zwang sich, es laut zu sagen.

»Mein Sohn.«

Die Worte sprudelten in einer Art Selbsttherapie aus ihr heraus.

»Ich bin Mutter. Deine Mutter. Du bist mein Sohn. Oliver. Mein Sohn Oliver.«

Es war nicht schwer, das alles auszusprechen. Sie hätte es sogar vor anderen wiederholen können. Aber in ihrem tiefsten Inneren wusste Valeria, dass es eine Weile dauern würde, bis das Wort »Mutter« Gewohnheit würde, noch länger als bei dem Wort »Sohn«. Sie hatte es nicht darauf angelegt, Mutter zu werden. Schon gar nicht durch Max.

Sie wandte sich an das Baby, das die Augen wieder geschlossen hatte und mit geballten Fäustchen und angewinkelten Beinen wie ein kleines Fröschchen auf ihrer Brust schlief.

»Du bist mein Sohn. Oliver. Gefällt dir der Name? Ich finde, er passt zu dir.«

Valeria küsste sein Köpfchen und sog mit einem Seufzen seinen Neugeborenengeruch ein. Sie versuchte sich vorzustellen, wie unendlich oft sie diese Wörter in den kommenden Jahren aussprechen würde, und ihr wurde flau beim Gedanken daran, was da auf sie zukam. Das Stillen, regelmäßige Uhrzeiten – Kinder brauchen Regelmäßigkeit, sagte ihre Mutter immer wieder –, Alltagstrott. Kein Sex. »Herrje ... Sex.« Sie lachte leise. »Wenn mich jetzt jemand da unten anfassen würde, ich würde ihn umbringen.« Dann wanderten ihre Gedanken zu dem Abend zurück, an dem Oliver gezeugt worden war, und ihr Lachen erstarb. Ihre Erinnerung war nach wie vor ein Schwarzes Loch. Sie würde sich eine gute Geschichte ausdenken müssen, falls Oliver eines Tages danach fragte. Im Moment lag die Folge dieser alkoholgeschwängerten Nacht unschuldig schlafend auf ihrer Brust. Erschöpft schloss sie die Augen.

»Du musst erwachsen werden, Valeria«, sagte sie sich. »Das Leben ist nicht länger ein Spiel für Einzelkämpfer, das du jederzeit unterbrechen kannst, um von vorne anzufangen. Von jetzt an ist es ein Mannschaftsspiel, bei dem es darum geht, immer weiterzuspielen.«

Die Hebamme kam in den Kreißsaal zurück. Als sie sah, dass Valeria die Augen geschlossen hatte und der Kleine schlief, beschloss sie, den beiden noch ein paar Minuten Ruhe zu lassen. Die frischgebackene Mutter bemerkte gar nichts davon und hing weiter ihren Gedanken nach.

»Alles wird gut, Oliver«, sagte sie, an das Neugeborene gewandt. »Es wird uns gut gehen. Verdammt gut, du wirst sehen.« Sie lachte laut auf. »Das kannst du dir schon mal gleich merken, Oliver: ›Verdammt‹ sagt man nicht!«

Dann begann sie zu weinen.

Die Tür öffnete sich erneut, und sie hörte jemanden mit langen Schritten näherkommen. Sie spürte, wie eine große Hand sanft über ihr Haar strich und dann zärtlich ihre Hand drückte. Valeria lächelte.

Sie öffnete die Augen und sah, dass Tony ihr Lächeln erwiderte. Es war dieses Lächeln, in das sie sich bei ihrer ersten Begegnung verliebt hatte.

Tausende Kilometer entfernt bestand der Assistent darauf, Gabriel Baron auch den Rest von Julias Nachricht vorzulesen. Was der alte Mann nun hörte, ließ ihn ohne Hilfe aus dem Rollstuhl aufspringen:

»Aber Sie haben einen Erben. Bitte setzen Sie sich so bald wie möglich mit mir in Verbindung.«

55 Der Abschied

Max' Beerdigung war kurz. Gottfried kümmerte sich persönlich um die Auswahl der Musik. *Father and Son* in der Version von Johnny Cash und Joe Strummer, ein bisschen elektronischer Blues und zum Abschluss der Feier Rammstein, auf voller Lautstärke, für den Fall, dass Max auch im Jenseits malte. Seit seinem Tod war über ein Monat vergangen. Eine Autopsie hatte feststellen müssen, ob eine natürliche Todesursache aufgrund seines vegetativen Zustands vorlag oder ob sein Tod unmittelbar auf den Nagel im Kopf zurückzuführen war. Gottfried verstand den Unterschied nicht, aber offensichtlich war er entscheidend für Lucas' Strafmaß.

Julia hatte ihrem Partner bei der Erstellung der Gästeliste geholfen, aber sie hatten nicht mit den Bewunderern von Max' Werk gerechnet, die nach Fluntern kamen, um sich von dem Maler zu verabschieden. Am Ende seines Lebens hatte der Mann, der zu Lebzeiten nicht viele Freunde gehabt hatte, mehr Wegbegleiter, als er sich jemals hätte vorstellen können.

Als die Beerdigung vorbei war, bat Gottfried Julia, schon mal zum Empfang im Kafi Glück vorauszugehen. Er wollte seinem Vater einen Besuch abstatten.

»Im November?«, fragte sie.

»Was ich ihm zu sagen habe, kann nicht bis Januar warten.«

Jetzt im Herbst sah die Vegetation rings um die Ruhestätte von Joyce völlig anders aus. Gottfried war daran gewöhnt, dass das Grab von einer Schneeschicht bedeckt war, und diese Skala von Grün-, Ocker- und Rottönen rings um den Grabstein und die Statue des Autors kamen ihm fremd vor. Amseln und Blaumeisen teilten sich den Himmel mit den Krähen, ihr freies Zwitschern übertönte die Geräusche der gefangenen Tiere aus dem nahen Zoo. Ihm kam der Gedanke, dass dies ein eigenartiger Ort für das ewige Leben war.

Wie immer, wenn er das Grab besuchte, das er zur letzten Ruhestätte seines Vaters deklariert hatte, senkte Gottfried respektvoll den Kopf und schwieg einige Minuten. Dann begann er zu sprechen.

»Heute ist nicht der 13. Januar, aber ich konnte nicht so lange warten, um dir zu sagen, dass dein Bild zu seinem rechtmäßigen Besitzer gefunden hat. Er heißt Oliver und ist Jakob Sandlers Enkel. So hieß der Jude, dem du geholfen hast, die Grenze zu überqueren. Die ganze Geschichte erzähle ich dir ein andermal. Heute bin ich ein bisschen in Eile.«

Gottfried machte eine Pause und blickte sich um. Ein Gärtner bepflanzte die Gräber neu. Die Grabsteine spiegelten die Persönlichkeit der Verstorbenen wider, aber diese seriellen Blumen uniformierten die Gräber. Unterschiedliche Persönlichkeiten im Leben, gleichgemacht für die Ewigkeit. Der Tod machte alles gleich.

»Aber ich gehe nicht, ohne dir unseren Satz zu sagen: ›Wir schreiten durch uns selbst dahin, Räubern begegnend, Geistern, Riesen, alten Männern, jungen Männern, Weibern, Witwen, warmen Brüdern. Doch immer imgrunde uns selbst.‹ Es hat eine Weile gedauert, aber ich glaube, jetzt habe ich ihn verstanden. Menschen kommen und gehen. Nur wenige bleiben, die meisten verschwinden wieder, und alle, alle sterben früher oder später. Aber von jedem lernen wir etwas, weil wir im Anderen unsere Freuden und Ängste sehen, die dieser uns wie ein Spiegel zurückwirft. Dein Vermächtnis hat mir dabei geholfen, mich besser kennenzulernen. Vor allem aber ist mir klargeworden, dass die Vergangenheit nicht immer abgeschlossen ist. Wenn etwas offen bleibt, holt sie uns früher oder später wieder ein, als suche sie eine weitere Chance. Wenn du mich also entschuldigen würdest: Jetzt, nachdem das Bild zu seinem Besitzer zurückgekehrt ist, würde ich die Vergangenheit gerne vergessen und mich auf die Zukunft konzentrieren. Manche Menschen haben große Zukunftspläne. Meine sind bescheiden: Ich will nur, dass der Empfang im Glück schnell vorbei ist, um mit Julia zusammen zu sein und sie heute Nacht und alle anderen Nächte für den Rest meines Lebens zu lieben.«

Dank

Ohne die wertvollen Berichte von drei älteren Zeitzeugen, einer davon ein Gast im Café Monti in Zürich, wäre dieser Roman nicht möglich gewesen. Sie erzählten mir vom Leben in der Schweiz während des Krieges und unmittelbar danach. Das Monti und sein guter Geist Teresa waren äußerst wichtig während der Entstehung dieses Buches, mit dem ich die titanische Arbeit der Unabhängigen Expertenkommission unter der Leitung des Historikers Jean-François Bergier würdigen möchte, die die Rolle der Schweiz während des Zweiten Weltkrieges untersuchte. Die Entdeckung des Bergier-Berichts war die Keimzelle für *Waldinneres.*

Ich danke Ramiro Villapadierna für den Kontakt zu Misha Sidenberg, die unendlich großzügig meine Fragen zur Raubkunst beantwortete. Um mich durch die Welt schlafender Bankkonten und Sicherheitsschließfächer bewegen zu können, benötigte ich die Unterstützung einiger vertraulicher Quellen; sie wissen, wen ich meine. Auch die ehrenamtlichen Führer des Bunkers in Valangin, die einen wichtigen Teil des historischen Gedächtnisses der Schweiz hüten, leisteten einen großen Beitrag für meine Arbeit. Und natürlich Viktor und Martin von El Lokal, dem realen Kafi Glück, die mir das beste Szenario für den Roman lieferten, ganz abgesehen von vielen guten Momenten und bester Musik.

Und schließlich, auch wenn ihre Namen genau so gut am Anfang dieser Dankesliste stehen könnten, möchte ich jene Menschen nennen, ohne die mein Leben nicht wäre, wie es ist, und ohne die ich keine Schriftstellerin wäre:

Meine Agentin Nicole Witt, die mit ansteckender Begeisterung an mich und mein Buch glaubte. Mein Lektor Roland Spahr, der mit solcher Lust auf eine neue Autorin setzte. Auch J., Daniela, Raquel, Lola und K., meine ersten Leser.

Meine Schwester Sonia und meine Großmutter Tomasa, die mich immer und ewig begleiten. Und natürlich meine Familie und Freunde, die mit mir das Auf und Ab des Schreibens teilten und da waren, wenn es an Motivation fehlte.

Zürich, 13. August 2021